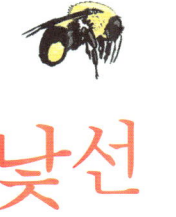

낯선
고요

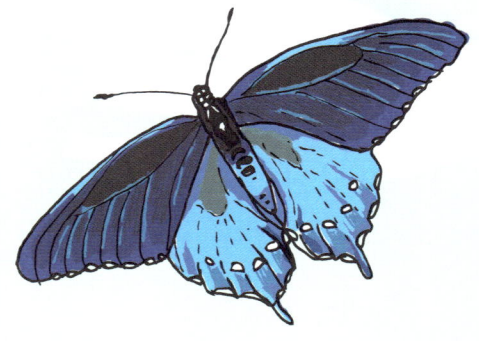

낯선
고요

자연의 지혜와 경이로움을 담은
그림 에세이

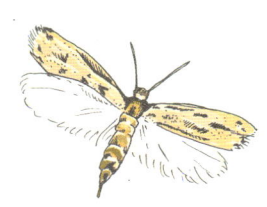

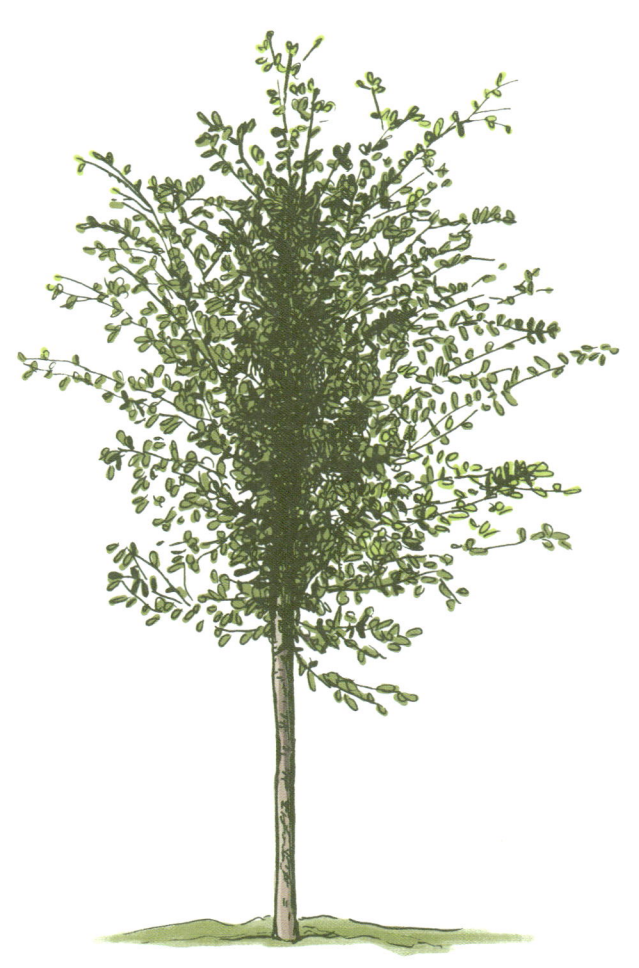

목차

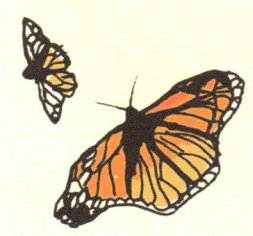

일러두기

- 이 책의 곤충·식물·동물명은 국립생물자원관 한반도의 생물다양성, 국립생태원 한국 외래생물 정보시스템, 환경부 지정 유입주의 생물, 산림청 산림교육자료실, 산림청 산림임업용어사전, 농촌진흥청 농업용어사전, 두산백과두피디아, 이우주 의학사전을 참고하였습니다.

- 한국에 서식하지 않아 공식 한글 명칭이 없는 생물은 학명과 속하는 과, 그리고 영문 단어의 의미를 고려해 번역하고 본문에는 영문 명칭을 함께 표기했습니다.

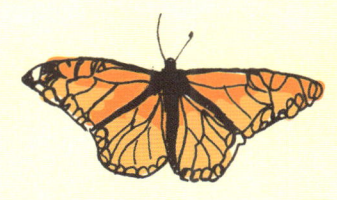

어느 순간부터 세상의 아름다움은

그 자체로 충분해졌어요. 사진으로 담을 필요도,

그림으로 남길 필요도, 심지어 기억하려 애쓸 필요도 없어요.

그저 존재하는 것만으로도 충분하니까요.

-토니 모리슨, 『타르 베이비』

들어가는 글

캐스린과 저는 앨라배마주 디케이터의 테네시 강변 마을에서 함께 자랐습니다. 북앨라배마의 숲과 물길을 함께 탐험하던 남매 시절의 특별한 모험심을 우리는 지금도 나누고 있어요. 대학 1학년을 마친 그해 여름은 자연과 저의 관계를 완전히 바꿔놓았습니다. 5월 말, 여전히 눈 덮인 옐로스톤 국립공원에 도착하자마자 저는 마법 같은 풍경과 깊이 연결된 느낌을 받았어요.

그곳에 간 지 겨우 일주일 만에 제가 캐스린에게 엽서를 보냈던 기억이 납니다. 암컷 무스가 새끼를 낳는 장면을 바로 눈앞에서 볼 수 있었다고요. 그전까진 무스를 본 적조차 없었죠. 기적 같은 순간을 놓치지 않으려고 오두막 지붕 위로 올라가 숨죽이며 그 탄생을 지켜보았습니다. 그 여름 내내, 저는 오두막 근처에 머무는 엄마 무스와 새끼 무스를 조용히 관찰했습니다. 엄마는 조심스레 새끼를 밀어주어 세상에 적응하도록 도왔죠.

불과 몇 주 뒤, 지금도 활동 중인 간헐천 중 세계에서 가장 높은 스팀보트 간헐천이 보름달 아래에서 폭발하듯 솟아올랐어요. 저는 친구들과 그 하얀 수증기를 따라 15마일을 차로 달렸습니다. 간헐천은 밤하늘을 향해 수백 피트 높이로 뿜어져 나왔고, 옐로스톤의 커다란 달빛 아래 구름처럼 피어올랐죠. 그런 순간에는 내가 이 행성과 연결되어 있다는 것을 그저 느낄 수밖에 없어요. 옐로스톤은 매일같이 이어지는 삶과 죽음의 활동 그 자체입니다. 저와 캐스린은 이곳이 세상에서 가장 신성한 땅이라고 믿어요.

2년 뒤, 캐스린도 제 뒤를 따랐습니다. 옐로스톤에서 보낸 첫 여름, 그녀도 저와 비슷한 경험을 했죠. 오랜 세월을 거친 옐로스톤의 매력은 쉽사리 캐스린을 놓아주지 않아, 결국 그곳에서 10년 가까운 세월을 머물게 되었죠. 캐스린의 예술은 언제나 우리 곁의 자연을 품고 있고, 마음은 언제나 그 고지대 어딘가에 머물러 있습니다.

저는 테네시로, 캐스린은 루이지애나로 돌아왔을 때, 우리는 예전과 많이 달라져 있었습니다. 그제야 비로소 고향 앨라배마는 물론, 새로 정착한 경이로운 곳에 깃든 자연의 찬란함과 아름다움을 온전하게 느낄 수 있었죠. 어디를 가든 경이로운 자연은 항상 곁에 있었어요! 나이가 들수록 우리를 자연으로 이끄는 부름은 점점 더 마음 깊숙이 스며듭니다. 몸과 마음이 숨을 고르는 곳, 그건 언제나 광활한 자연이었어요. 자연은 우리가 잠시 멈춰, 지금 이 순간에 머물게 하는 든든한 안식처입니다. 또한 우리를 둘러싼 세계의 법칙과 과학의 신비를 가르쳐주는 푸르른 교실이기도 하지요. 하지만 우리는 종종 그 아름다움을 무심코 지나치고 맙니다. 결국 우리 삶을 지탱하는 대지와의 깊은 유대감, 그리고 세상의 경이로움을 마주하는 마음을 서서히 잃어가게 되죠.

　캐스린은 불교 전통에 관심이 큽니다. 그 가르침은 우리가 자연, 그리고 타인과 얼마나 긴밀히 연결되어 있는지 깨닫게 해주죠. 그리고 저는 오래전부터 동양철학에 빠져있었어요. 저와 캐스린의 이런 관심사는 이 책의 곳곳에 스며들어 있습니다. 우리 둘 다 초월명상의 긍정적인 힘을 믿지만, 바쁘게 흘러가는 삶 속에서 일상 속 마음 챙김의 순간들 또한 소중하다고 느낍니다.

　캐스린과 저는 평생에 걸쳐 서로 배우며 우리만의 세계관을 다져왔습니다. 이번 책도 우리가 늘 곁에 두고도 잊고 지내던 경이의 순간들을 함께 발견해 가는 여정이었죠. 우리는 이 책이 당신의 호기심을 일깨우고, 잠시 멈추어 세상에 깃든 자연의 장엄함을 음미하는 쉼의 공간이 되기를 바랍니다. 자연은 언제나 우리를 마음 챙김으로 이끌어주는 문입니다. 책에 담긴 아름다운 그림과 빛나는 이야기를 감상했다면, 주저 말고 밖으로 나가세요. 그리고 당신만의 경이로운 세상과 마주하세요.

-보 헌터 Bo Hunter

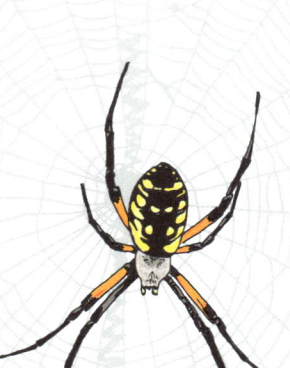

우리들 대부분 눈을 뜨고 있어도
세상을 제대로 바라보지 못합니다.
그 속에 깃든 아름다움과 경이로움,
그리고 바로 곁에서 펼쳐지는 낯설고, 때로는 두려우리만큼
맹렬한 삶의 열기를 알아채지 못하죠.

-레이철 카슨, 『침묵의 봄』

chapter 1

작은 생명체를
살펴보아요

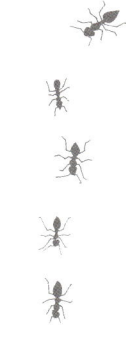

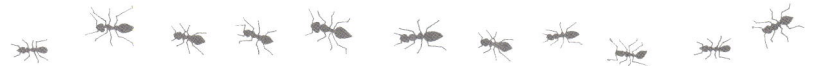

지구가 건강하게 숨 쉬는 데 가장 중요한 건 바로 생물다양성이에요. 그리고 그 생물다양성의 핵심을 가장 가까이에서 들여다볼 수 있는 곳은 곤충들의 세계일지도 모릅니다. 맞아요. 때로는 성가시고 하찮게 여겨지는 이 작은 벌레들 말이에요. 이들은 땅 위 모든 생태계의 기초이자 진짜 일꾼이에요. 곤충들은 영양분을 순환시키고 식물의 꽃가루를 나르며 씨앗을 먼 곳까지 퍼뜨립니다. 흙의 구조를 유지하고 땅을 기름지게 만드는 것도 빼놓지 않죠. 침입종이 될 수 있는 생물들의 개체수를 조절하고, 수많은 생명에게 삶의 연료가 되는 먹이가 되어주기도 해요.

바로 여기, 곤충의 세계에는 5천만 년에 걸친 협동과 생존의 기술이 고스란히 담겨있어요. 우리가 곤충을 꼭 좋아할 필요는 없지만 잠시 마음을 열어 시선을 건네면 그들이 묵묵히 해내는 일에 감탄하고 말 거예요. 함께 살아가며 서로 지키는 보이지 않는 약속들, 그리고 아주 작은 세계에서도 모든 살아있는 것들이 만들어낸 조화를 마주하게 될 테니까요.

당신이 이 글을 읽는 지금 이 순간에도 지구 어딘가에서는 약 1경 마리의 개미들이 지구라는 커다란 생명을 위해 각자의 몫을 묵묵히 해내고 있어요.

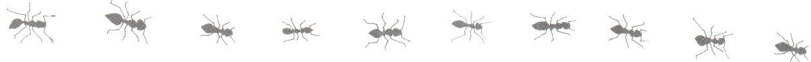

곤충들을
소개합니다

잠자리

하루에도 수백 마리의 모기를
잡아먹는 이 날개 달린 곤충에게
고마워해야 할 거예요.

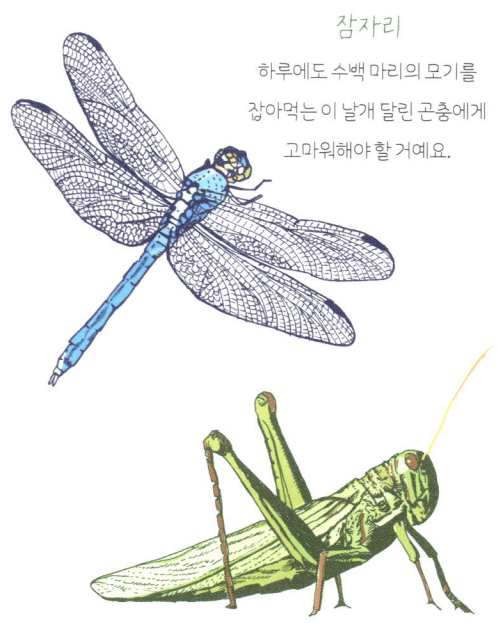

모든 곤충은 머리와
가슴, 배, 더듬이, 그리고
관절이 있는 세 쌍의 다리가
있습니다.

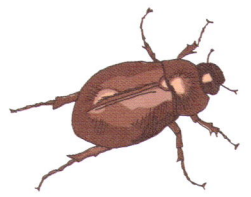

유월 딱정벌레
Junebug

식물을 주식으로 삼는 이 딱정벌레들은
공룡보다도 먼저 이 지구상에 자리를
차지하고 있었다고요!

메뚜기

질소를 잔뜩 품은 이 곤충은 식물이 자라고 다시 땅으로
돌아가는 데에 큰 몫을 해요. 죽고 나면 그 몸이 흙 속에서
쉽게 분해되어 땅에 질소를 더해주죠. 또 식물을 야금야금
먹어 치우며 지나친 번성을 막아준답니다.

영국 록 밴드 비틀즈Beatles는
언제나 세상에서 가장 멋진 '비틀즈'
일 테지만 진짜 세상을 채우고 있는 건
다른 비틀즈Beatles인, 딱정벌레들이죠.
지금까지 밝혀진 종류만 해도
38만 종이 넘고, 곤충 전체 종의
무려 40퍼센트나
차지하거든요.

말벌

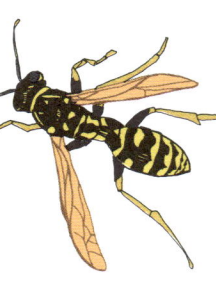

꽃가루만 나르는 게 아니에요.
딱정벌레나 거미, 애벌레처럼
개체수가 늘어난 벌레를 잡아
어린 말벌의 먹이로 삼으며
생태계의 균형을 지켜줘요.

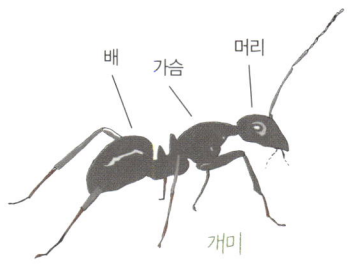

배 가슴 머리

개미

이 정교한 곤충은 흙 속을 부드럽게 헤집어
식물 뿌리 깊숙이 물과 산소가 스며들게 해주는
소중한 존재예요.

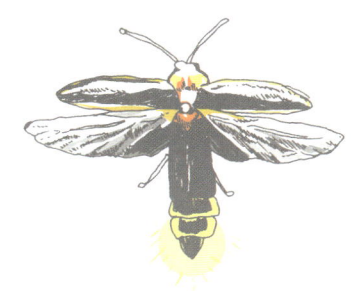

반딧불이

네온 불빛을 반짝이며 하늘을 누비며
짝을 찾기 위해 어둠 속에서 불을 밝혀요.

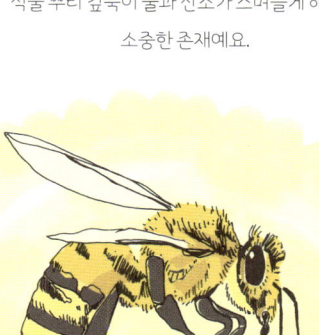

꿀벌

꽃가루 옮기기의 챔피언은 역시 꿀벌이죠.
지구상 식물의 80퍼센트가 이들의 도움으로
열매를 맺으니까요.

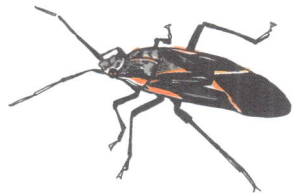

네군도단풍나무노린재
Boxelder Bug

회양목 벌레, 단풍나무 벌레 등
이름도 다양한 이 곤충은 단풍나무의
잎과 씨앗에서 당분을 빨아먹어요.
나무에 상처 하나 내지 않고 얌전히요.

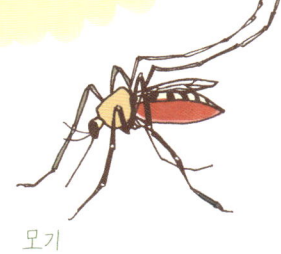

모기

이 작은 흡혈 곤충도 꽃가루를 옮긴다는 사실을 아세요?
이들이 꿀을 먹는 동안 꽃에서 꽃으로, 꽃가루가 옮겨가죠.
그렇다면 이것도 아세요? 피를 빠는 건 암컷 모기뿐이고,
그것도 알을 낳았을 때만이라는 것을요.

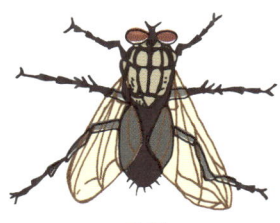

파리

이 성가신 작은 벌레는 썩어가는 음식물 찌꺼기와
동물의 배설물을 먹어 치워요. 인간과 동물이
남긴 흔적을 깨끗이 해주죠.

주변에서
자주 볼 수 있는
거미들

곤충이나 거미를 발견하면 우리는 어떻게 반응하나요? 무언가 휘둘러 납작하게 만들거나 방역업체에 전화를 걸기 바쁘죠. 마치 본능처럼요. 하지만 다음 번엔 그렇게 호들갑을 떨기 전에 잠시 멈춰 생각해 봐요. 거미는 사실 인간에게 '이로운 포식자'로 불려요. 집안을 어슬렁거리며 모기와 벼룩, 파리, 바퀴벌레처럼 질병을 옮기는 해충을 맛있게 먹어 치우죠. 이들에게는 해충이 곧 만찬이고, 질병을 실어 나르는 온갖 생물들이 간식거리랍니다.

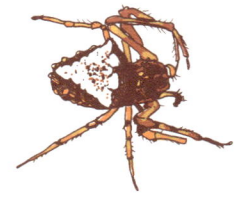

화살촉거미
Arrowhead

몸길이 6.3mm 이하

둥근 나선형 거미줄

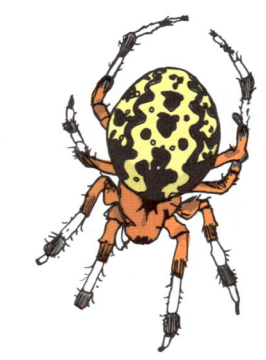

마불왕거미

몸길이 약 19mm

삼각형 거미줄

삼각줄거미
몸길이 9.5mm 이하

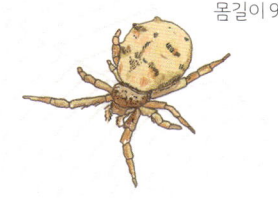

유럽집거미
Hobo

몸길이 약 6.3~15.8mm

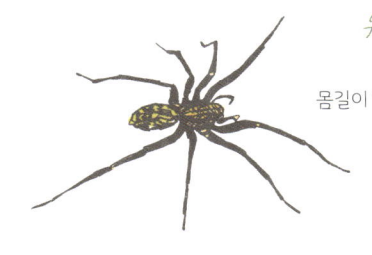

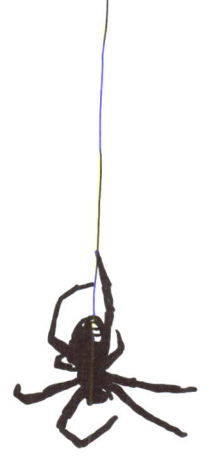

깔때기 거미줄

재미있는 사실:

거미가 가느다란 거미줄에
대롱대롱 매달려 공중에
머무는 모습은 예로부터
중국 고대 문화에서 행운의
징조로 여겨졌어요.

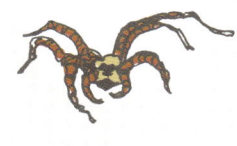

진실 혹은 거짓?

통거미는 세상에서 가장 강력한 독을 가지고 있어서 송곳니만 좀 더 컸더라면 인간을 죽일 수도 있을까요?

삐! 거짓입니다!

길고 가는 다리를 가진 이 생명체는 사실 전혀 독을 지니고 있지 않아요. 거미줄도 치지 않고, 사실 우리가 흔히 아는 '거미'로 분류되지도 않죠. 생물학적으로 '거미강'에 속할 뿐이에요.

통거미

몸통은 약 8mm에 불과하지만,
다리를 쭉 뻗으면 15cm에 달해요.

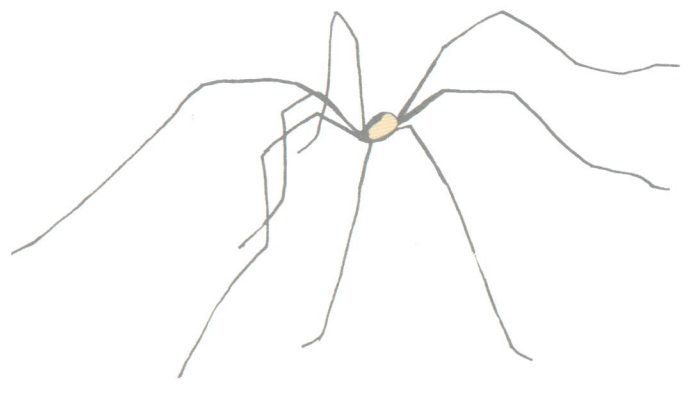

늑대거미

몸길이는 1.2cm에서 5cm 사이입니다.
이들은 거미줄을 치는 대신 흙을 헤집고
땅속에 집을 마련합니다.

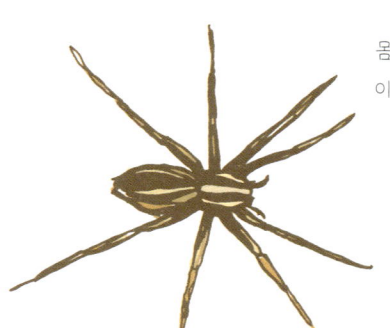

그릇망거미
bowl and doily

몸길이 약 3mm의 아주 작은 이 거미는
이름처럼 접시 형태의 거미줄을 만듭니다.

깡충거미

몸길이는 3mm에서 22mm 사이예요.
이들이 엮는 가늘고 부드러운 실은 먹이를
잡기 위한 것이 아니라 하루를 쉬어갈
공간을 만드는 거예요.

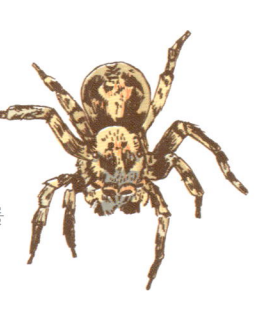

혹시 그거 아세요?

세상에 똑같은 거미줄은 단 하나도 없다는걸요.

만약 거미가 거미줄을 짜는 순간을 우연히 마주하게 된다면 당신은 정말 운이 좋은 거예요!

작은 천재의 손끝에서 탄생하는 경이로운 창조의 순간을 바라보는 거거든요.

잠시 걸음을 멈추고 이 성스러운 창조의 의식을 마음으로 느껴보세요.

이 거미들은 얽히고설킨 복잡한 모양의 거미줄을 만들어요.

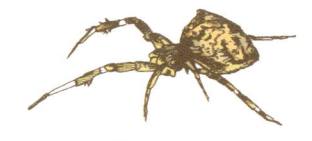

말꼬마거미

몸길이 약 6mm

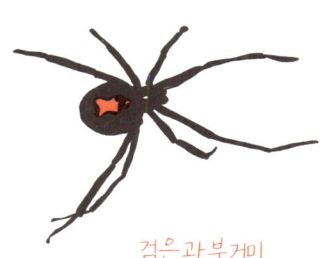

검은과부거미

몸길이 약 3.8cm, 독거미

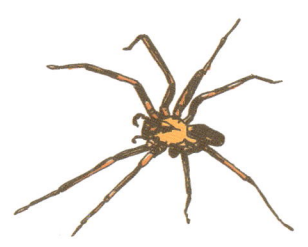

갈색은둔거미

몸길이 약 2.5cm, 독거미

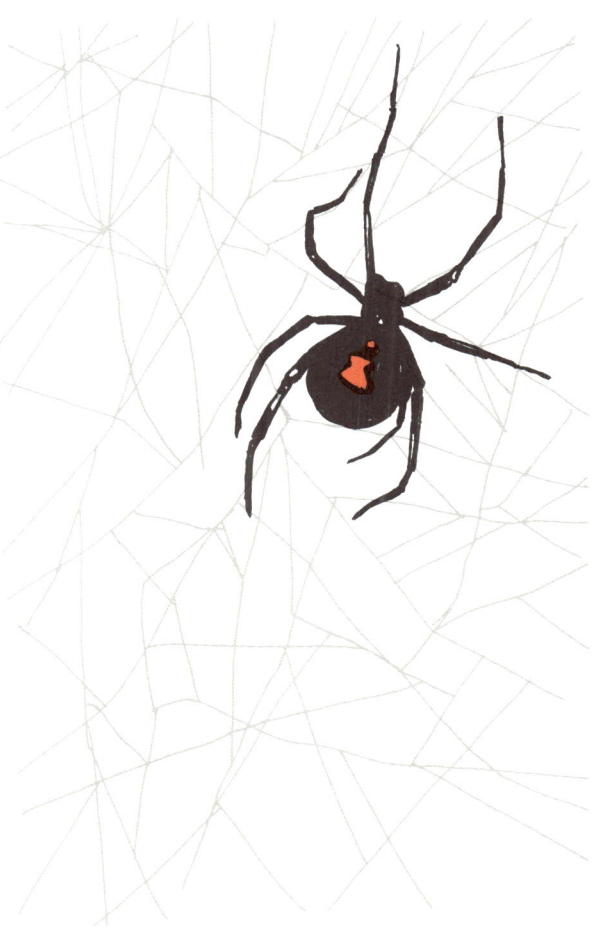

나방을 소개할게요

나방 애벌레는 나뭇잎을 갉아 먹는 것을 좋아해서 자작나무나 물푸레나무 등, 잎이 많은 나무를 옮겨 다니며 자랍니다. 성충이 되면 옥색긴꼬리산누에나방이나 세크로피아나방은 먹는 것을 멈추고 번식을 위해 1~2주 남짓한 생을 불태우지만, 쌍점박각시나방은 꽃에서 꿀을 빨고 벌새처럼 날개를 떨며 밤하늘을 누벼요.

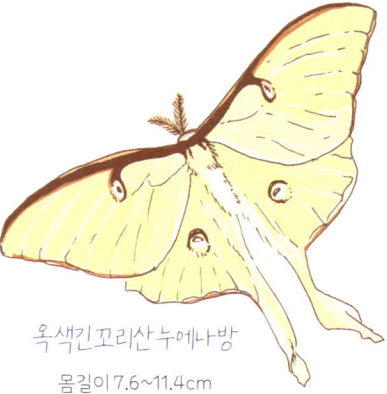

옥색긴꼬리산누에나방

몸길이 7.6~11.4cm

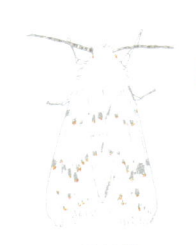

미국흰불나방

몸길이 3.1~3.8cm

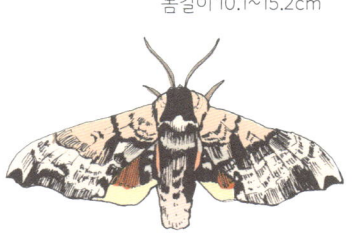

폴리페무스나방

몸길이 10.1~15.2cm

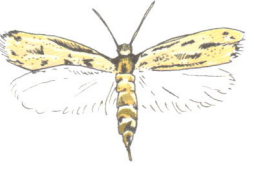

갈색집나방
Brown House

몸길이 1.2~2.5cm

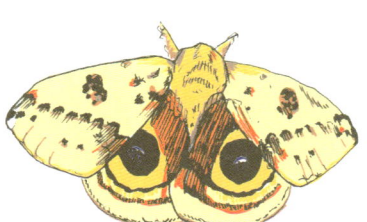

눈무늬산누에나방

몸길이 5~7.9cm

쌍점박각시나방

몸길이 4.4~8.2cm

세크로피아나방 애벌레는 최대 10cm까지 자라며, 누에고치를 만들기 전, 몇 주 동안 왕성하게 먹습니다. 나방이 되면 먹는 것을 멈추고 오직 번식에만 집중합니다.

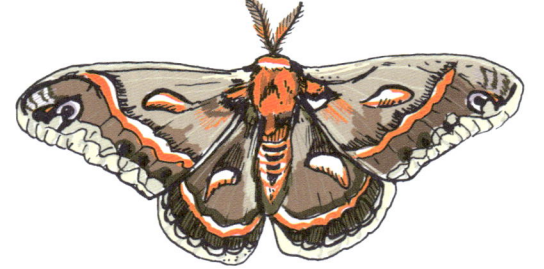

세크로피아나방

몸길이 12.7~17.7cm

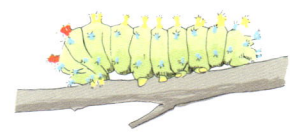

나비들이에요!

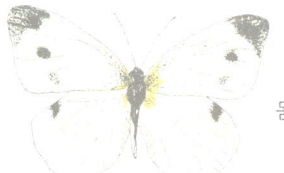

배추흰나비
몸길이 3.1~4.7cm

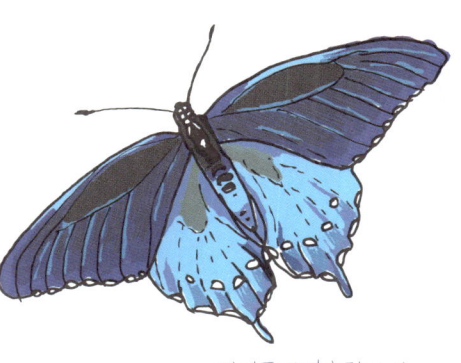

파이프바인호랑나비
Pipevine

몸길이 6.9~13cm

구름유황나비
몸길이 5~7.6cm

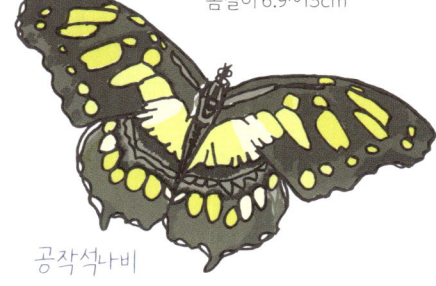

공작석나비

몸길이 6.9~8.2cm

검은제비꼬리나비
몸길이 6.9~8.2cm

**나비를 부르려면
이런 꽃을 심어보세요:**

자주천인국, 과꽃, 란타나,
백일홍, 풀협죽도, 코스모스,
안젤리카, 서양톱풀, 티토니아

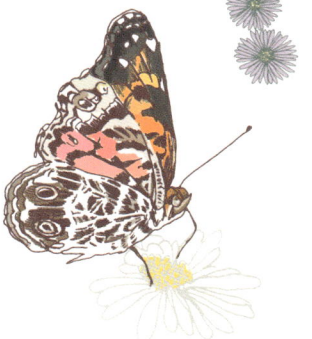

**애벌레를 먹이려면 이런 식물을
심어보세요:**

파슬리(검은제비꼬리나비),
양배추(배추흰나비),
밀크위드(제왕나비)

작은멋쟁이나비
몸길이 5~7.3cm

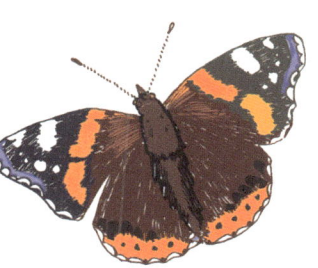

붉은제독나비

몸길이 4.4~7.6cm

제왕나비

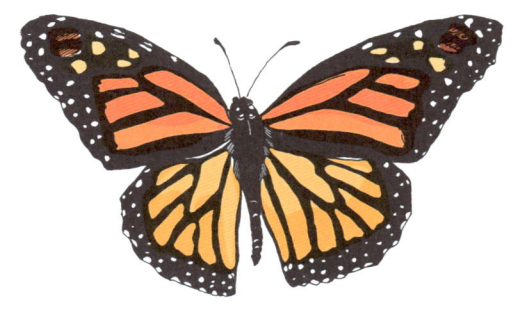

몸길이 7.6~10.2cm

나비는 우리에게 말없이 일러줍니다. 지금 당장은 결과가 보이지 않더라도 올바른 방향으로 가고 있다는 사실을 믿으라고요. 삶은 수많은 변화를 거치며 다음 단계로 이어집니다. 어떤 시기는 눈 깜짝할 사이에 스쳐가고, 또 어떤 시기는 길고 무거운 인내를 요구하기도 해요. 나비도 작은 알에서 시작해 사나흘 후 껍데기를 찢고 나와 애벌레, 즉 유충이 되고, 단 2주 동안 눈부신 속도로 성장해요.

부지런히 먹고 자라는 동안, 나비 애벌레는 빠른 성장 속도를 따라가기 위해 네 번 이상 허물을 벗어요. 겉보기엔 잠든 듯한 번데기 시기에도 몸 안에서는 거대한 변화가 일어나며, 이는 곧 성충으로의 탈바꿈이 가까웠음을 뜻하죠.

제왕나비는 위대한 방랑자입니다. 해마다 멕시코에서 캐나다까지, 왕복 4,800km를 여행합니다. 남쪽을 향하는 이들의 비행은 디아 데 로스 무에르토스Dia de los Muertos, 즉 망자의 날과 겹쳐요. 멕시코 북서부의 원주민인 푸레페차족은 이를 세상을 떠난 이들의 영혼이 돌아오는 것이라 믿었죠. 그래서 오늘날까지도 제왕나비의 귀환은 멕시코 사람들에게 큰 문화적 의미를 지니고 있어요. 살아있는 자들과 죽은 자들을 이어주는 신비한 존재지요.

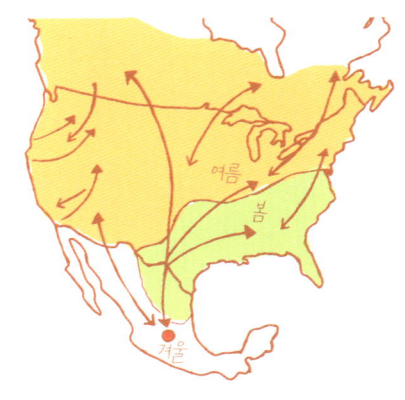

제왕나비, 날개를 찾아가는 여정

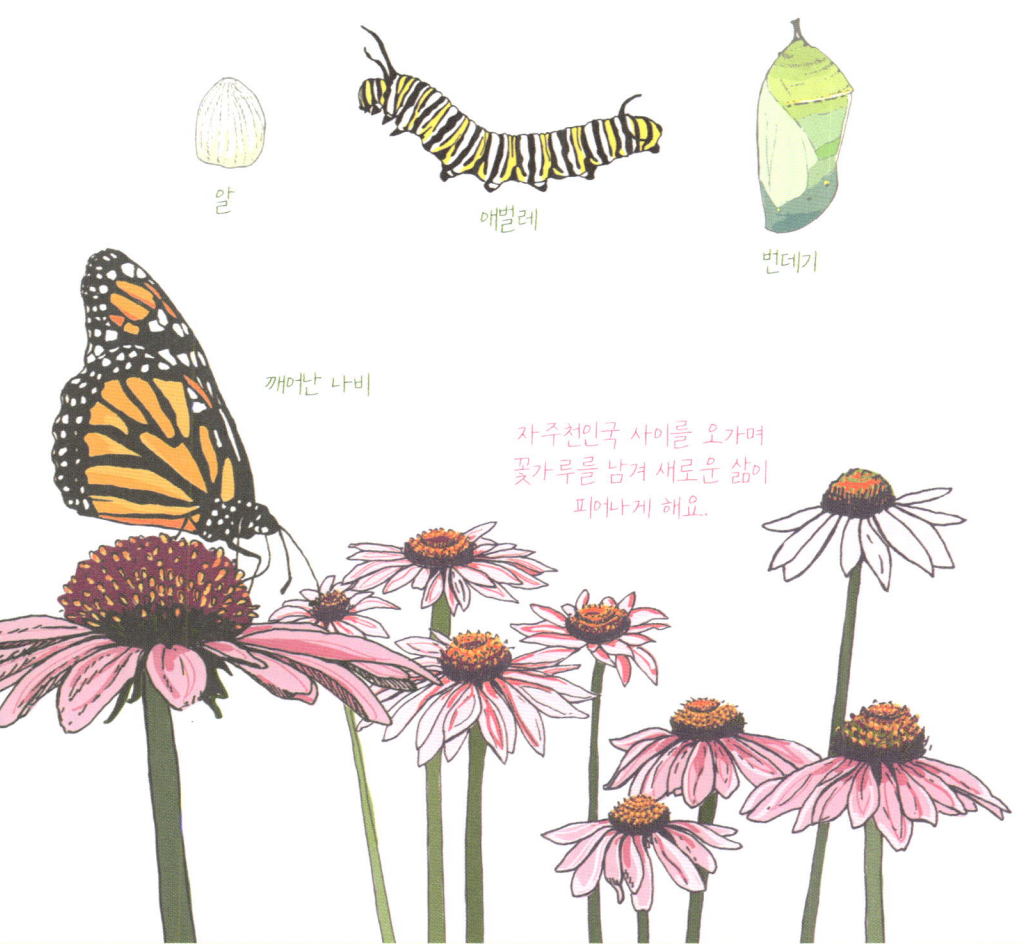

알

애벌레

번데기

깨어난 나비

자주천인국 사이를 오가며
꽃가루를 남겨 새로운 삶이
피어나게 해요.

제왕나비 애벌레는 밀크위드를 먹으며 자랍니다.
이 작은 생명을 정원으로 초대하고 싶다면 밀크위드를 심어보세요.
단, 비슷하게 생긴 금관화를 심지 않도록 주의하세요.

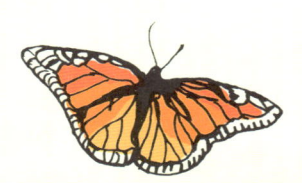
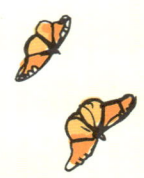
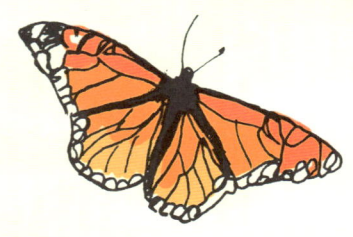

나비효과에 대한 고찰

　1961년, 기상학자 에드워드 로렌즈Edward Lorenz는 세상에 조용한 파장을 일으켰습니다. 그는 너무 사소해서 감지하기조차 어려운 움직임이 결국 어디선가 예상치 못한 거대한 변화를 불러올 수 있다고 말했어요. 리우데자네이루에서 한 마리 나비가 날갯짓하면 며칠 후 시카고 어딘가에 토네이도를 일으킬 수 있다는 흥미로운 예시를 들면서요. 이 개념은 '나비효과'라 불립니다. 혼돈 이론의 핵심이죠. 이 발상은 당시 과학계의 중심이던 아이작 뉴턴의 '시계태엽 우주관'에 정면으로 반기를 든 것이었어요. 뉴턴은 모든 것이 정해진 법칙에 따라 움직이고, 모든 현상이 예측 가능하다는 신념을 갖고 있었죠. 로렌즈는 여기서 한 걸음 더 나아갔습니다. 나비의 날갯짓이 토네이도를 막을 수도 있다는 거예요. 그리고 같은 시작이 전혀 다른 결말을 만들기도 한다는 것. 이것이 바로 혼돈 이론의 아름답고도 불확실한 본질입니다.

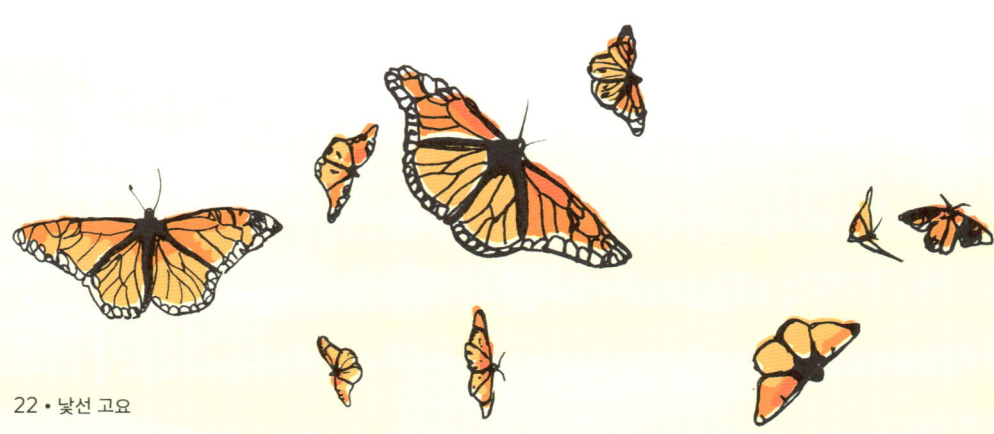

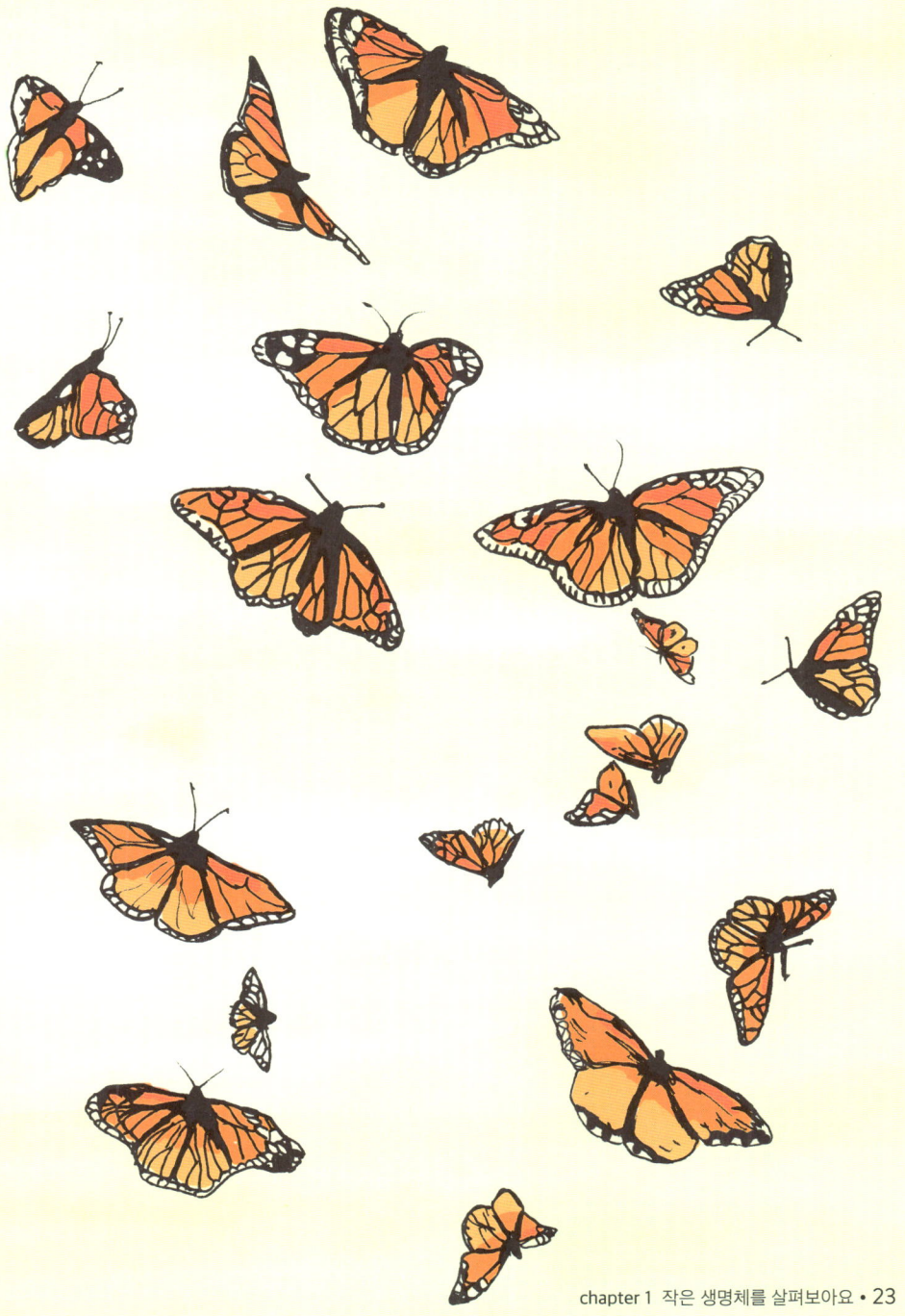

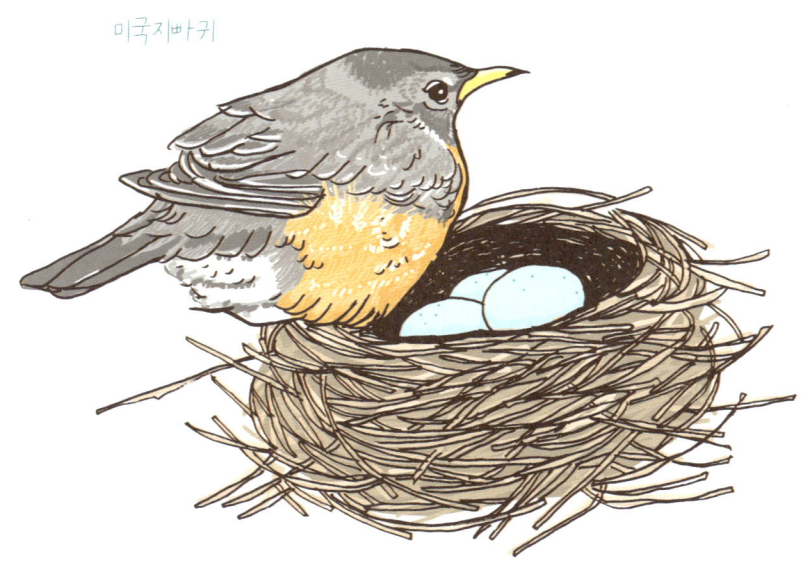

미국지빠귀

전체란 곧 모든 것이다.

사실과 상상, 육체와 정신, 물리적 사실과 영적 진실,

개인과 집단, 삶과 죽음, 거대한 우주와 그 축소판인 인간···

의식과 무의식, 주체와 객체의 모든 영역까지.

이 모든 것을 하나로 꿰는 전체의 모습은

'존재하다'라는 단 하나의 단어로 그려진다.

그것은 궁극의 실재를 품은 가장 깊고 근원적인 언어다.

-존 스타인벡, 『코르테스해 항해일지』

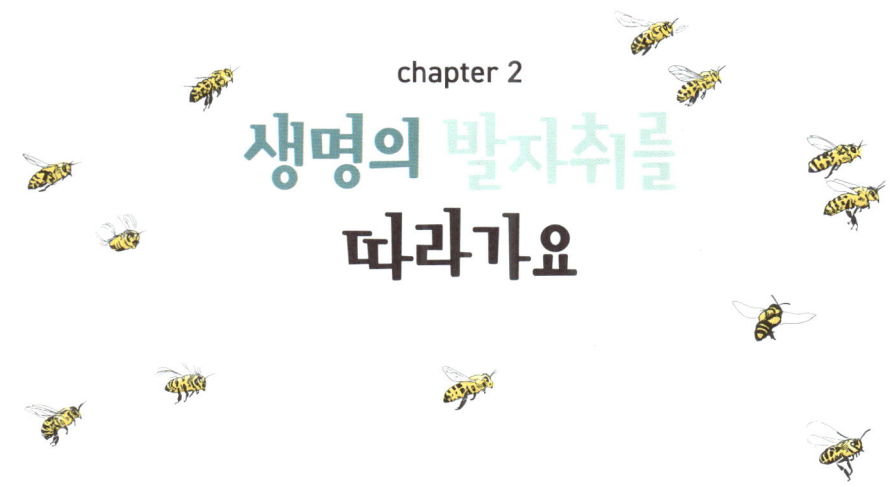

chapter 2
생명의 발자취를
따라가요

서로 도우며 살아갈 것을 맹세해요. 세상의 모든 생명은 서로 연결되어 있고 서로 보살 피며 살아갑니다. 자연의 몸짓에 크고 작은 것이 따로 있을까요. 모든 것은 그저 서로 이어져 있을 뿐이죠. 가만히 들여다보면 알 수 있어요. 어느 것 하나도 평범하거나 일상적이지 않으며, 모든 것이 특별하고 목적에 따라 움직이고 있음을.

자연의 모든 존재는 생명의 탄생과 삶, 그리고 죽음이라는 순환 속에 각자 필요한 역할을 합니다. 지구 위의 생명들이 살아가게 하도록, 자연은 서로를 향해 뜻을 담아 반응하고 움직여요. 벌이 꽃가루를 나르는 모습을 지켜보세요. 혹독한 겨울을 견딘 씨앗이 포근한 봄바람을 타고 비옥한 땅으로 날아가는 모습도요. 그 속에서 우리는 서로 연결되어 의지하며 살아가는 기쁨을 발견할 수 있어요. 우리가 먹는 음식, 들이마시는 숨결, 내딛는 한 걸음 한 걸음이 위대한 자연의 수레바퀴를 움직이게 한답니다.

꽃가루를
전하는 길

꿀벌

꽃가루

서양톱풀

벌써 신나요! 벌이 꽃에 내려앉으면 작은 기적이 일어납니다. 수술에 맺힌 꽃가루가 벌의 몸에 달라붙으면, 벌은 일용할 양식을 찾아 또 다른 꽃을 향해 날아가며 그 꽃가루를 함께 데려가요. 새로운 꽃에 다가가면 품고 있던 꽃가루가 살며시 떨어져 꽃잎 위에 내려앉죠. 이렇게 벌이 꽃에서 꽃으로 날아다닐 때마다 새로운 생명의 순환이 시작돼요. 꽃과 벌은 그렇게 끝없는 왈츠를 추듯 서로를 향해 다가가며 삶을 이어가고 있어요.

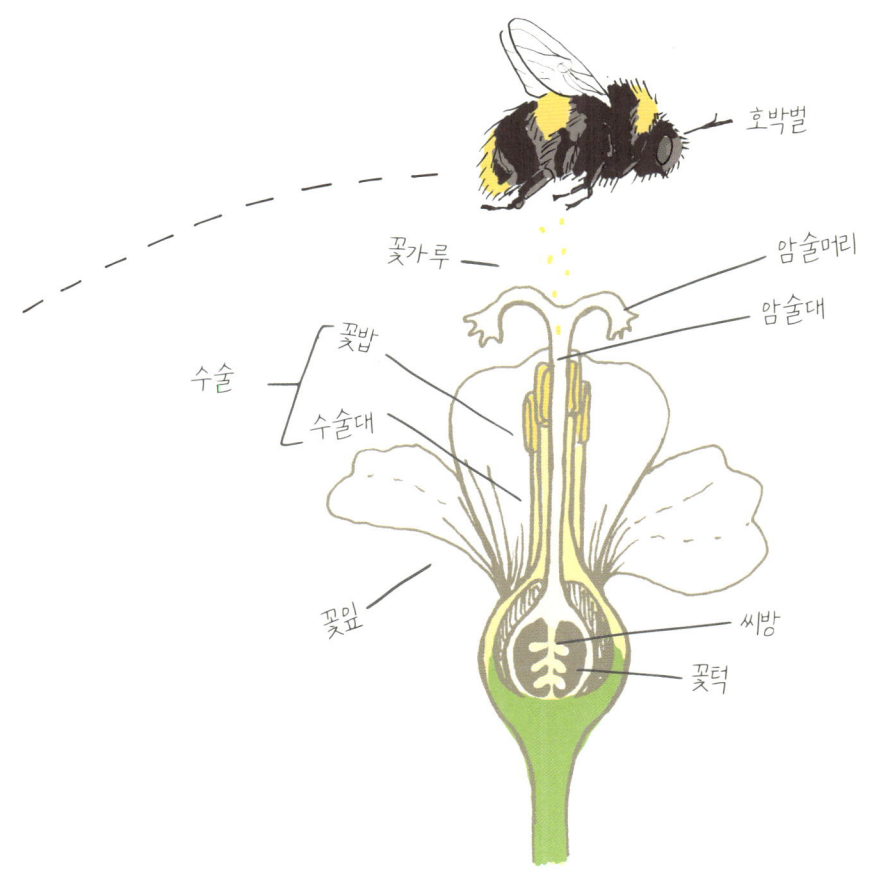

호박벌

꽃가루

암술머리

암술대

수술

꽃밥

수술대

꽃잎

씨방

꽃턱

꽃가루를 타고 온 계절의 맛

벌이 꽃에 내려앉는 모습을 본다면 기뻐해도 좋아요. 이들이 꽃가루를 옮겨주지 않으면 지구상의 생명이 이어질 수 없기 때문이에요. 인간뿐 아니라 땅 위 모든 생명의 터전이, 지구 곳곳을 누비며 조용히 생명을 잇는 이 작은 일꾼들에게 의지하여 살아가고 있답니다.

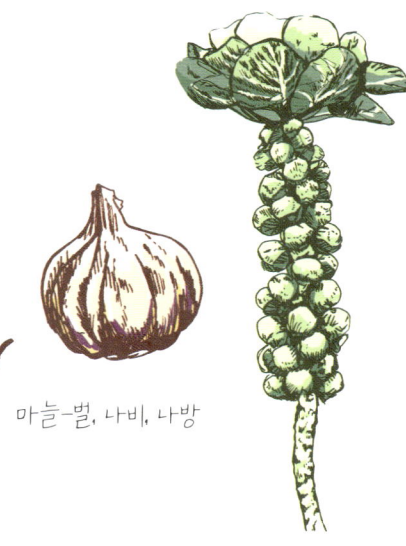

마늘-벌, 나비, 나방

방울다다기양배추-꿀벌, 토종벌

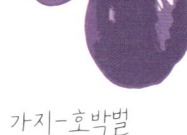

가지-호박벌

수박-토종벌

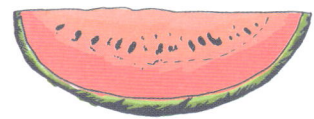

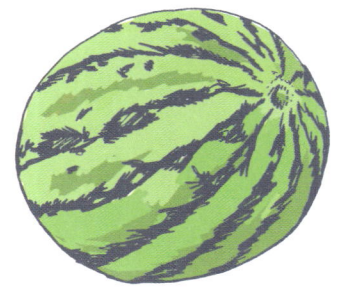

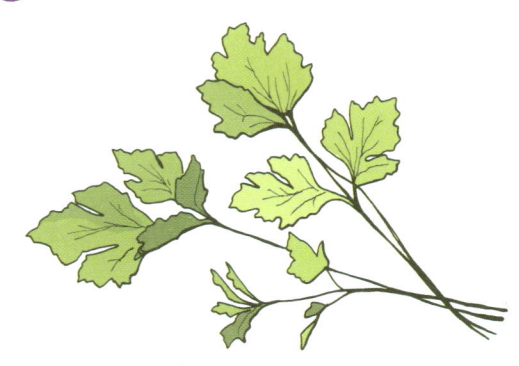

파슬리-꽃등에

꽃가루가 옮겨가지 않으면 식탁의 곡식과 채소 대부분은 자라지도 꽃을 피우지도, 열매를 맺지도 못합니다.

햇살로 만든 생명의 에너지(광합성)

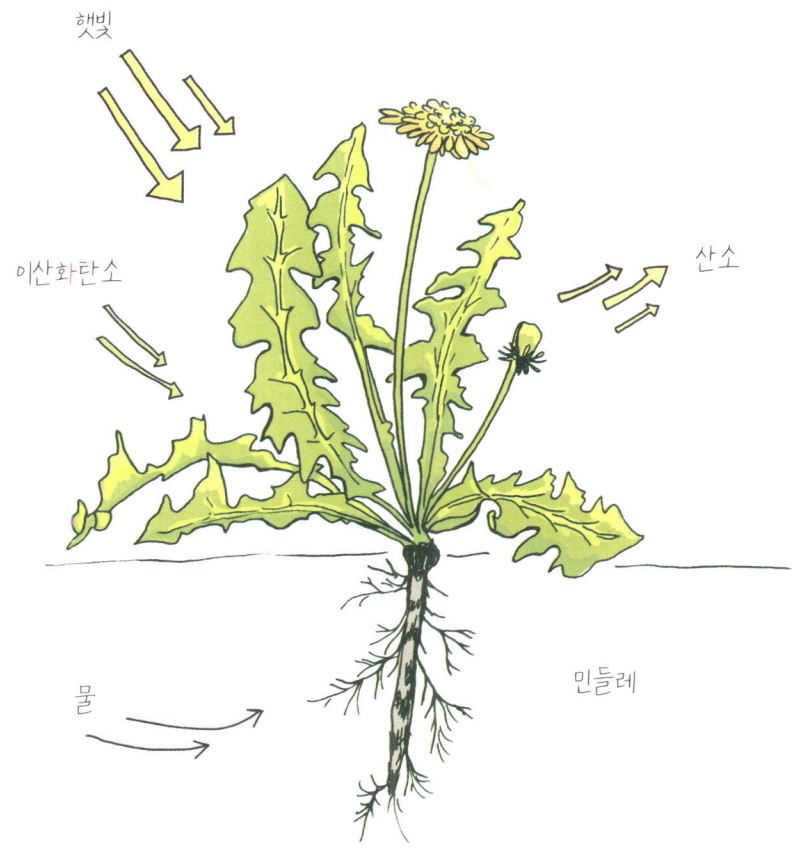

햇빛

이산화탄소

산소

물

민들레

 광합성은 식물과 동물이 서로 숨을 나누는 일입니다. 식물의 잎과 줄기는 태양이 선사한 생명의 에너지를 저장하고, 그 속에 깃든 엽록소는 푸르름을 유지할 수 있게 해요. 초록빛으로 잘 자란 식물은 이산화탄소를 들이마시고 산소를 내쉬어요. 인간은 그 반대로 산소를 들이마시고 이산화탄소를 내쉬죠. 이렇듯 식물과 인간은 서로의 호흡을 통해 꼭 필요한 것을 주고받으며 살아가고 있어요. 그러니 식물에게 말을 건네는 일이 어쩌면 그리 엉뚱한 일은 아닐지 몰라요.

잎의 단면

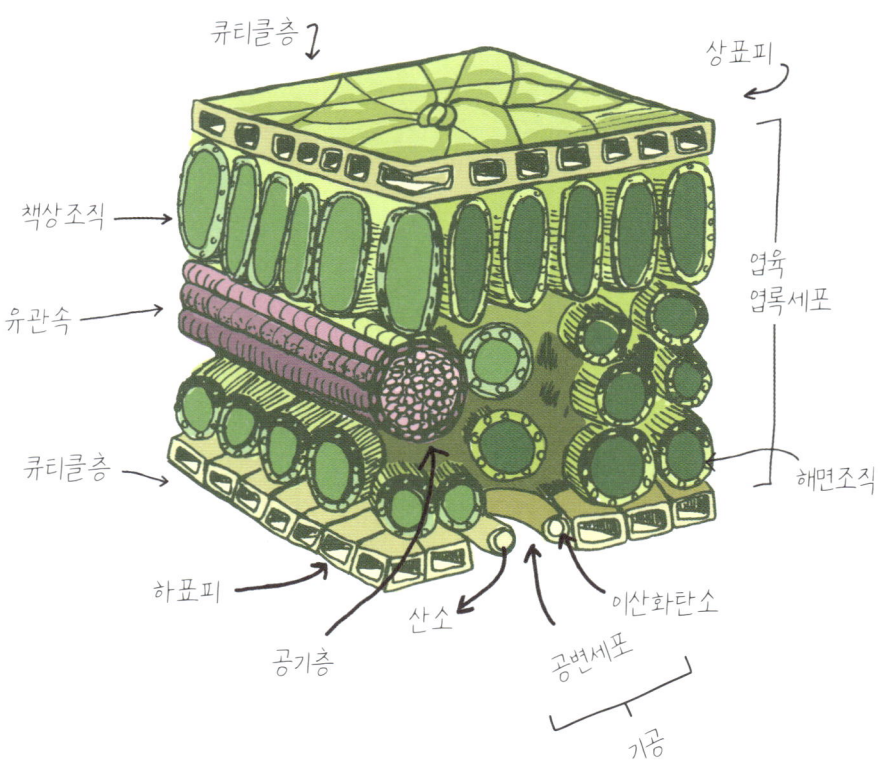

큐티클층

상표피

책상조직

유관속

큐티클층

하표피

공기층

산소

공변세포

이산화탄소

해면조직

엽육
엽록세포

기공

잎은 대다수 유관속식물에 가장 중요한 기관이에요. 이들의 뿌리는 땅에서 물과 광물질을 끌어 올리죠. 잎은 공기 중의 이산화탄소를 받아들인 다음, 태양이 전해준 에너지를 이용해 이 모든 것을 '먹을 것'으로 만듭니다. 지상의 모든 동물이 생명을 유지하고 삶을 이어가게 해주는 힘이 되죠.

책상조직

광합성은 주로 이 층에서 일어납니다. 이유는 간단하죠.
이곳의 세포 하나하나에 엽록체가 아주 많이 들어있기 때문이에요.
엽록체는 광합성 과정 중 햇빛을 흡수해 에너지를 만들어내는 공장 같은 존재랍니다.

유관속

잎 전체에 물과 양분을 전달하는 생명의 통로죠.

공변세포

잎 속의 수분을 지키기 위해 기공을 열거나 닫아서 스스로 지켜요.

해면조직

광합성이 일어날 때 산소와 이산화탄소가 드나들 수 있도록 도와줘요.

기공

산소와 이산화탄소가 드나드는 작은 문이에요.

뿌리 아래 숨겨진 **대화**

　나무는 어떻게 대화를 나눌까요? 과학자들도 이제야 조금씩 알아가고 있어요. 수많은 연구에 따르면 나무는 같은 종의 이웃과 어울려 살며 함께 자라나는 방법을 터득해 왔어요. 땅속 깊은 곳에 복잡하게 얽혀있는 '균근 네트워크'를 통해 물과 영양분을 나누고, 가뭄이나 질병 등, 위험을 알리는 신호를 재빨리 주고받아요. 그래서 이 정교한 연결망은 숲 속 인터넷Wood Wide Web이라고 불립니다.

　오래된 숲에는 땅속의 균류와 촘촘히 연결된 '어미나무'가 있어 숲의 건강을 지켜줍니다. 어미나무라 부르지만 꼭 암나무인 것은 아니에요.

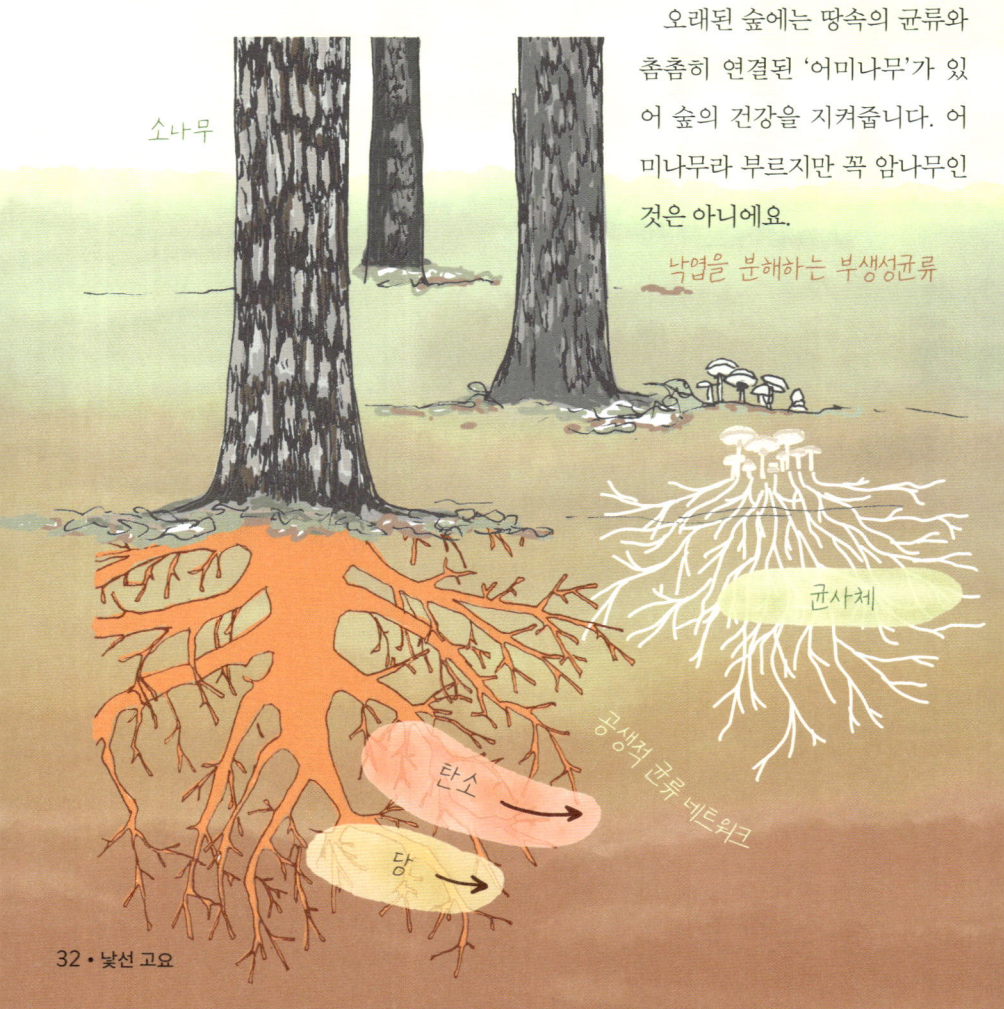

소나무

낙엽을 분해하는 부생성균류

균사체

공생적 균류 네트워크

탄소

당

균근 네트워크는 가느다란 뿌리 끝과 현미경으로만 보이는 균사가 만들어낸 땅속 그물이에요. 식물들은 이를 통해 화학·호르몬·전기 신호까지 주고받으며 소통해요. 나무는 당과 광물질을 일부러 흙으로 되돌려 보내 이웃 식물들에게 나눠주기도 해요. 이런 돌봄과 나눔이 생태계를 더욱 조화롭게 만들어요.

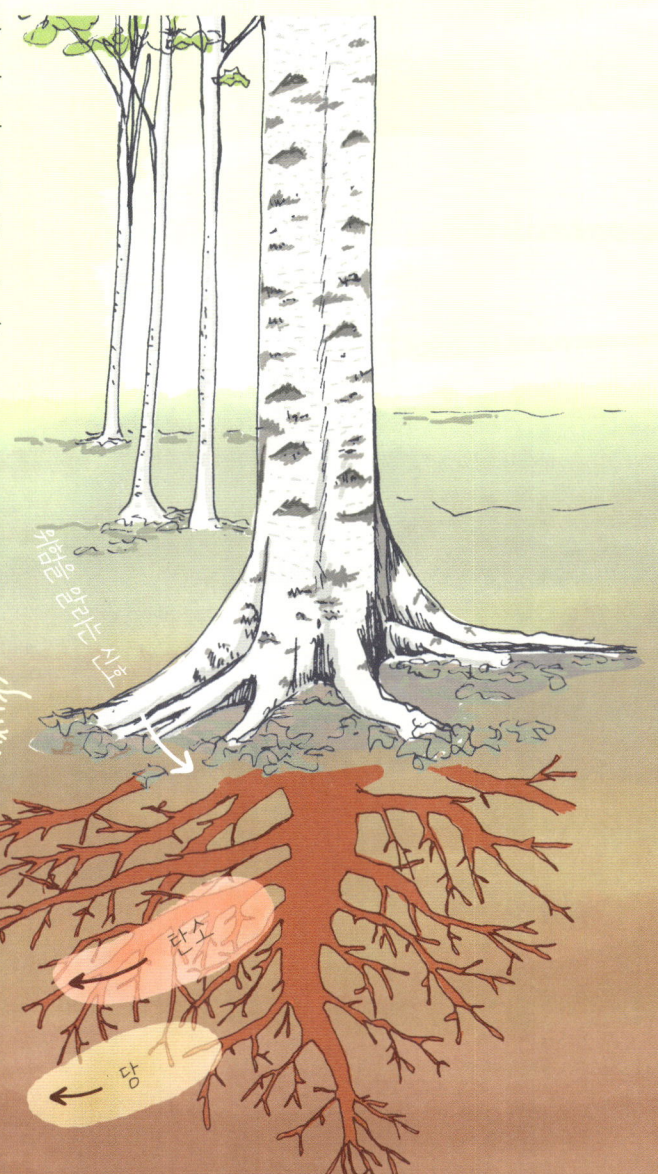

자작나무(어미나무)

위안을 얻러는 선아

균사체

물+영양분

탄소

당

나무가 우리에게 주는 것들

지구 위 생명은 나무 없이 존재할 수 없어요. 나무는 비를 만들어 땅을 촉촉하게 하고, 생명의 젖줄인 강을 깨끗하게 해줘요. 나무는 우리가 숨 쉴 수 있도록 이산화탄소를 들이마시고 산소를 내어주지요. 또한 수많은 생물이 편히 쉴 수 있는 아늑한 보금자리이기도 합니다.

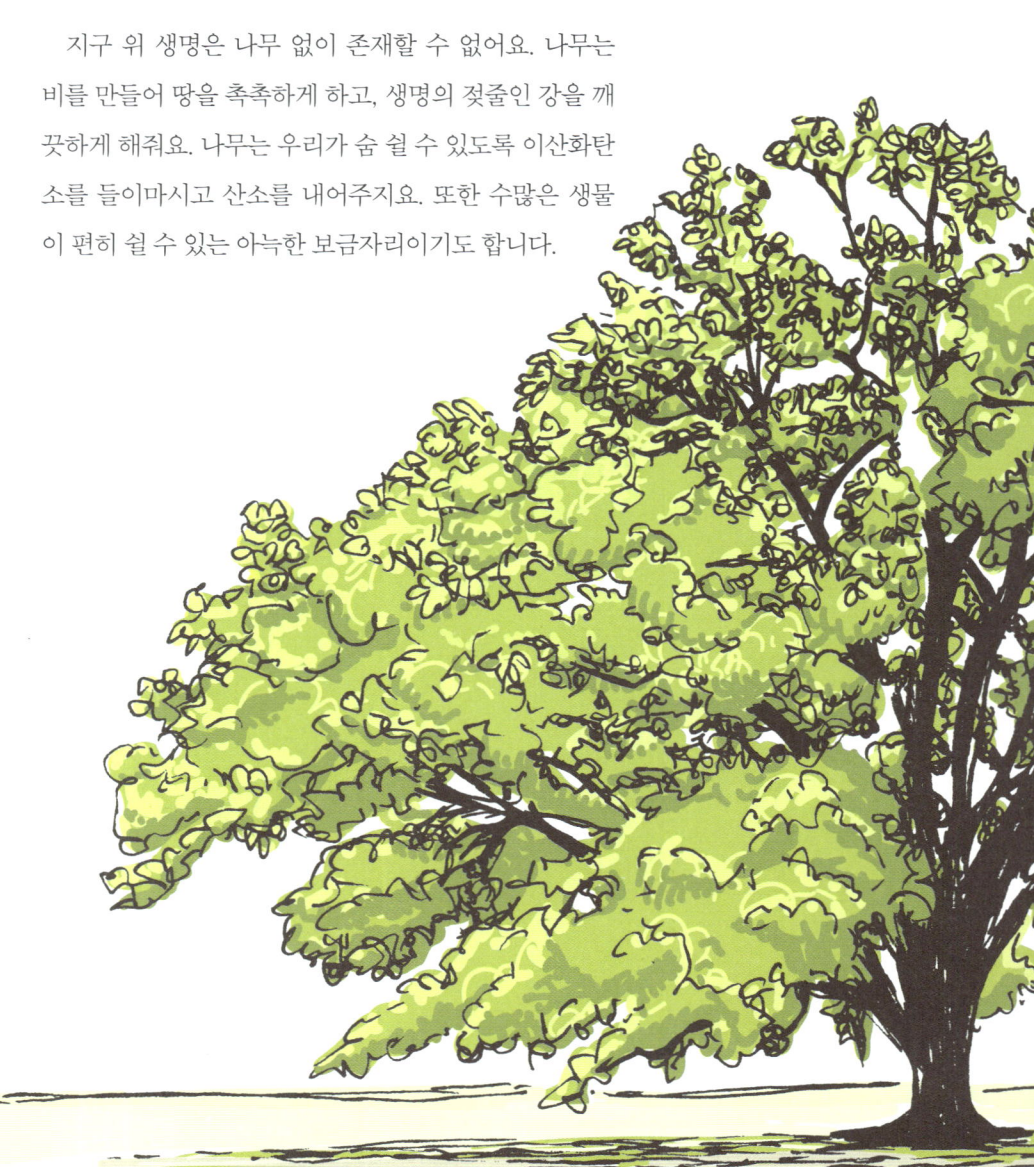

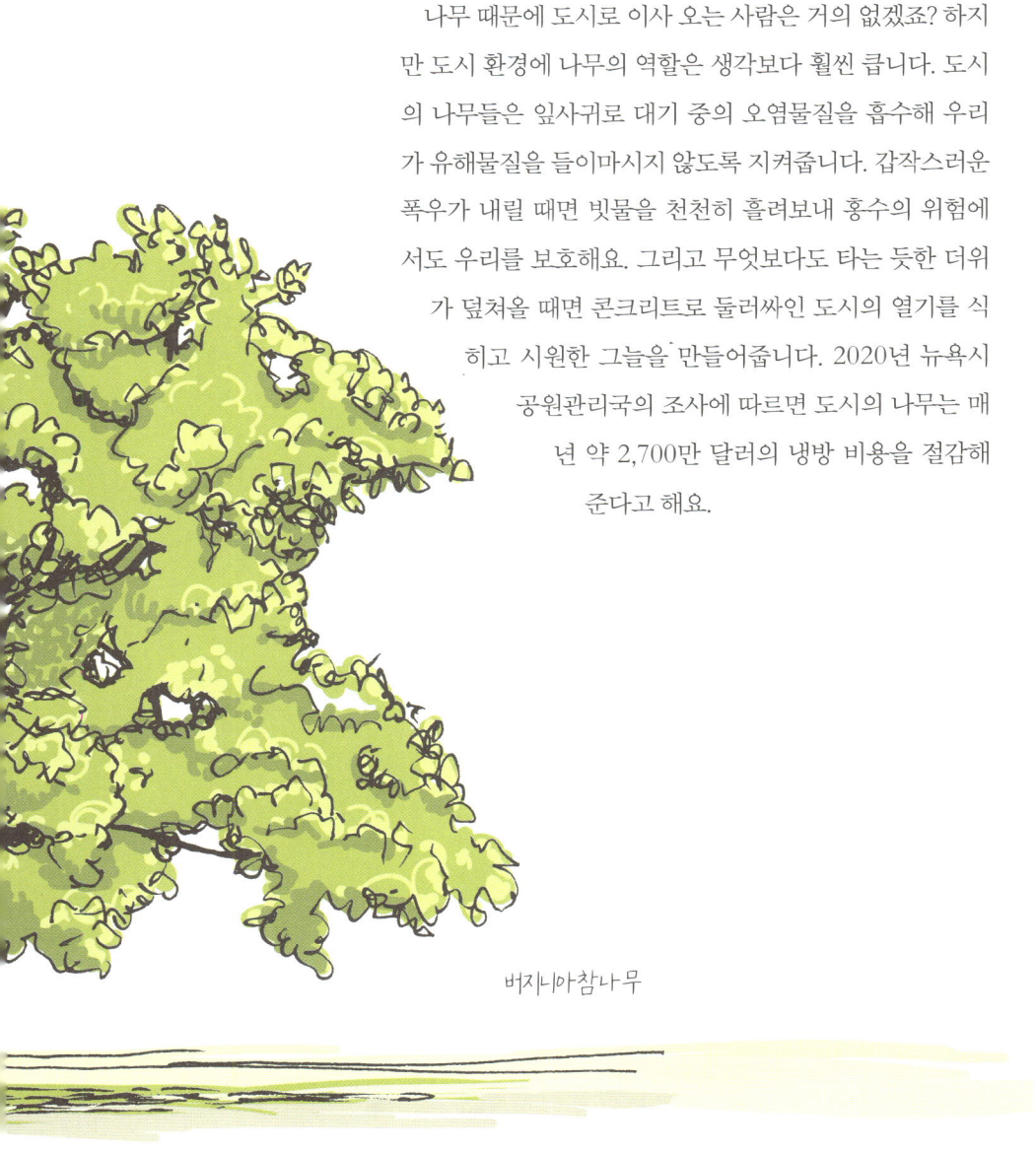

나무 때문에 도시로 이사 오는 사람은 거의 없겠죠? 하지만 도시 환경에 나무의 역할은 생각보다 훨씬 큽니다. 도시의 나무들은 잎사귀로 대기 중의 오염물질을 흡수해 우리가 유해물질을 들이마시지 않도록 지켜줍니다. 갑작스러운 폭우가 내릴 때면 빗물을 천천히 흘려보내 홍수의 위험에서도 우리를 보호해요. 그리고 무엇보다도 타는 듯한 더위가 덮쳐올 때면 콘크리트로 둘러싸인 도시의 열기를 식히고 시원한 그늘을 만들어줍니다. 2020년 뉴욕시 공원관리국의 조사에 따르면 도시의 나무는 매년 약 2,700만 달러의 냉방 비용을 절감해 준다고 해요.

버지니아참나무

새와 미국너구리 같은 작은 동물은 나무를 안식처로 삼고 살아갑니다.
먹이를 얻고 짝을 만나며 사냥할 때도 나무는 꼭 필요하지요.

보금자리를 내어준 새들에게 나무도 도움을 받습니다. 도가머리딱따구리나 박새, 붉은눈비레오, 동고비 같은 새들은 딱정벌레나 진드기처럼 나무를 괴롭히는 벌레를 잡아먹고, 해롭지 않은 곤충은 너무 줄어들지 않도록 개체수를 지켜줘요. 이들은 먹이로 삼은 열매의 씨앗을 배변 활동으로 (때로는 날아가는 중에도 말이죠!) 널리 퍼뜨리고, 때로는 묘목이나 작은 식물을 옮겨놓으며 숲의 생태계를 더욱 풍성하게 만든답니다.

도가머리딱따구리는
나무에 구멍을 뚫어
둥지를 틀어요.

나무를 보금자리로 삼는 건
미국너구리도 같아요!

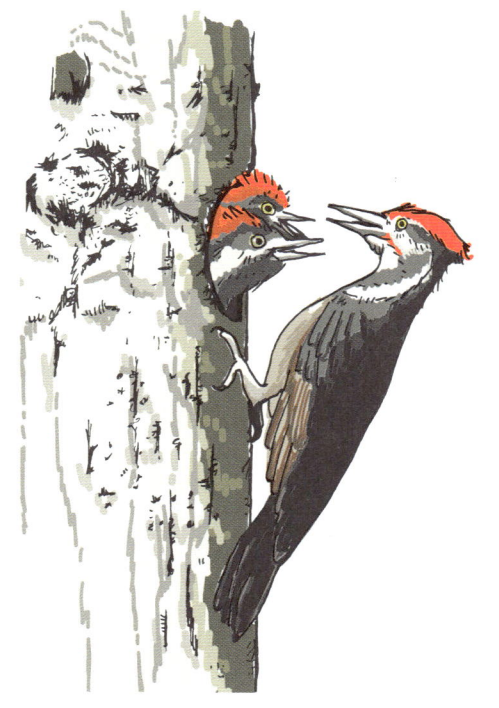

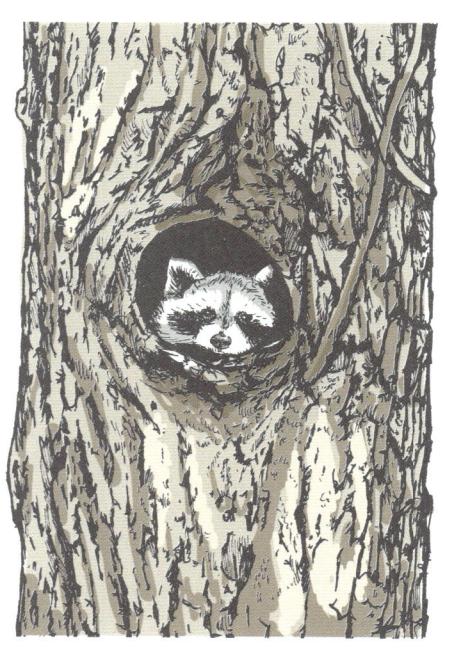

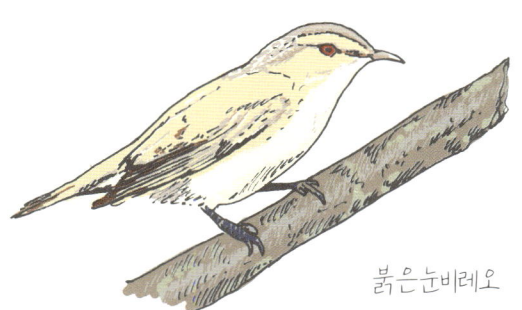

붉은눈비레오

물잔 모양 둥지에 안긴 새들

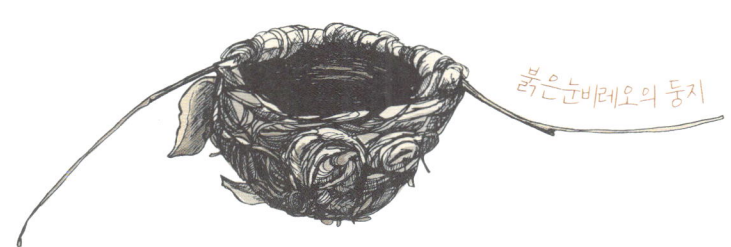

붉은눈비레오의 둥지

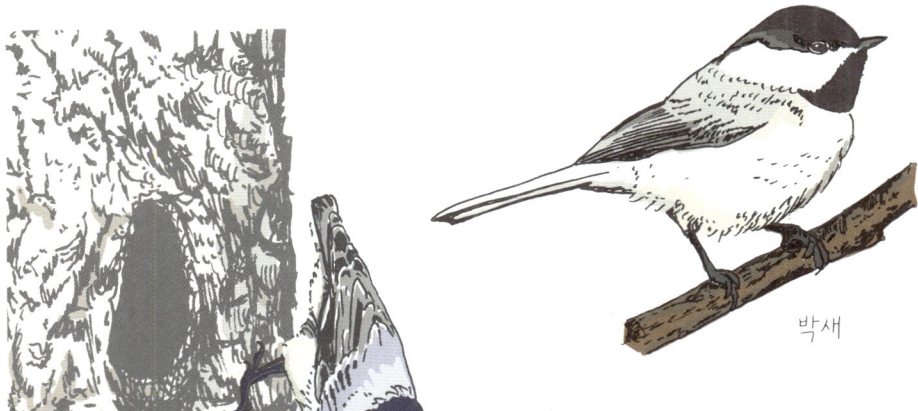

동고비

박새

동고비는 나무 속 작은 구멍에 물잔 모양의 둥지를
또 만들어 아늑한 안식처를 마련해요!

재밌는 사실:

작은 박새 한 마리가 하루에
천 마리나 되는 벌레를 잡아먹
을 수 있다니 참으로 놀랍지
않나요!

실습: 정원에서 해바라기를 키워보아요

  씨앗을 심는다는 건 곧 희망을 심는 일이에요. 언젠가 그 씨앗이 꽃을 피우는 것을 볼 수 있으리라는 믿음, 그리고 꽃이 자라날수록 당신과 그 곁의 모든 존재들에게 기쁨이 되어 줄 것이라는 신뢰가 담겨 있어요. 씨앗을 심고, 그 안에 깃든 삶의 이야기를 상상하는 소박한 기쁨을 마음껏 누려보세요.

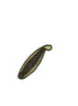 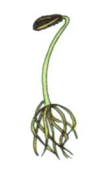 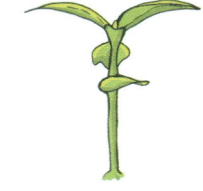

씨앗이 땅속에
자리를 잡아요.

싹이
고개를 내밀어요.

연한 잎이
하루하루 자라나요.

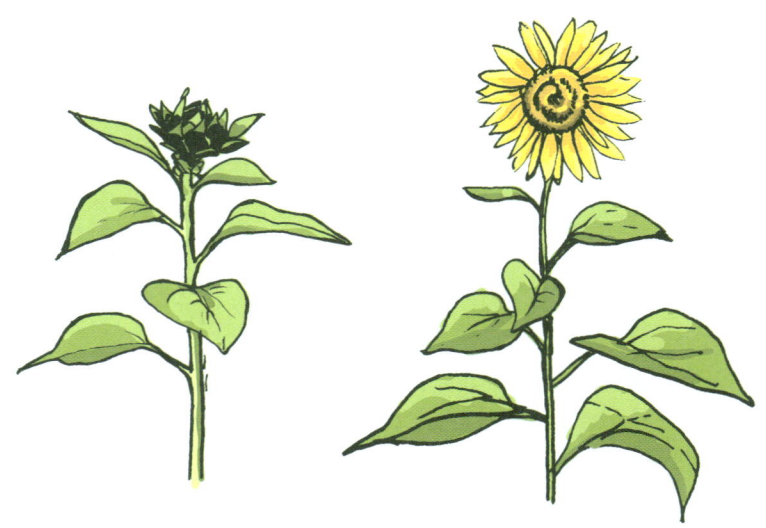

꽃망울이 조심스레
맺히기 시작해요.

해바라기가 화사한 얼굴을
드러냈어요.

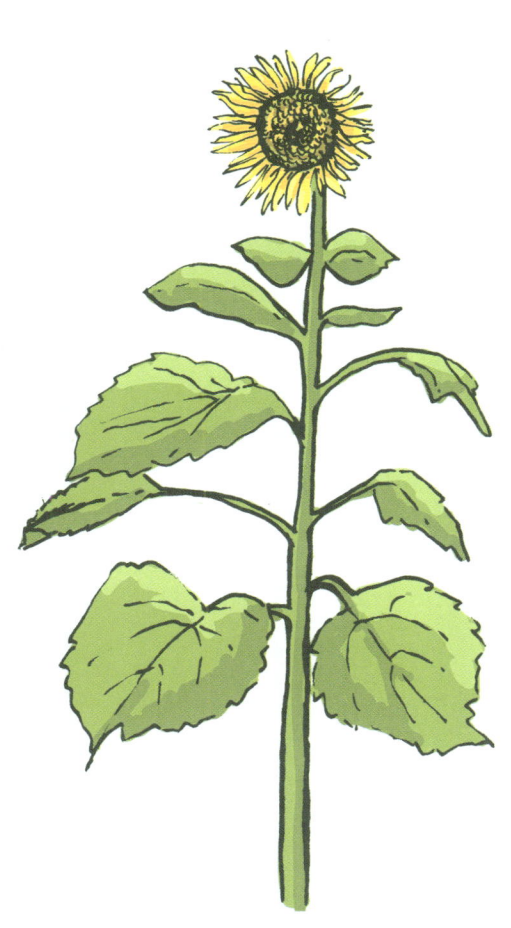

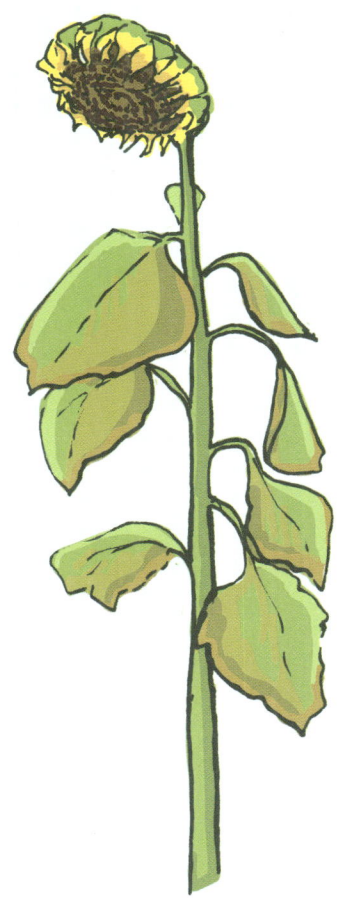

씨앗이 무르익고,
또 다음 생을 위한
준비를 시작해요.

해바라기가 품었던 씨앗을 땅으로
내려놓아, 또 다른 시작을
기대하게 해요.

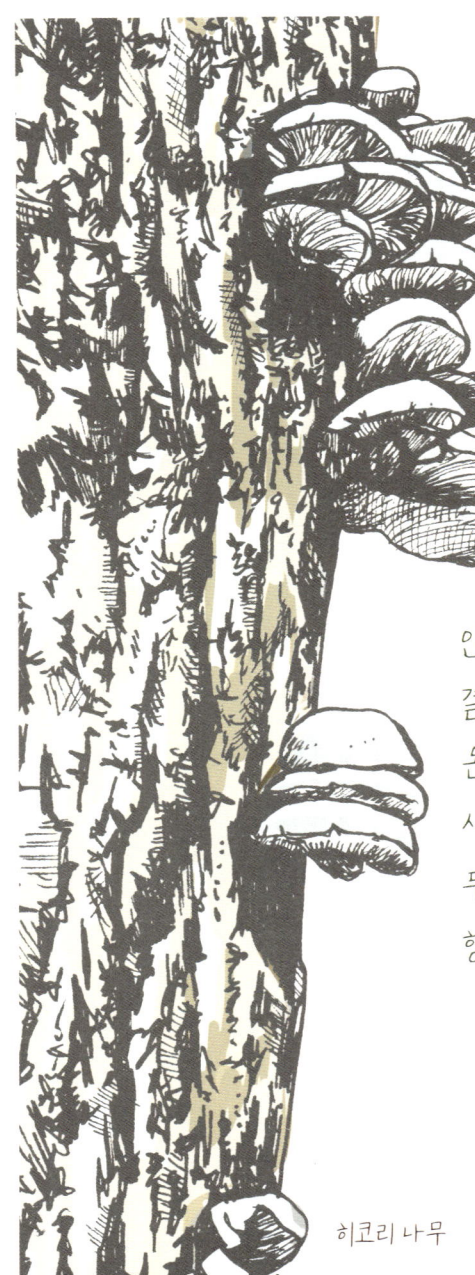

느타리버섯

인생의 목적은
결국 주어진 시간을
온전히 살아가는 것에 있습니다.
새로운 경험을 온전히 즐기고,
두려움 없이 더 새롭고 풍요로운 세상을
향해 열정적으로 손을 뻗는 것이죠.

—엘리너 루스벨트

히코리 나무

chapter 3

자연을 맛보는 시간

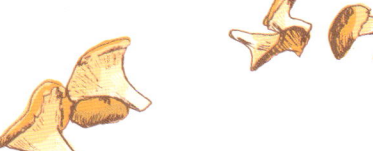
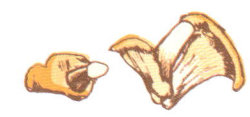
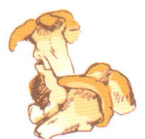

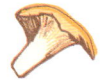

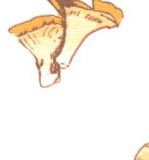

채집은 우리를 자연 속으로 이끄는 초대장입니다. 식물이 들려주는 삶의 이야기에 귀 기울이며, 욕심을 내려놓고 자연이 내어주는 선물을 오래도록 누릴 수 있게 하지요. 호기심 가득한 미각을 만족시키는 탐험이기도 합니다. 우리가 먹는 것이 어디에서 왔는지 알아가는 그 여정 속에서 우리 안에 잠든 가장 원시의 나 자신과 마주하게 됩니다. 채집이 이루어지는 그 땅은 우리의 오감이 깨어나는 가장 특별한 교실이 돼요.

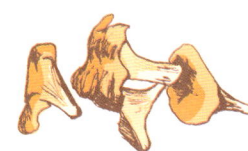
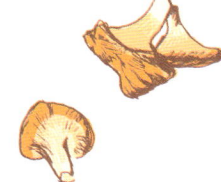

안전에 유의하세요! 독초 구별법

　자연은 많은 먹을거리를 내어주지만, 모든 견과류나 열매, 꽃, 버섯이 안전한 것은 아닙니다. 실제로 일부는 독성을 지니고 있으니까요. 그래서 채집을 시작할 땐 경험 많은 멘토에게 배우고 믿을 만한 안내서를 참고해야 해요. 이건 단순한 권장이 아니라 꼭! 필요한 과정입니다. 그렇게 하다 보면 우리 주변의 식물을 보고, 만지고, 향기를 맡으며 조금씩 알아가게 되고, 먹을 수 있는 식물에 대한 지식이 하나둘 쌓입니다. 그리고 마침내 원하는 식물을 찾게 된다면, 그 야생의 맛을 마음껏, 입안 가득 즐겨보세요. 그리고 잊지 마세요. 채집에서 가장 중요한 것은 몸에 좋은 식물과 해로운 식물을 정확히 구별하는 것이라는 사실 말이에요.

알아두면 좋은 독성 식물들

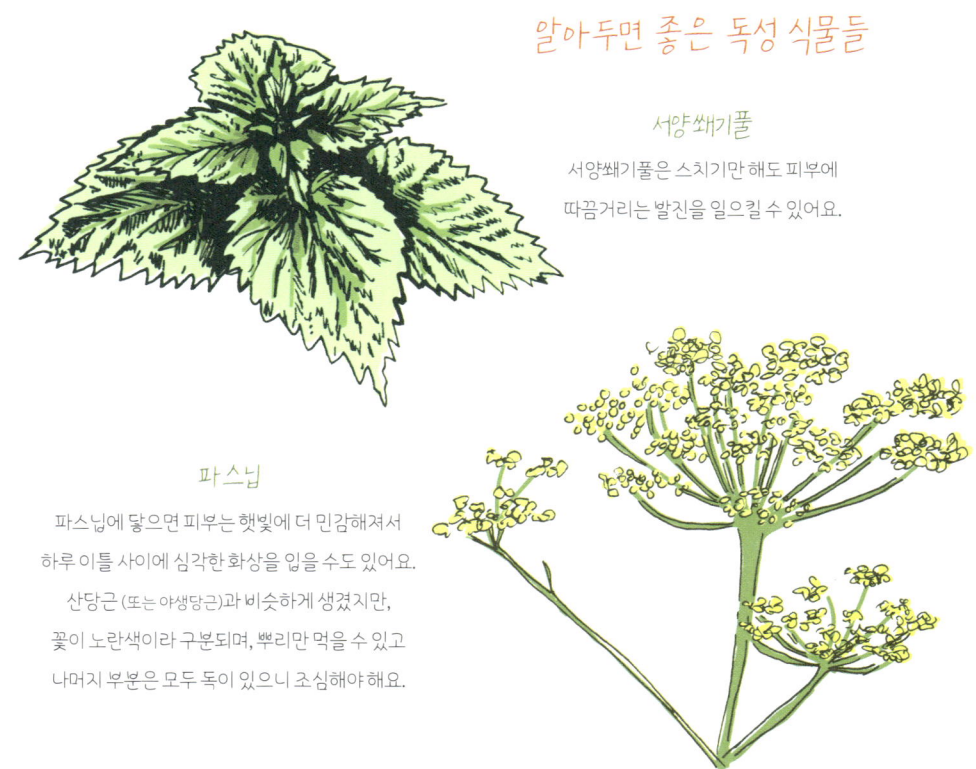

서양쐐기풀

서양쐐기풀은 스치기만 해도 피부에 따끔거리는 발진을 일으킬 수 있어요.

파스닙

파스닙에 닿으면 피부는 햇빛에 더 민감해져서 하루 이틀 사이에 심각한 화상을 입을 수도 있어요. 산당근 (또는 야생당근)과 비슷하게 생겼지만, 꽃이 노란색이라 구분되며, 뿌리만 먹을 수 있고 나머지 부분은 모두 독이 있으니 조심해야 해요.

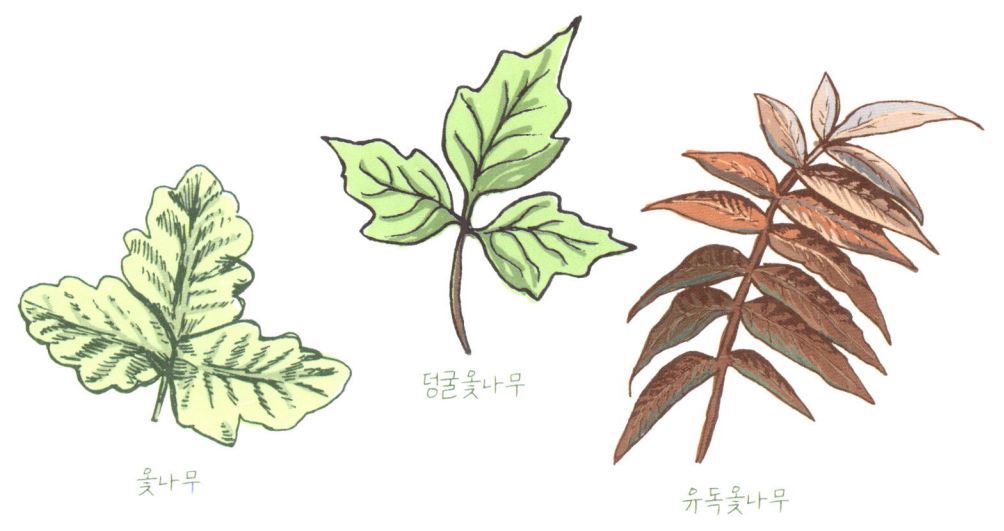

덩굴옻나무

옻나무

유독옻나무

옻나무와 덩굴옻나무, 유독옻나무 모두 우루시올이라는 화학물질을 지니고 있어요. 이 물질은 가려움을 동반한 발진이 생기는 피부 알레르기 반응을 일으키는데, 시간이 지나면 물집으로 변해요.

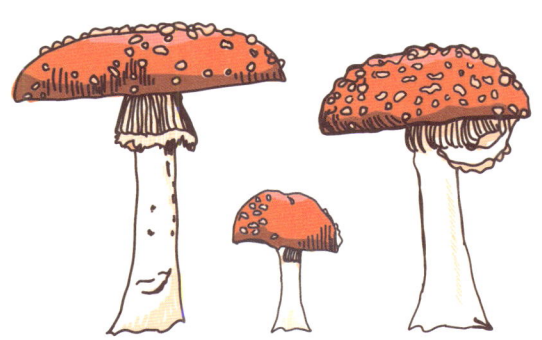

붉은점갓닭알독버섯

'붉은광대버섯'이라고도 불리는
붉은점갓닭알독버섯은 먹었을 때 독성을
일으키지만, 목숨을 잃을 정도는 아닙니다.
하지만 증상은 아주 다양하고 예측하기 어려워요.
메스꺼움, 두통, 어지러움부터 심한 경우 섬망이나
발작이 나타날 수 있으니 주의가 필요해요.

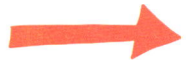 뭔지 확실하지 않다면 절대 입에 넣지 마세요.

그럼 이제 먹을 수 있는 **야생 열매를** 찾아볼까요

(수확 시기는 당신이 사는 곳에 따라 달라질 수 있어요.)

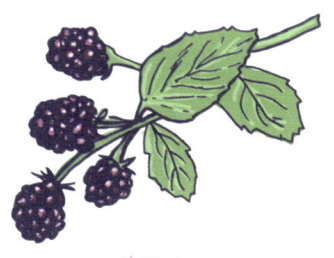

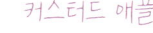
커스터드 애플

북미에서 먹을 수 있는 가장 큰 과일로
주로 미국 동부에서 볼 수 있어요.

블랙베리

서양산딸기는 비타민C와 식이섬유가 풍부하며,
비슷하게 생긴 독성 열매가 없어서 헷갈릴 염려가
없어요. 비슷한 열매로는 미국 전역에서 쉽게
볼 수 있는 검은나무딸기가 있어요.

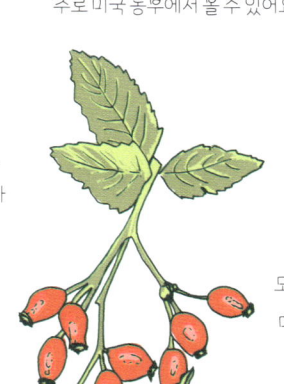

장미열매

로즈힙이라고도 불리는 이 열매로
만든 차는 새콤한 딸기 맛이 나고
향이 참 좋아요. 갓 딴 것과 말린 것
모두 사용할 수 있으며, 비타민C 함량이
매우 높습니다. 가을, 첫서리가 내린 뒤
야생 장미 덤불에서 볼 수 있고, 미국
전역에서 비교적 쉽게 찾을 수 있어요.

야생딸기

덩굴에 매달리듯 열리는 야생딸기는 하얀색이나
연분홍색 꽃을 피우며 입안에 넣으면 달콤함이 퍼지죠.
비슷하게 생긴 뱀딸기는 열매가 위를 향하고 노란 꽃을
피웁니다. 특별한 맛은 없지만 독성도 없으니
먹어도 걱정할 필요는 없어요.

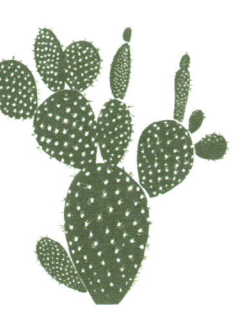

백년초

멜론을 닮은 달콤한 맛의 열매예요. 완전히 붉게 익어 초록빛이 남아있지 않을 때
수확하지요. 가뭄에도 강해서 덥고 메마른 지역에서도 쉽게 만날 수 있어요.

가을 숲에서 만나는 작은 열매들

어떤 나무에서 열매가 열리는지, 그 열매가 어느 계절에 익는지 알고 있다면 견과류 채집에 가볍게 나서보세요. 견과류 대부분은 가을에 여물지요. 단백질과 지방이 풍부해 든든한 영양원이 된답니다.

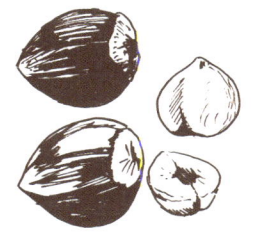

개암나무 열매는 북미 자생식물로 캐나다와 미국 동부, 남동부, 중서부 지역에서 자라요. 열매가 달린 송이를 통째로 따서 말린 뒤 견과용 도구로 껍질을 까서 먹으면 돼요.

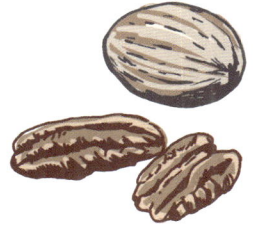

피칸은 미국 전역에서 자라는 견과예요. 가을이면 열매가 익어 나무에서 톡톡 떨어지고, 견과용 도구로 쉽게 껍질을 깔 수 있어요. 생으로 먹어도 좋고 살짝 볶아 먹어도 좋아요. 고소한 맛이 입안 가득 퍼질 거예요.

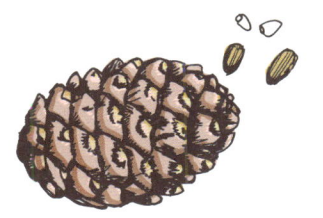

잣은 미국 서부에 자생하는 피뇬 소나무의 열매예요. 여름의 끝자락이나 가을 초입, 나무 아래 담요나 방수포를 펼쳐 놓고 나무를 살며시 흔들면 익은 잣이 후드득, 자연의 선물처럼 쏟아진답니다.

흑호두와 히코리나무 열매는 아주 단단한 껍질에 속살을 숨겨두고 있어요. 속에 든 맛있는 알맹이를 꺼내려면 망치 같은 도구가 필요할 정도지요. 흑호두는 주로 미국 동부와 중동부 전역에 걸쳐 자라며, 히코리나무 열매는 미국 동부와 중부 지역에서 주로 자랍니다.

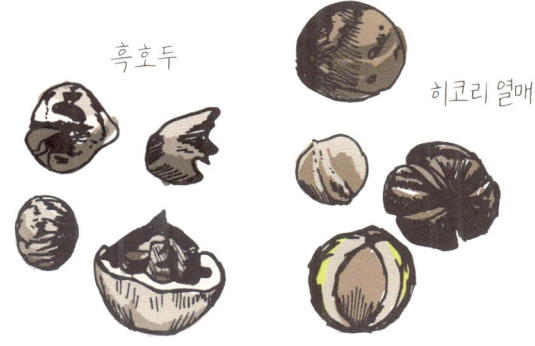

흑호두

히코리 열매

봄부터 늦여름까지, 미국 곳곳에서 만날 수 있는 꽃 한 입

먹을 수 있고 맛도 좋으며 영양도 풍부한 꽃이 많다는 사실, 알고 있나요? 마당 여기저 기 고개를 빼꼼 내미는 그 야무진 민들레도 이 명단에서 빠질 수 없죠. 하지만 비료나 농 약을 사용한 곳에서 자란 꽃이라면 절대 먹어선 안 돼요. 민들레꽃은 신선하게 생으로 먹 거나 샐러드에 살짝 올려도 좋아요. 뿌리는 뜨거운 물에 우려 향긋한 차로 즐길 수 있죠.

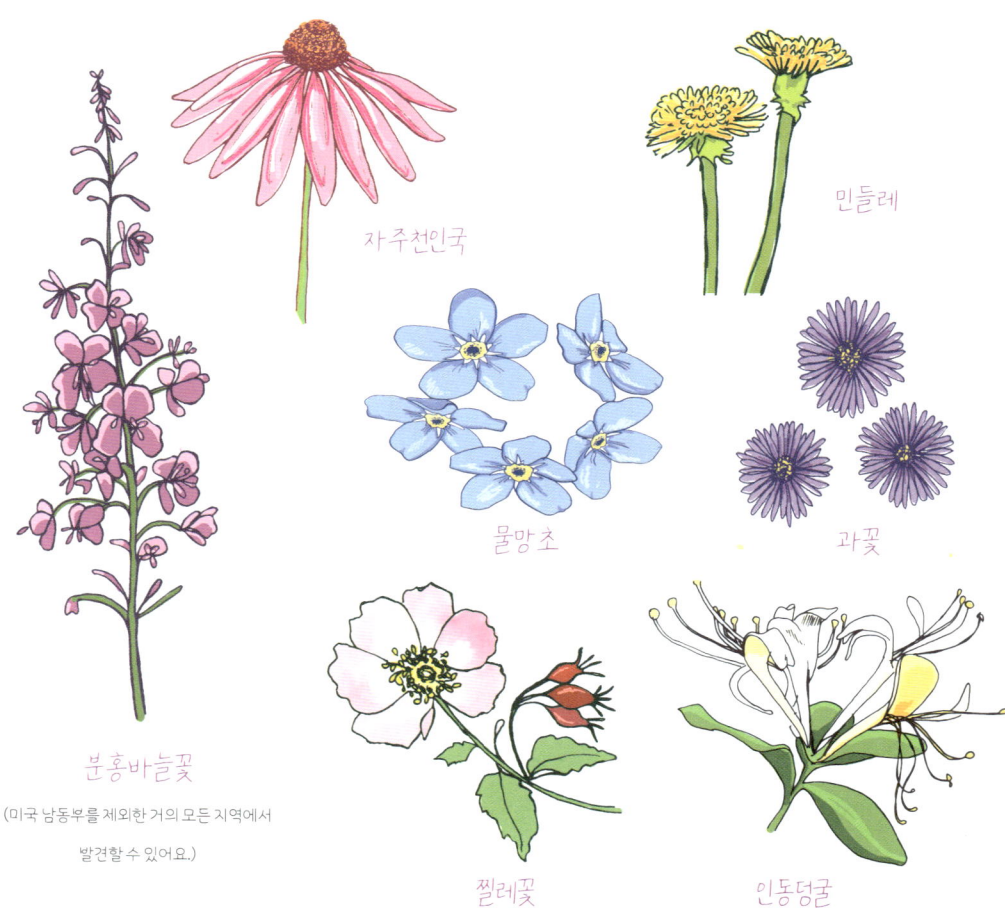

자주천인국

민들레

물망초

과꽃

분홍바늘꽃

(미국 남동부를 제외한 거의 모든 지역에서 발견할 수 있어요.)

찔레꽃

인동덩굴

봄, 들녘에서 만나는 **야생 채소들**

자연에서 만난 푸른 잎을 살짝 더하면 평범한 샐러드도 멋진 요리가 된답니다.

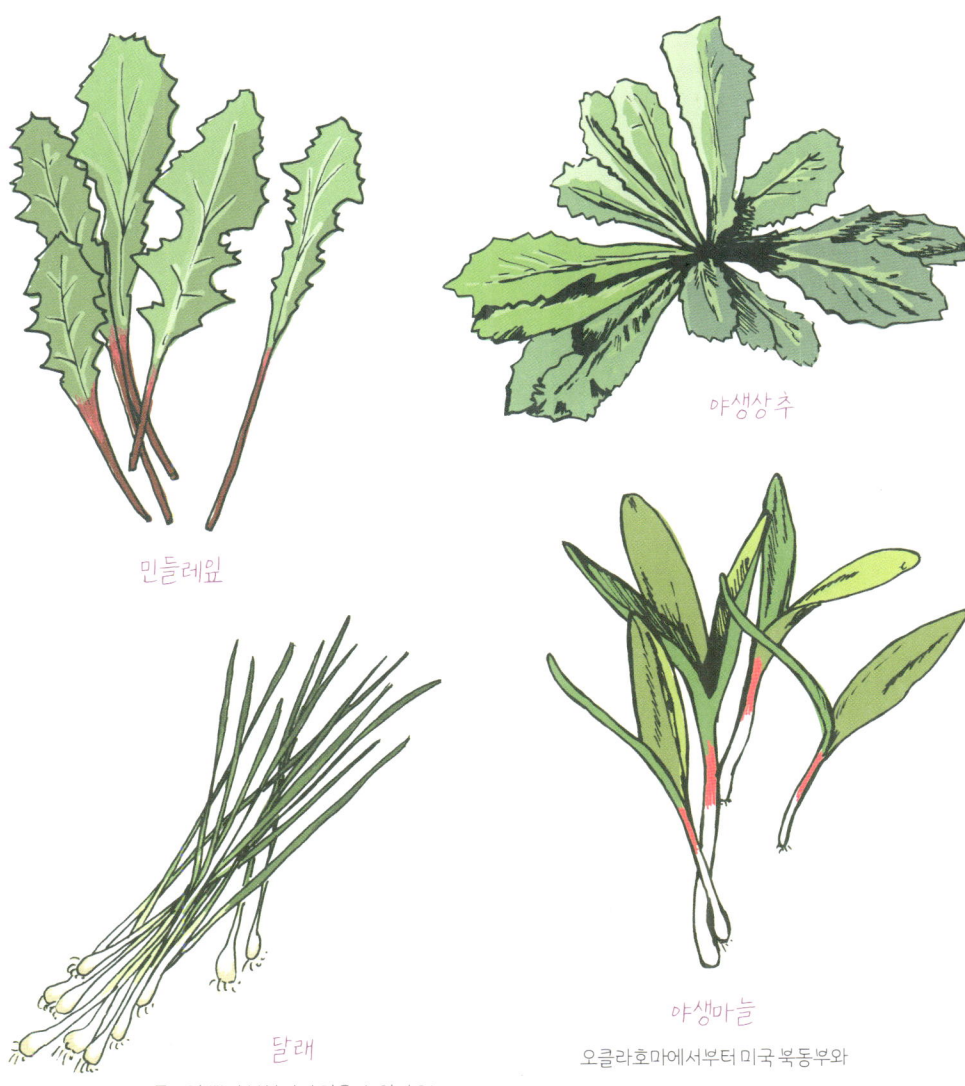

야생상추

민들레잎

달래

동그란 뿌리 부분까지 먹을 수 있어요!

야생마늘

오클라호마에서부터 미국 북동부와
남동부 지역 숲속에서 만날 수 있어요.

땅속에 숨은 **보물찾기**

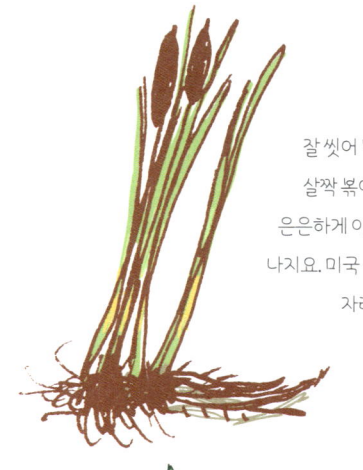

부들

잘 씻어 말린 부들 뿌리는
살짝 볶아 먹으면 좋아요.
은은하게 아티초크를 닮은 맛이
나지요. 미국 곳곳의 민물 습지에서
자라고 있어요.

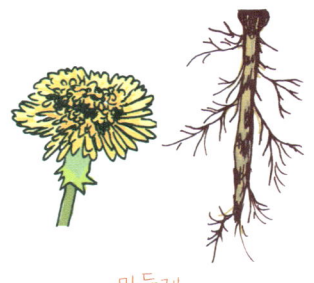

민들레

잘 말린 민들레 뿌리로 차를
우려보세요. 따뜻한 차가 속을
편안하게 해줄 거예요.

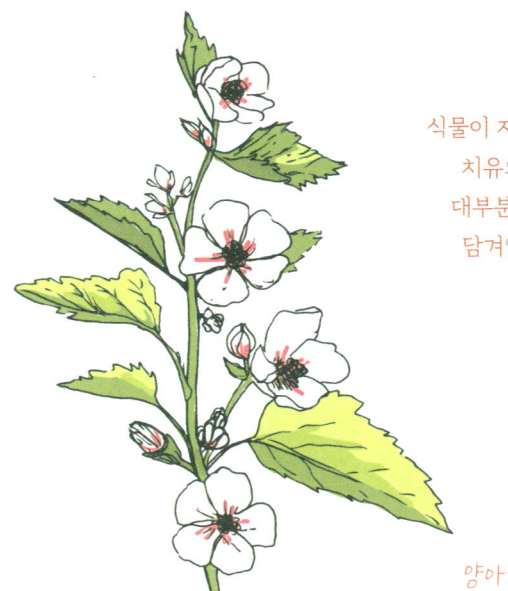

식물이 지닌 영양과
치유의 힘은
대부분 뿌리에
담겨있어요.

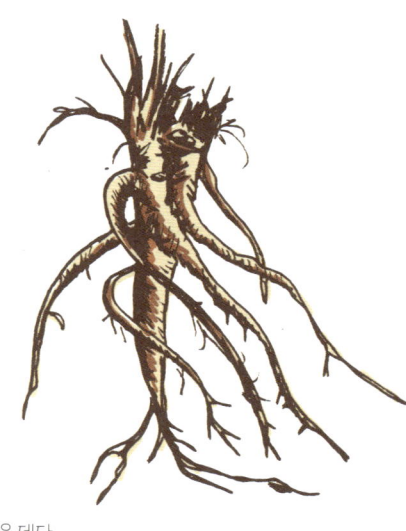

양아욱 뿌리

이 식물 뿌리로 우려낸 차는 맛도 좋은 데다
항균 효과도 있어요. 속쓰림이나 목의 통증을
부드럽게 달래준답니다. 강가처럼 습한 곳에서
흔히 자라는 풀이지요.

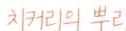

치커리의 뿌리

잘 말려서 곱게 간 치커리 뿌리 한 스푼을 커피에
더하면 더욱 풍부하고 진한 맛을 즐길 수 있어요.
도로변이나 야생의 들판에서 쉽게 찾아볼 수 있죠.

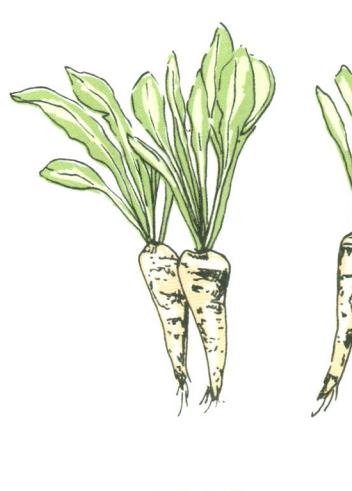

자주천인국

자주천인국의 뿌리에서 추출한 성분으로 무려 200가지가 넘는 약을 만들 수 있어요.
모두 면역력을 북돋아 주기 위한 것이죠. 이 자줏빛 꽃의 꽃잎과 잎, 뿌리는 따뜻한 차
한 잔에 담겨 우리가 쉽게 병에 걸리지 않도록 도와줍니다. 이 아름다운 식물은
건조한 초원이나 햇살 드는 숲 가장자리에서 조용히 자라나며
누군가의 건강을 지켜줄 힘을 키워가고 있어요.

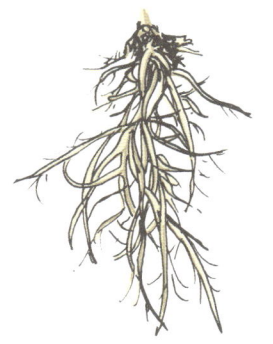

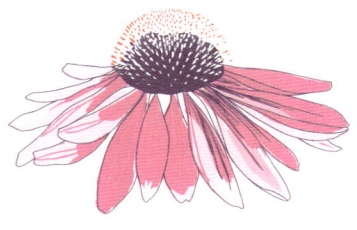

버섯의 속을
들여다보아요

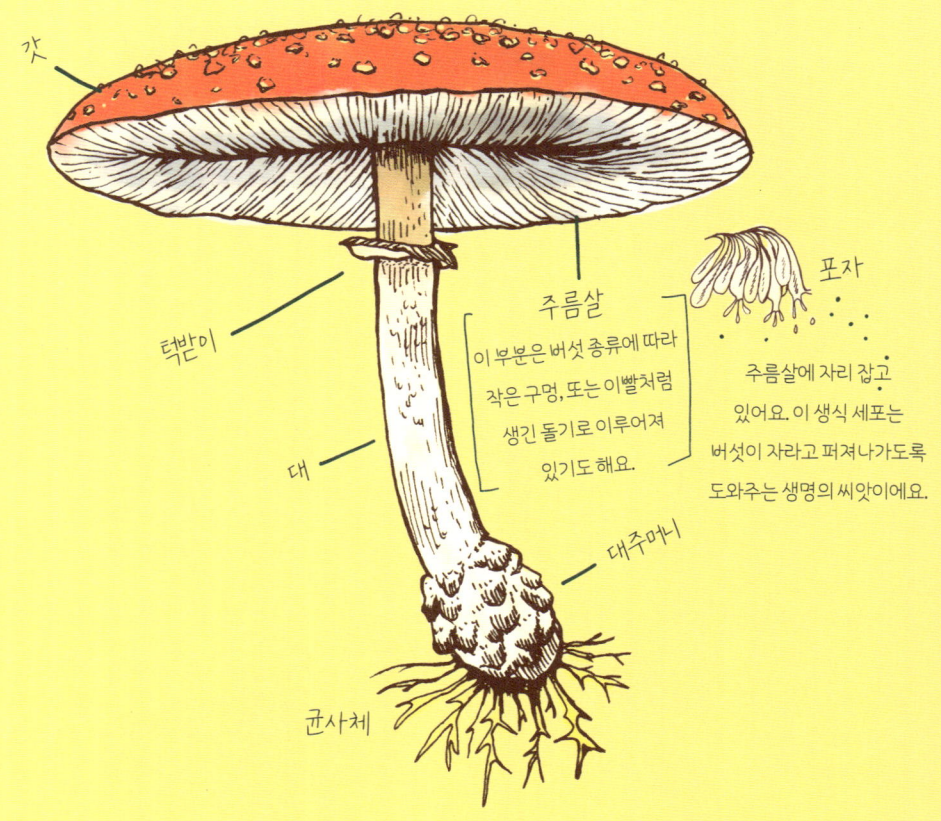

갓

턱받이

대

주름살

이 부분은 버섯 종류에 따라 작은 구멍, 또는 이빨처럼 생긴 돌기로 이루어져 있기도 해요.

포자

주름살에 자리 잡고 있어요. 이 생식 세포는 버섯이 자라고 퍼져나가도록 도와주는 생명의 씨앗이에요.

대주머니

균사체

먹을 수 있는 **버섯이에요**

버섯은 포자가 흩어지는 모양새와 포자가 남기는 무늬의 색에 따라 분류돼요.

꼭 기억하세요! 어떤 종류의 버섯인지 확실하지 않다면 절대 먹어선 안 돼요. 반드시 믿을만한 자료를 찾아보고, 포자 무늬를 확인해 정확한 종류를 알아내야 해요.

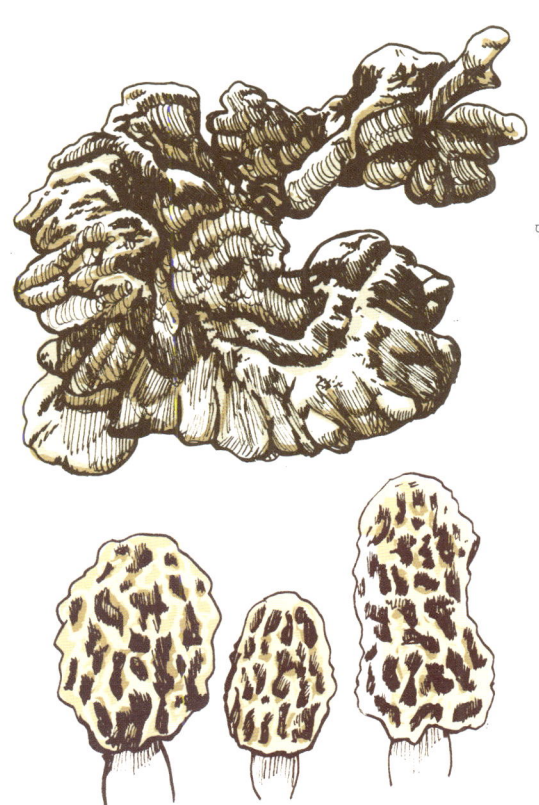

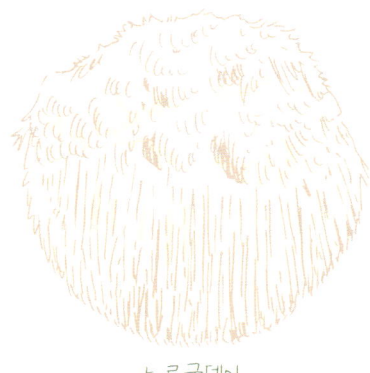

덕다리버섯

버섯 아래쪽의 촘촘한 작은 흰색 구멍
닭고기 맛이 나는 버섯이라니!
덕다리버섯은 식감도 풍미도 마치 닭고기 같답니다.

노루궁뎅이

이빨 모양의 흰색 돌기

곰보버섯

크림색 또는 옅은 노란색 벌집 모양의 갓

곰보버섯은 숲속 채집가들이 찾는 황금 같은 존재예요. 눈에 잘 띄지 않지만,
제철이 되면 몇 달간 모습을 드러내죠. 지면 온도가 약 10도가 되면 고개를 내밀고,
낮 기온이 약 27도가 될 때까지 천천히 자랍니다. 당신이 사는 곳의 기후와 계절에 따라
곰보버섯이 얼굴을 내미는 시기도 달라져요.

또 다른 버섯들도 함께 맛보아요

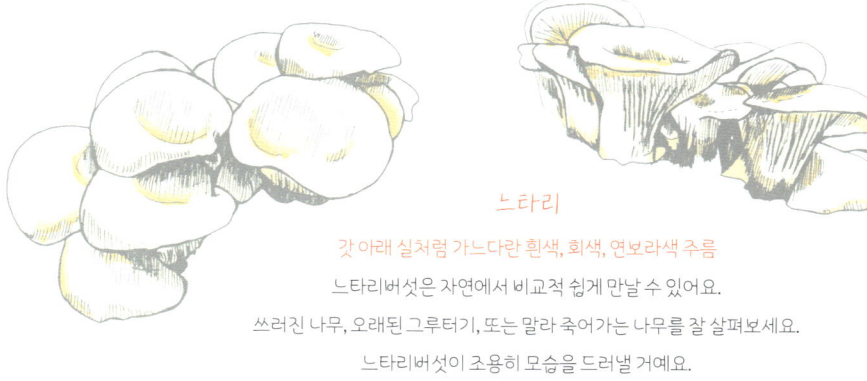

느타리

갓 아래 실처럼 가느다란 흰색, 회색, 연보라색 주름

느타리버섯은 자연에서 비교적 쉽게 만날 수 있어요.

쓰러진 나무, 오래된 그루터기, 또는 말라 죽어가는 나무를 잘 살펴보세요.

느타리버섯이 조용히 모습을 드러낼 거예요.

보통은 땅 위에서 자라지 않기 때문에 땅만 봐서는 찾기 어려워요.

꽃송이버섯

산호 또는 꽃양배추를 닮은 흰색 곱슬곱슬한 모양

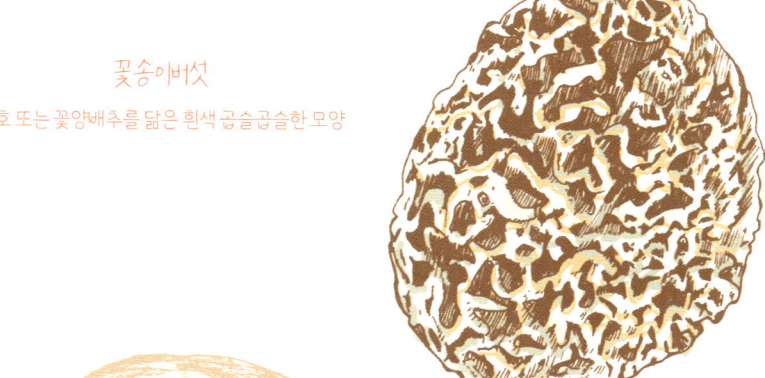

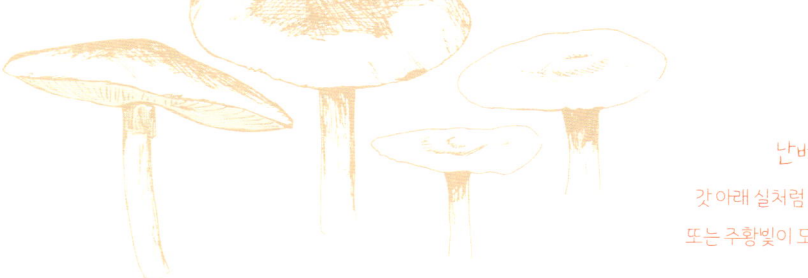

난버섯

갓 아래 실처럼 가느다란 갈색

또는 주황빛이 도는 분홍색 주름

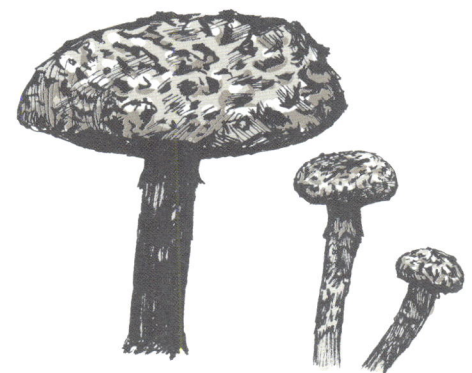

귀신그물버섯

짙은 갈색 또는 검은색의
갓 아래 관 모양의 촘촘한 구멍

'숲속의 노인'이라 불리는 귀신그물버섯은 그물버섯류에
속하는 독특한 버섯이에요. 갓 아래에 주름 대신
작은 구멍들이 촘촘히 나있어 그 사이로 포자가 흩날리죠.
겉모습만으로 쉽게 알아볼 수 있는데, 짙은 색의 갓은
마치 벗겨진 나무껍질처럼 거칠고 표면은 비늘처럼
갈라져 있어요. 요리하면 흙 내음 가득한 풍미를 내지만,
어떤 요리든 새까맣게 만든답니다.

꾀꼬리버섯은 고기처럼 쫄깃하고 향긋한 식용버섯이지만, 독성이 있는 꾀꼬리큰버섯과
혼동하기 쉬우니 주의해야 해요. 꾀꼬리버섯은 옅은 색에 결 무늬가 갈라지듯 퍼져있어,
주름처럼 보이지만 진짜 주름은 아니랍니다. 손으로 만지면 고무처럼 탄력이 있고
가까이 가면 기분 좋은 과일 향이 콧속에 가득 퍼져요. 줄기를 세로로 자르면 속살은
하얗고, 갓의 중앙은 엷은 빛을 띠고 있어요. 반면 독성이 있는 꾀꼬리큰버섯에는
주황빛의 갈라진 주름이 있는데, 손으로 쉽게 뗄 수 있을 만큼 느슨하게 붙어있어요.
줄기를 따라 자르면 주황빛을 띤 속살이 드러난답니다.

꾀꼬리버섯

분홍빛을 띤 노란색 깔때기 모양의 갓

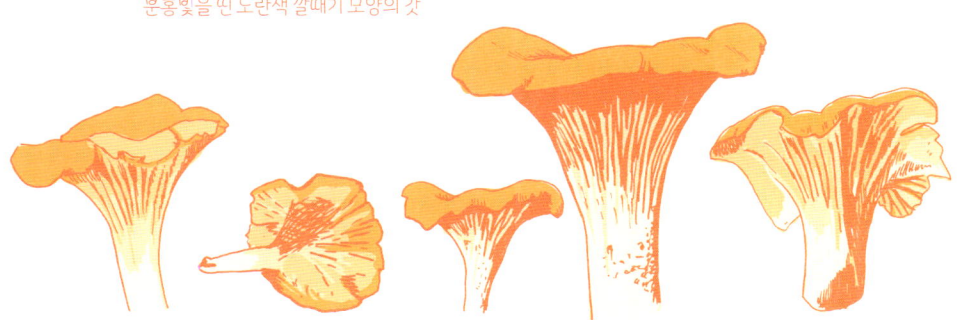

실습: 포자 무늬를 찍어보아요

어떤 버섯인지 알고 싶다면 포자 무늬를 찍어보는 것도 좋은 방법이에요. 대다수 버섯 도감에서는 포자의 색을 가장 효과적인 구별 기준 중 하나로 소개하고 있죠. 게다가 이 방법은 꽤 재미있어요. 내가 찾은 버섯이 어떤 무늬를 남길지, 또 어떤 뜻밖의 색을 보여줄지 확인하는 즐거움도 있답니다.

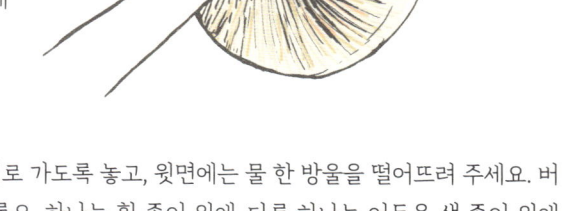

1 같은 품종의 버섯 두 개를 고르세요.

2 갓에서 줄기를 잘라내거나 조심스럽게 떼어내요.

3 갓의 주름이나 구멍이 있는 면이 아래로 가도록 놓고, 윗면에는 물 한 방울을 떨어뜨려 주세요. 버섯이 포자를 더 잘 떨어뜨릴 수 있도록요. 하나는 흰 종이 위에, 다른 하나는 어두운 색 종이 위에 올려둡니다. 포자의 색이 어두우면 흰 종이에, 색이 밝으면 어두운 종이에 더 선명하게 나타나요.

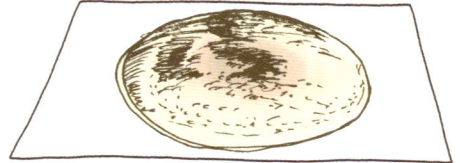

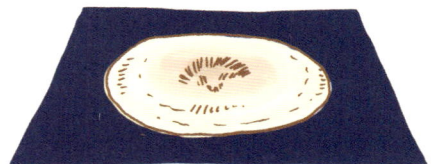

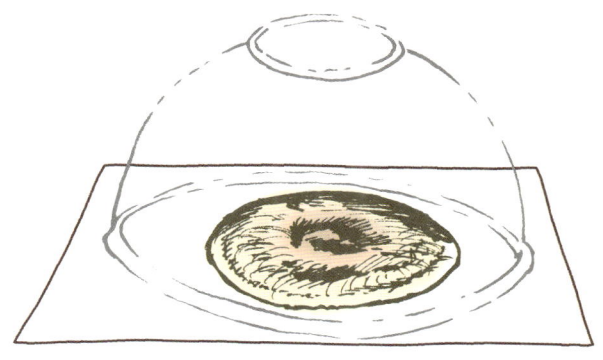

4 종이 위의 버섯을 그릇으로 살짝 덮고, 4시간에서 24시간 정도 실온에 그대로 두어요. 중간에
  열어보고 싶겠지만, 조금만 참아보세요. 포자가 충분히 떨어질 수 있도록 기다리는 거예요.

5 이제 시간이 됐어요. 갓을 들어 올리고 버섯이 남긴 아름다운 무늬를 감상해 보세요!

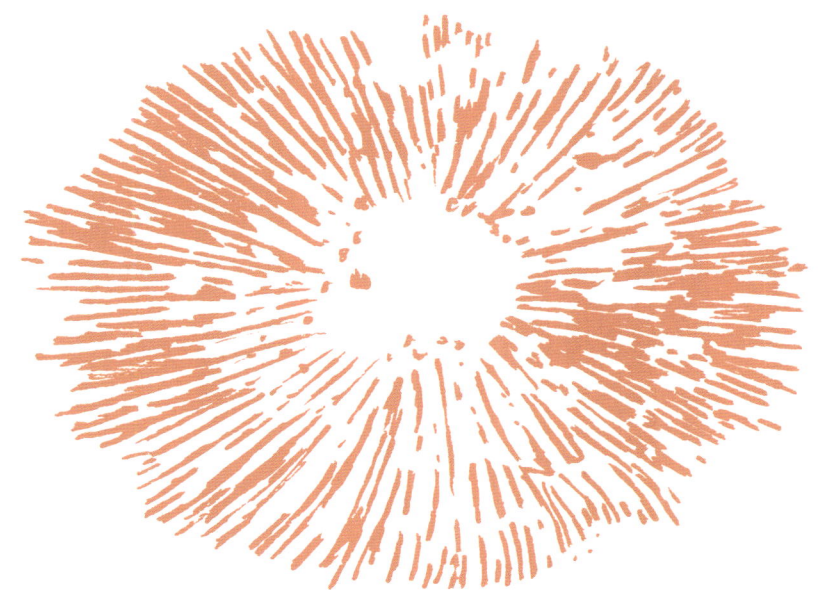

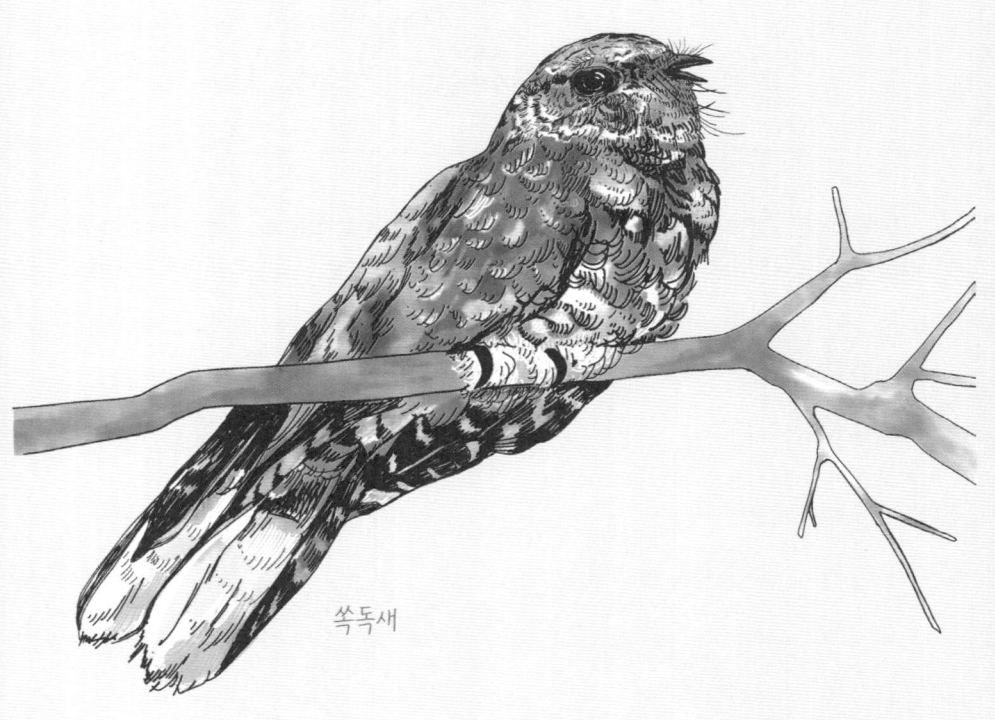

쏙독새

자연의 음악은 결코 끝나지 않아요.
고요함조차 마침표가 아니라 잠시 쉬어가는 쉼표일 뿐이에요.

-메리 웹, 『값비싼 독』

chapter 4

자, 귀 기울여 봐요

문을 열고 밖으로 나가 자연의 교향곡에 귀를 기울여 보세요. 자연이 들려주는 소리는 이 세계가 끊임없이 새로워지며 지혜롭게 움직인다는 사실을 일깨워 줘요. 자연의 선율은 오래전 우리 조상들의 언어와 소통에 큰 영감을 주었고, 지금도 여전히 우리를 깊이 감동하게 해요. 바깥에서 들려오는 소리는 때로 경고가 되고, 마음을 가라앉히는 위안이 되며, 치유의 손길이 되어줍니다. 그 리듬을 느껴보세요. 누군가의 부름에 다른 존재가 응답하는 자연의 목소리를 들어보세요. 작고 섬세한 멜로디를 따라가며 그 곁에서 고요히 마음을 내려놓아 보세요. 바람에 흔들리는 나뭇잎의 속삭임, 바위를 타고 흐르는 시냇물 소리, 새들이 나누는 작은 이야기가 들려올 거예요. 어쩌면 새들은 그저 행복해서 노래하고 있는 것일지도 몰라요.

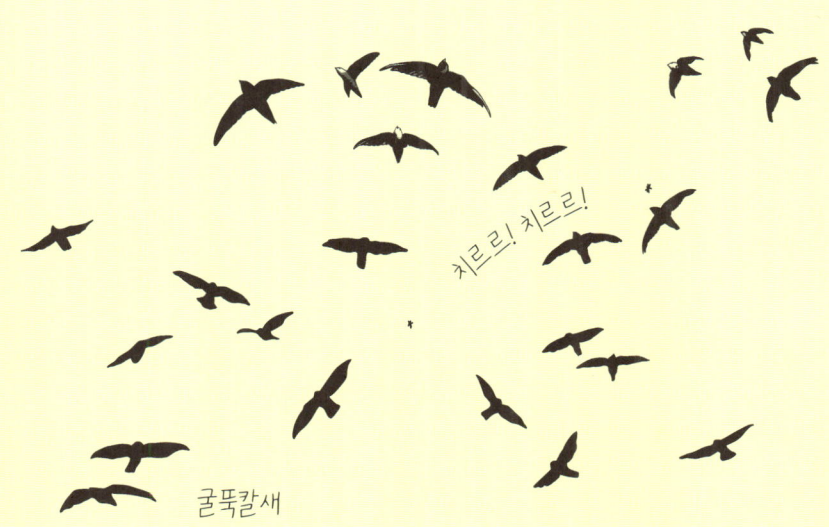

치르르! 치르르!

굴뚝칼새

지저귀는 새들의 노래

솔새나 지빠귀, 참새처럼 노래하는 새들은 전 세계 1만여 종의 새 중 거의 절반이나 차지한답니다. 어디선가 화려하고 아름다운 새소리가 들려온다면, 수컷 새가 사랑을 찾기 위해 자기 노래 실력을 뽐내는 중일 거예요.

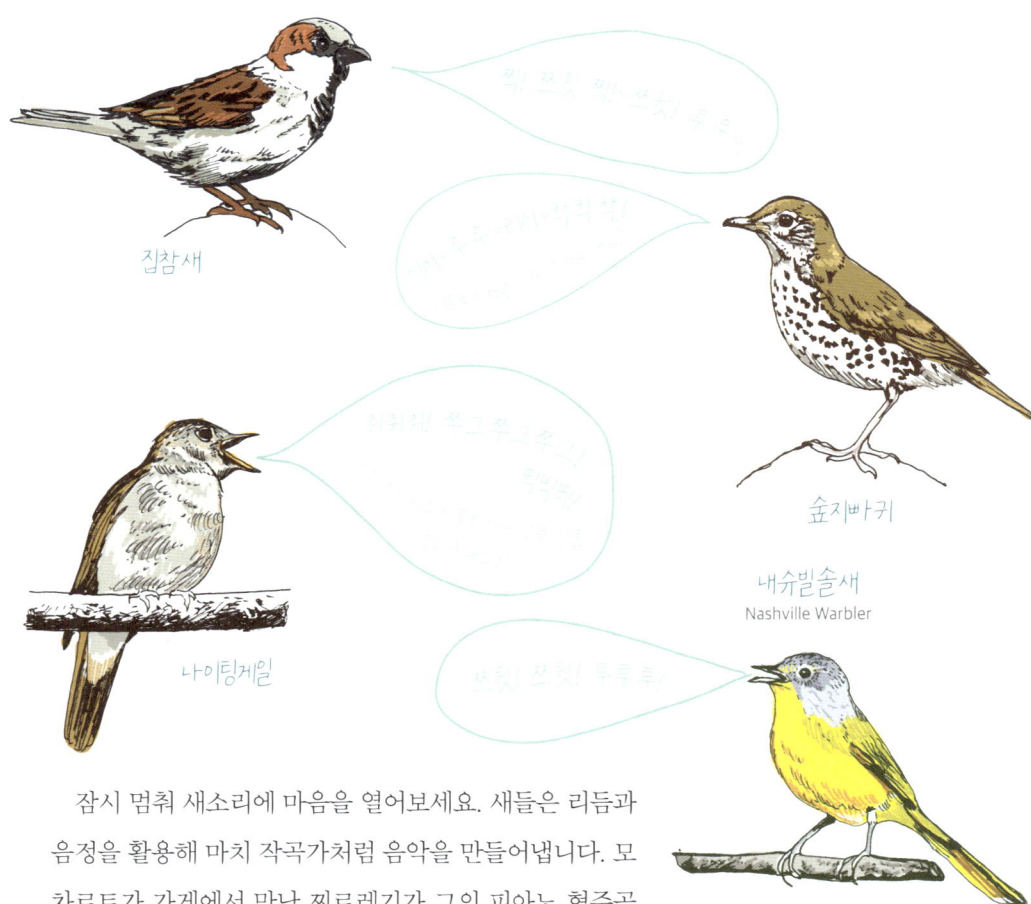

집참새

숲지빠귀

내슈빌솔새
Nashville Warbler

나이팅게일

잠시 멈춰 새소리에 마음을 열어보세요. 새들은 리듬과 음정을 활용해 마치 작곡가처럼 음악을 만들어냅니다. 모차르트가 가게에서 만난 찌르레기가 그의 피아노 협주곡 주제를 흥얼거렸다는 놀라운 사실, 알고 있었나요? 새들은 멜로디를 다른 조로 바꾸거나 돌림노래처럼 같은 선율을 주고받으며 노래한답니다.

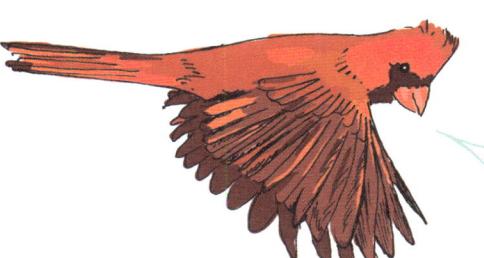

북부홍관조는 단 0.1초 만에 피아노보다 더 많은 음을 반음계로 미끄러지듯 넘나들 수 있어요!

북부홍관조

투우루우우우

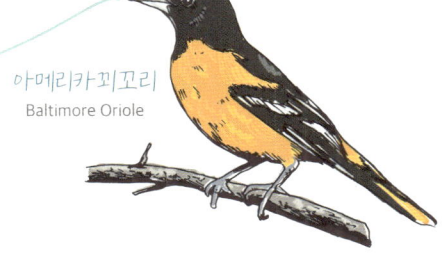

비르 베드 버르 배 두

아메리카꾀꼬리
Baltimore Oriole

가만히 새소리를 집중해 듣는 것만으로도 기분이 좋아지고 정신이 또렷해진다고 해요. 리버풀에 있는 한 초등학교에서는 점심시간 동안 아이들에게 새소리를 들려주는 실험을 했는데, 그 소리를 들은 아이들이 듣지 않은 아이들보다 점심시간 이후 훨씬 더 집중을 잘했답니다. 〈사이언티픽 리포트〉에 발표된 연구 결과도 이를 뒷받침해 줘요. 새소리나 자연의 소리를 들은 사람들은 시끄러운 자동차 소리나 번잡한 도시의 소음에 노출된 사람들보다 우울감과 불안을 훨씬 덜 느낀다고 해요.

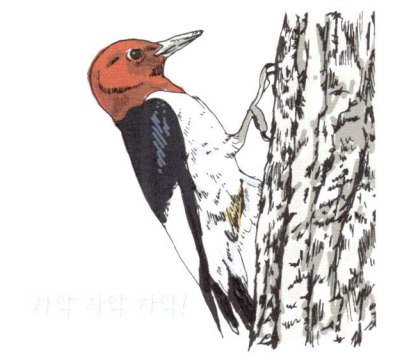

차악 차악 차악!

붉은머리딱따구리

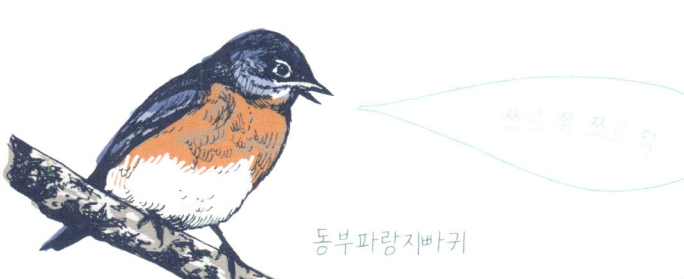

쯔으윽 쯔으윽

동부파랑지빠귀

하늘 위 포식자의 울림

맹금류, 그리고 해안가에서 만날 수 있는 새들도 고유한 소리를 내어 서로 소통해요. 짝을 찾을 때부터 위험을 알리거나 자신을 방어할 때, 삶의 순간순간을 전하는 언어이지요.

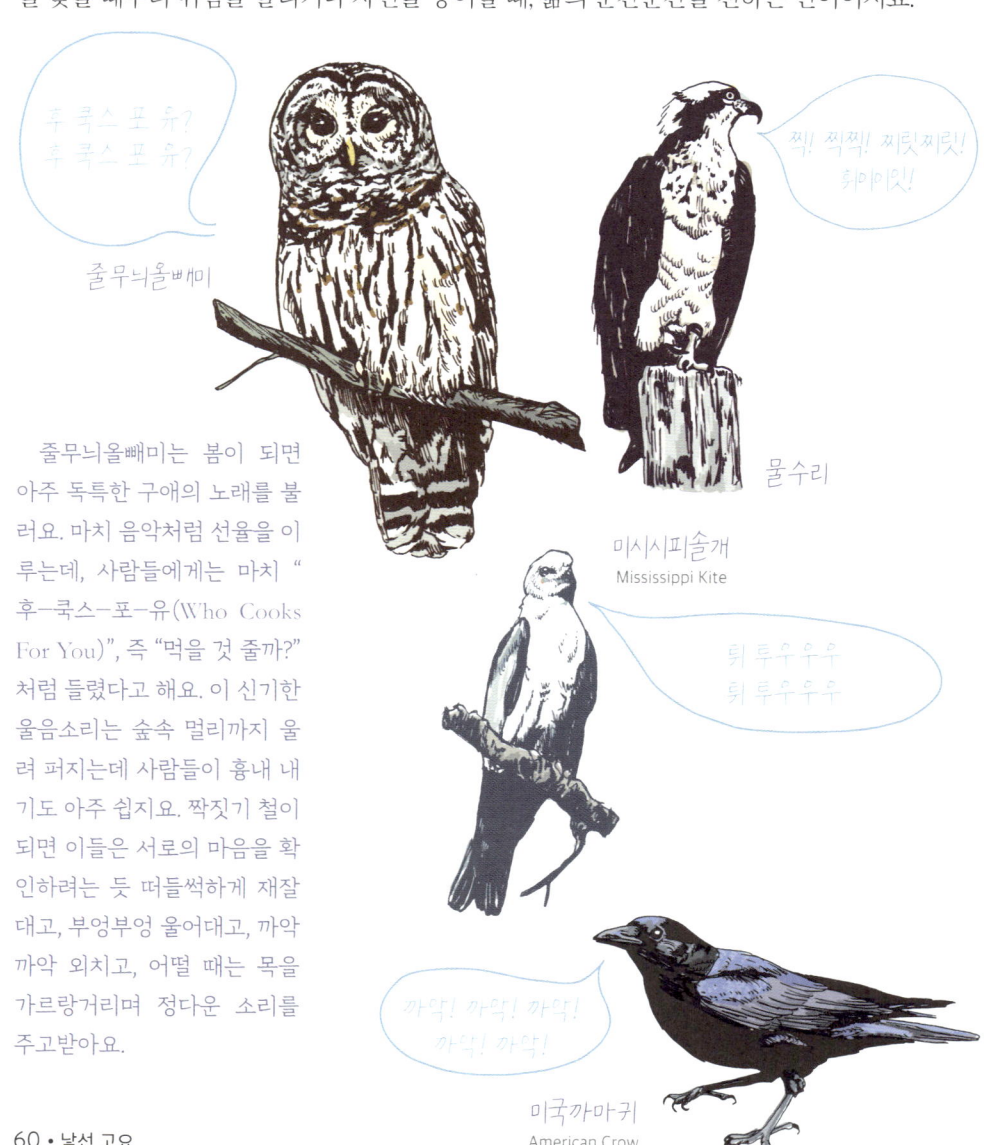

후 쿡스 포 유?
후 쿡스 포 유?

줄무늬올빼미

찍! 찍찍! 찌릿찌릿!
휘이이잇!

물수리

미시시피솔개
Mississippi Kite

튀루우우우
튀루우우우

까악! 까악! 까악!
까악! 까악!

미국까마귀
American Crow

줄무늬올빼미는 봄이 되면 아주 독특한 구애의 노래를 불러요. 마치 음악처럼 선율을 이루는데, 사람들에게는 마치 "후-쿡스-포-유(Who Cooks For You)", 즉 "먹을 것 줄까?"처럼 들렸다고 해요. 이 신기한 울음소리는 숲속 멀리까지 울려 퍼지는데 사람들이 흉내 내기도 아주 쉽지요. 짝짓기 철이 되면 이들은 서로의 마음을 확인하려는 듯 떠들썩하게 재잘대고, 부엉부엉 울어대고, 까악까악 외치고, 어떨 때는 목을 가르랑거리며 정다운 소리를 주고받아요.

해변의 작은 노래꾼들

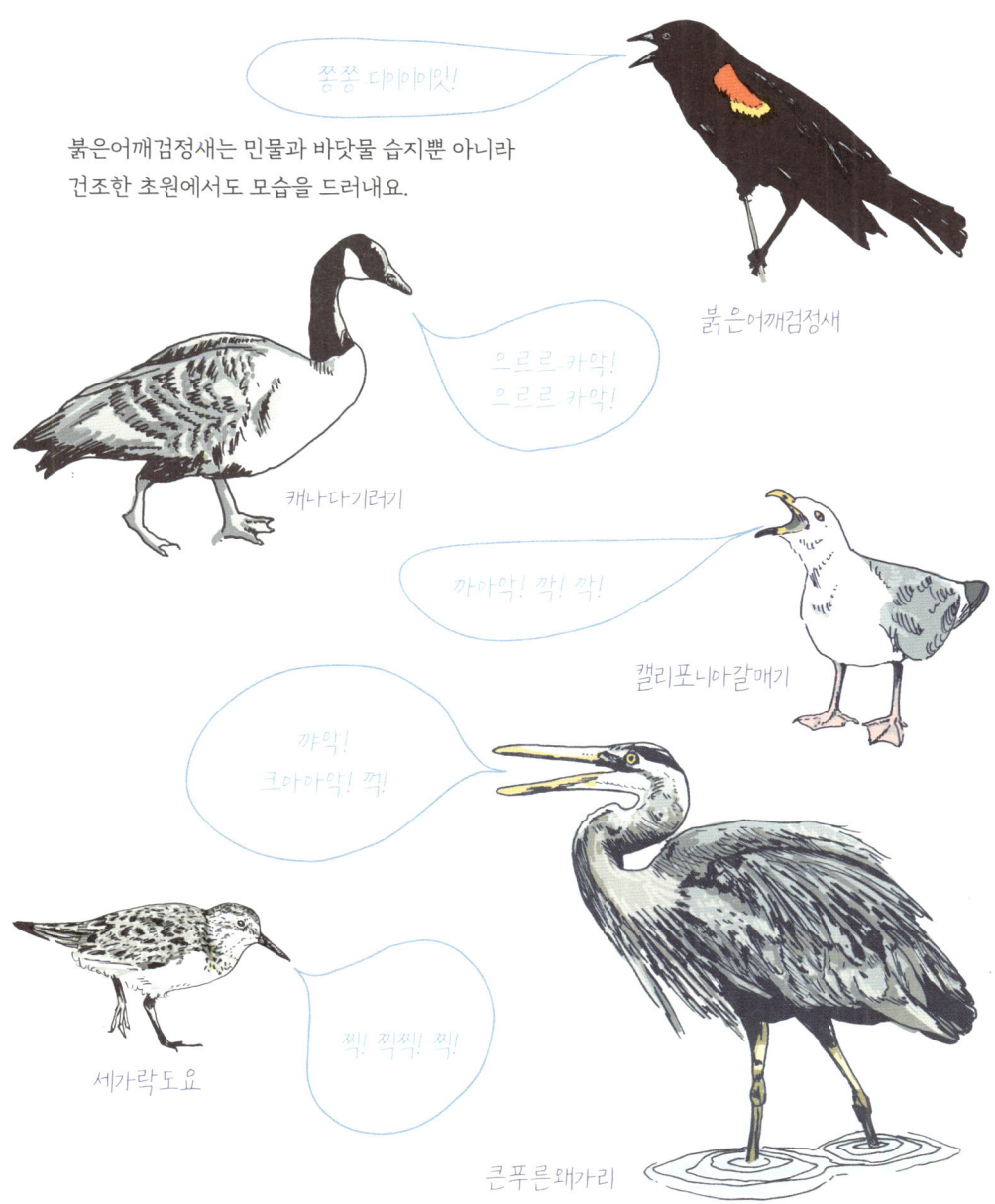

쫑쫑 디어어잇!

붉은어깨검정새는 민물과 바닷물 습지뿐 아니라
건조한 초원에서도 모습을 드러내요.

붉은어깨검정새

으르르 카악!
으르르 카악!

캐나다기러기

까아악! 깩! 깩!

캘리포니아갈매기

꺄악!
크아아악! 꺽!

찍! 찍찍! 찍!

세가락도요

큰푸른왜가리

자연이 들려주는 또 다른 소리들

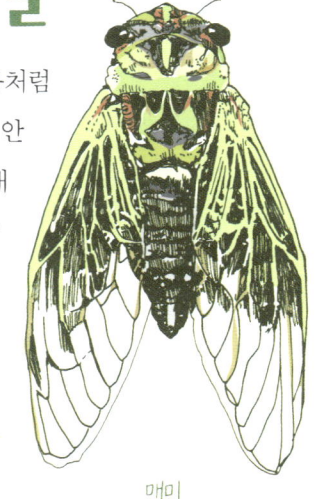

   가까이서 들으면 매미 울음소리는 마치 목재소의 전기톱처럼 윙윙거리는 소음 같아요. 하지만 조금 떨어져서 들으면 그 안에 흐르는 멜로디와 변화무쌍한 리듬, 점점 커졌다가 이내 사라지는 파동을 느낄 수 있어요. 밥 딜런은 프린스턴 대학교에서 명예 학위를 받던 날, 멀리서 들려오던 장엄한 매미 합창 소리에 영감을 받아 '메뚜기의 날'이라는 곡을 썼다고 해요. (비록 매미는 메뚜기는 아니지만요.)

지르 르르
-지르릴

매미

지찌릭 ~지찌찌찌즈

집파리

벌이나 집파리가 내는 윙윙거림은 작은 날개가 빠르게 퍼덕이는 소리랍니다.

날갯짓의 박자가 바뀌면
이들이 만들어내는
음악 소리도 달라져요.

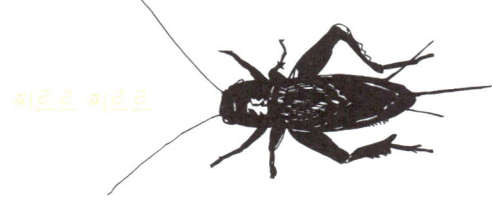

찌르르 찌르르

코모두스왕귀뚜라미

이 작은 친구는 자신만의 보금자리에
숨어 찍찍 울음소리로 당신의 아침을
열어줄 거예요.

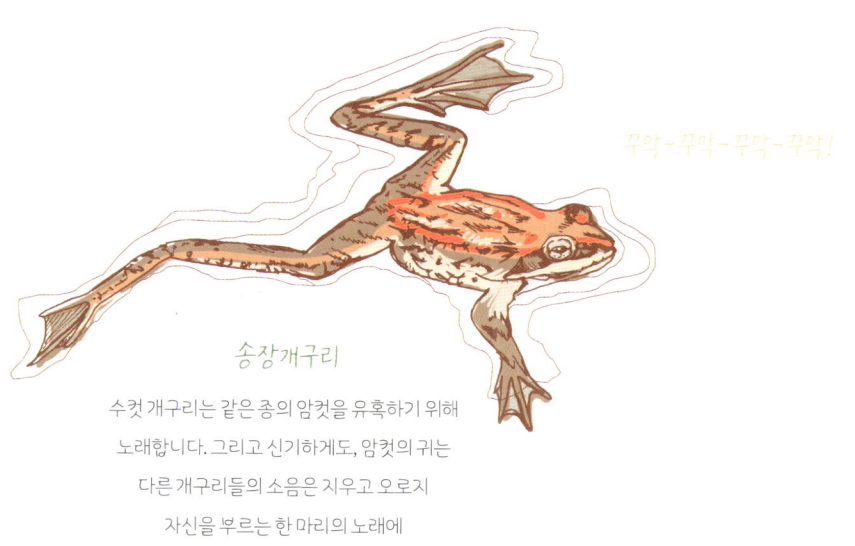

꾸악-꾸악-꾸악-꾸악!

송장개구리

수컷 개구리는 같은 종의 암컷을 유혹하기 위해
노래합니다. 그리고 신기하게도, 암컷의 귀는
다른 개구리들의 소음은 지우고 오로지
자신을 부르는 한 마리의 노래에
집중할 수 있도록 맞춰져 있지요.

쉬익-쉬익-쉬익

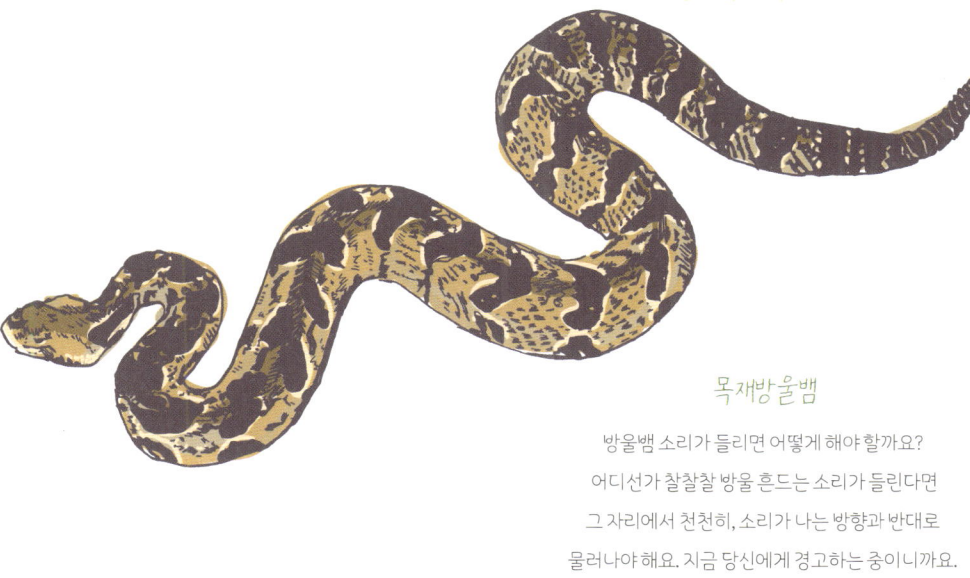

목재방울뱀

방울뱀 소리가 들리면 어떻게 해야 할까요?
어디선가 찰찰찰 방울 흔드는 소리가 들린다면
그 자리에서 천천히, 소리가 나는 방향과 반대로
물러나야 해요. 지금 당신에게 경고하는 중이니까요.
"더 이상 다가오지 마, 그렇지 않으면…!"

청설모나 다람쥐 같은 작은 동물들도 목소리를 내요.
짝을 찾을 때나, 포식자가 나타나 서로에게 위험을 알릴 때 말이죠.

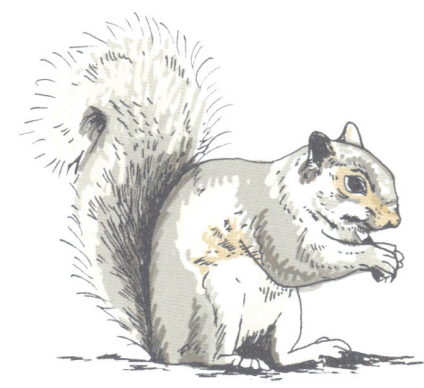

찍-컹! 찍-컹!

머리 위를 맴도는 맹금류의 그림자를 알려요.

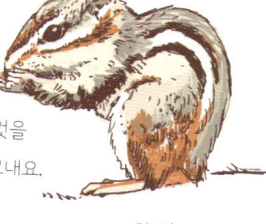

찍찍! 찍찍!

땅 위 어딘가 포식자가 숨어있는 것을
알아채고 숲속 친구들에게 경고를 보내요.

동부회색청서

다람쥐

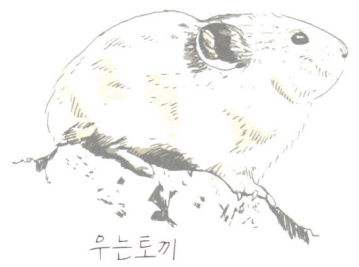

이잇! 이잇!

츄-츄-츄-츄-츄

쉴 새 없이 빠르게 울음을 터뜨려요.

우는토끼

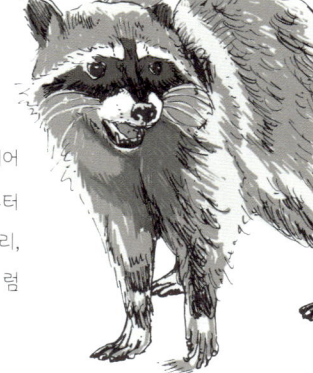

미국너구리는 무려 200가지가 넘는 다양한 소리를 내어
서로의 뜻을 전해요. 낮고 깊게 으르렁거리는 소리부터
고양이처럼 갸릉갸릉 하는 소리, 새처럼 짹짹거리는 소리,
쉭쉭거리는 숨소리까지. 때로는 올빼미의 울음처럼
꽥!하는 날카로운 비명도 들려오지요.

미국너구리

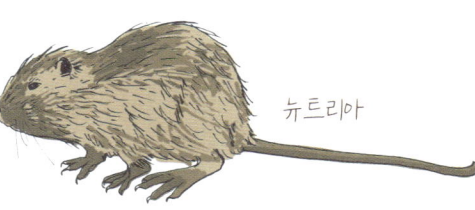

므아아우~므아아우

뉴트리아

코요테는 짧은 짖음과 긴 울음으로 서로의 존재를 확인합니다. 높고 낮은음을 자유롭게 오가며
음색을 섬세하게 조율하여 저마다 고유의 리듬과 떨림이 담긴 소리를 만들어내지요.
그래서 멀리 떨어져 있어도 무리의 동료들은 그 소리가 누구의 것인지 단번에 알아차립니다.

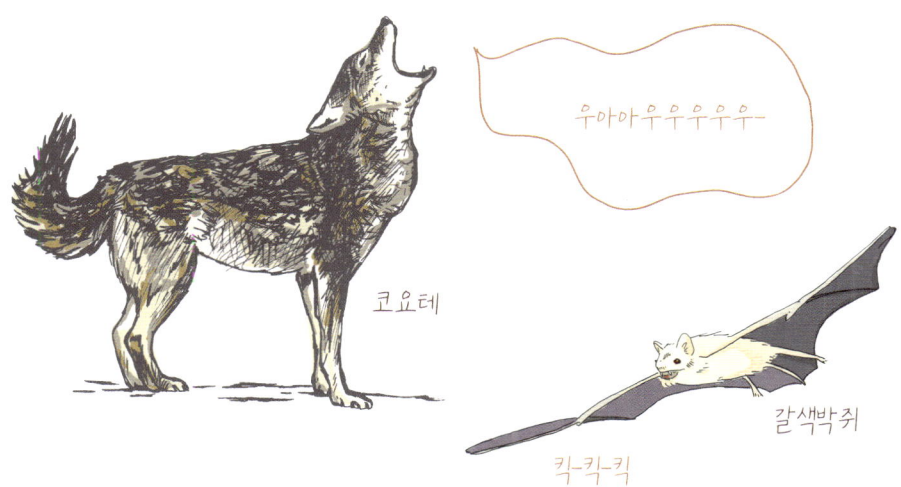

우아아우우우우우─

코요테

갈색박쥐

킥-킥-킥

박쥐는 앞을 잘 못 본다고 알려졌지만, 실제로는 박쥐의 시력은 아주 좋아서
낮 동안 먹이를 찾거나 포식자의 접근을 감지할 수 있습니다. 또한 주로 밤에
활동하는 습성 때문에 청력도 매우 뛰어나요. 어둠 속에서 초음파를 내보내고,
주변 물체에 부딪혀 되돌아오는 메아리로 장애물을 감지하며 길을 찾지요.
박쥐의 울음소리는 대부분의 사람이 들을 수 없을 만큼 높은 주파수입니다.

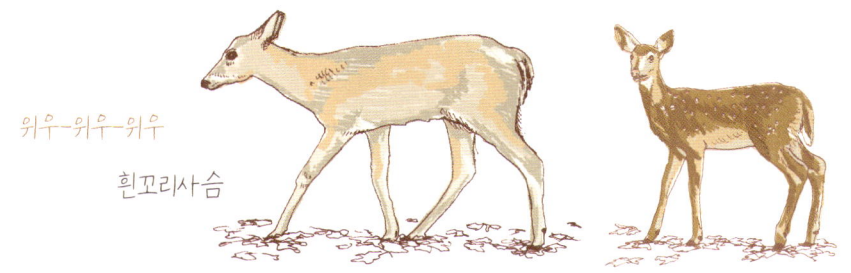

위우-위우-위우

흰꼬리사슴

흰꼬리사슴은 다양한 소리로 자신의 상태를 주변에 알립니다. 위협을 느끼면 코를
힝힝거리며 콧김을 내뿜고, 발을 쿵쿵 구르기도 해요. 더 큰 위협을 느끼면 낮게
으르렁거리는 소리를 내기도 하지요. 어린 사슴은 관심을 끌 때 매애-하고 부드럽게 울어요.
수사슴은 짝을 찾을 때 쯧쯧 혀를 차는 듯한 소리로 자신의 존재를 알린답니다.

조용히 흐르는 평온

자연이 들려주는 물소리의 리듬은 우리에게 어떤 선물을 줄까요? 사람은 낮거나 중간 정도 크기의 일정하고 예측 가능한 소리를 들으면 자연스럽게 긴장이 풀립니다. 반면 천둥, 전화벨, 복잡한 도로의 소음처럼 갑작스럽고 자극적인 소리는 무의식적으로 위협으로 받아들이죠. 그러나 부드럽게 토도독토도독 내리는 빗소리, 졸졸 흐르는 개울물, 해변을 잔잔히 어루만지는 파도 소리처럼 자연이 들려주는 소리는 귀에 편안하게 닿는 아름다운 선율이에요. 우리 마음을 천천히 진정시키고 깊은 평온을 선사하죠.

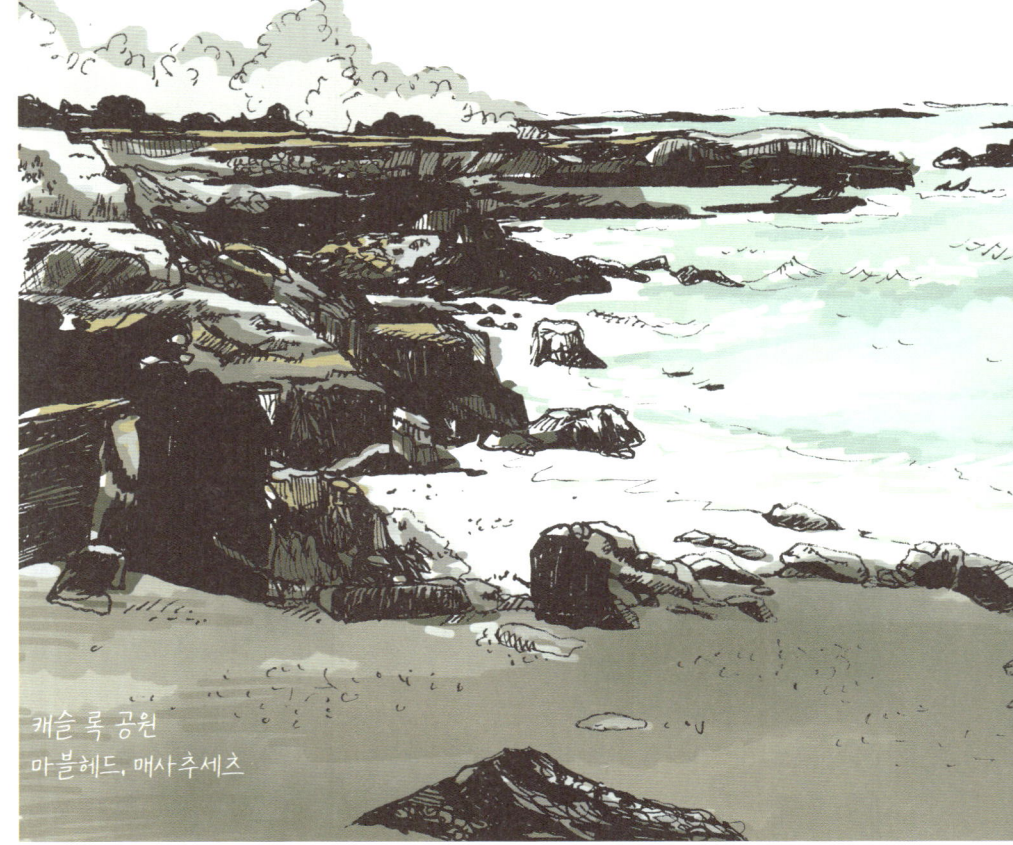

캐슬 록 공원
마블헤드, 매사추세츠

자연 속에서 들리는 소리는 계절에 따라 조금씩 다르게 다가옵니다. 소리는 공기를 따라 퍼져나가는데, 그 속도는 고도와 온도에 따라 달라지기 때문이에요. 따뜻한 공기에서는 소리가 더 빠르게, 차가운 공기에서는 더 느리게 퍼지지요. 그래서 같은 새의 노랫소리도 산기슭에서 들을 때와 해발 수천 미터 높은 산 위에서 들을 때, 그 느낌은 조금씩 달라질 수 있어요.

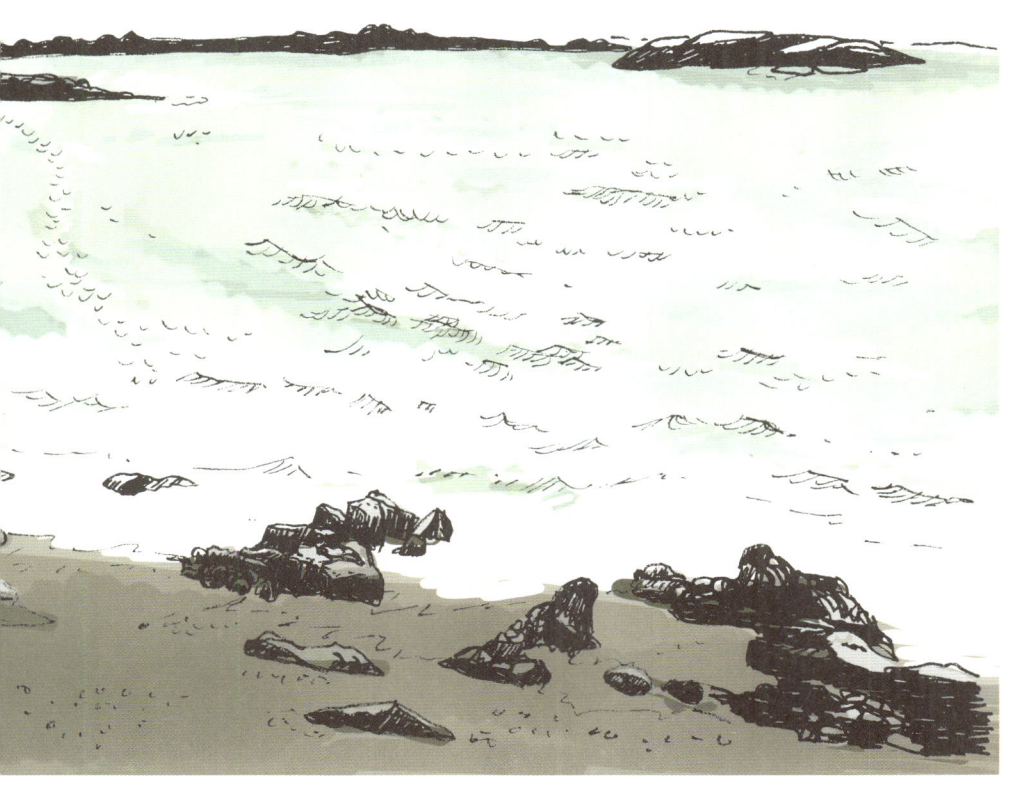

실습: 자연의 소리를 담은 지도를 그려봐요

밖으로 나가 주변에서 들리는 여러 가지 소리로 지도를 만들어볼 거예요. 여기 빈 페이지에 그려도 좋고, 아무 종이나 한 장 준비해도 좋아요. 먼저 종이 한가운데에 '나'라고 쓰세요. 그리고 소리가 들려오는 방향에 따라 지도 위에 표시합니다. 예를 들어, 새가 머리 위 왼쪽에서 지저귄다면 그 위치에 적고, 개 짖는 소리가 오른쪽 뒤 먼 곳에서 들린다면 그곳에도 표시하세요. 소리가 무엇인지, 어떤 느낌인지 적어도 좋고, 소리의 주인공을 그림으로 표현해도 좋아요.

천천히 숨을 고르고 소리에 집중해 보세요. 깜짝 놀랄 만큼 새로운 소리를 발견하게 될 테니까요. 이렇게 잠시 멈춰서 귀 기울이는 시간은 당신을 이곳의 풍경 속으로 천천히 스며들게 해줄 거예요.

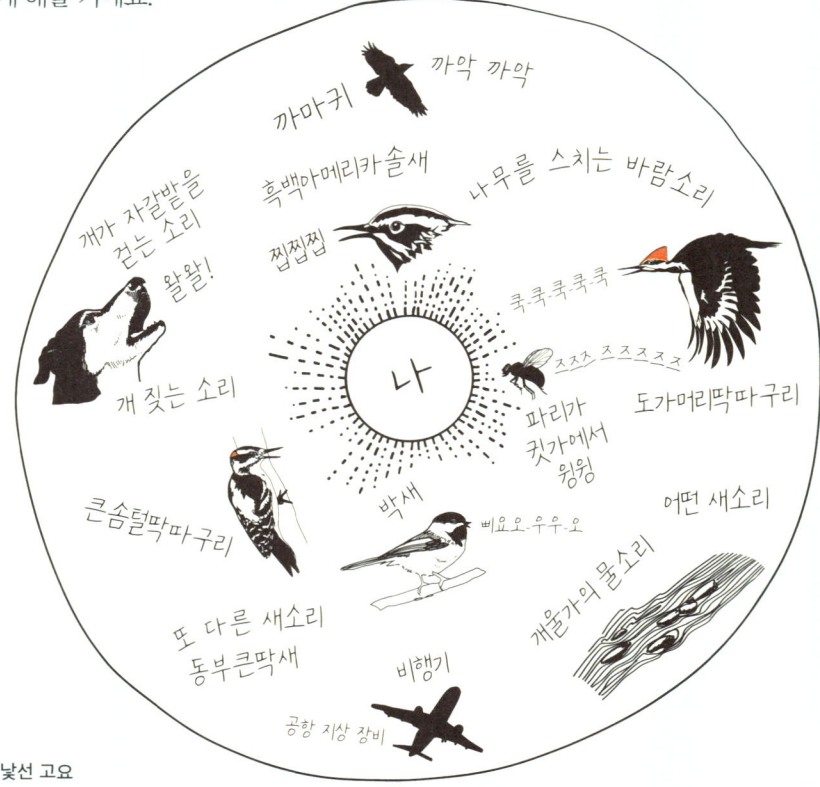

여기에 당신만의 소리 지도를 그려보세요

자연에 깃든 **신비한 기하학**

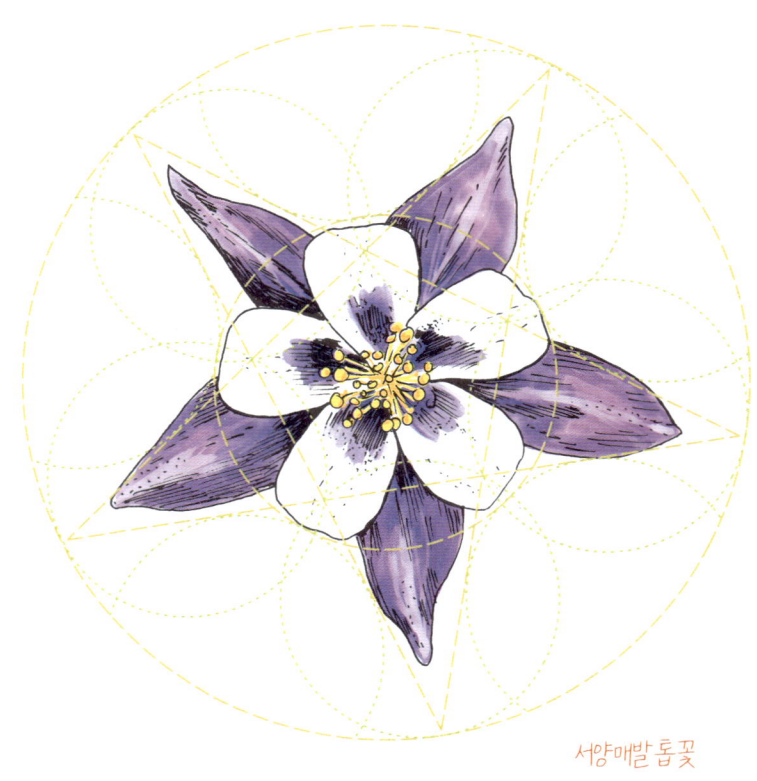

서양매발톱꽃

모든 혼돈 속에는 하나의 우주가 있고,
모든 무질서 속에는 숨겨진 질서가 있다.

—칼 융, 『원형과 집단 무의식』

chapter 5

숨은 패턴을 찾아서

'신성한 기하Sacred geometry'는 세상 속에서 발견되는 아름답고도 놀라운 패턴을 뜻합니다. 이런 무늬들은 세상이 어떻게 서로 엮여 있는지 보여주는 신비로운 언어로 여겨져 왔어요. 수천 년 동안 사람들은 이 패턴을 발견할 때마다 경이로움을 느꼈고 예술가, 수학자, 철학자들은 이 무늬를 관찰하고 연구해 왔습니다. 겉보기엔 우연 같지만 사실은 숨은 수학적 질서를 따른다는 사실을 밝혀냈어요. 대표적인 예가 피보나치수열로, 거의 모든 꽃의 꽃잎 수와 솔방울의 나선, 해바라기 씨앗 배열, 조개껍데기의 곡선 등, 자연의 구조 속에 스며있어요. 또 부분의 형태가 전체와 닮아 반복되는 '프랙탈 패턴'은 다양한 크기로 나타나며, 우리 눈앞에 기하학적인 아름다움을 드러냅니다.

'나선, 폭발, 밀집, 구불거림, 갈라짐'은 자연에서 자주 마주하는 대표적인 패턴이에요. 흥미로운 점은 이런 자연의 무늬를 바라보는 것만으로도 우리 뇌에서 알파파가 활성화된다는 거예요. 이 뇌파는 마음을 이완시키고 정신을 명상 상태로 이끕니다. 자연에 깃든 특별한 무늬를 잠시 멈춰 바라보는 것만으로도 몸과 마음은 놀라운 치유를 받게 돼요. 그 무늬에 마음을 얹고 사색에 빠지는 순간, 자연은 우리에게 더욱 깊은 울림을 전해줄 거예요.

피보나치

꽃잎은 왜 꼭 그 수만큼 피어날까요? 로마네스코 브로콜리의 소용돌이는 또 무엇을 따라 그렇게 반복되는 걸까요? 그 답은 바로 피보나치수열 속에 숨어있어요. 이 수열이 결정하는 숫자들은 생명체가 가장 원활하게 삶을 이어갈 수 있는 길을 알려줍니다. 생물은 그 순서를 따라 성장하고, 더 나은 방향으로 조금씩 진화하며, 주어진 환경과 어우러져 조화롭게 살아가는 법을 배워갑니다.

1,1,2,3,5,8,13,21…그 다음 숫자는요?

좀 더 수학적으로 알아볼까요? 피보나치수열의 모든 숫자는 앞의 두 숫자를 더해서 만들어집니다. 이것은 '재귀수열'의 가장 간단한 예로, 재귀수열이란 앞서 정해진 하나 이상의 수를 이용해 다음 수를 만들어내는 구조를 말해요. 로마네스코 브로콜리는 자연 속 피보나치수열과 프랙탈 패턴을 보여주는 대표적인 식물이랍니다. 이 채소를 자세히 들여다보면 전체를 그대로 닮은 작은 부분들이 겹겹이 나타나는 구조라는 걸 알 수 있어요. 부분속에 전체가 담긴, 자연이 만들어낸 질서의 한 모습이지요.

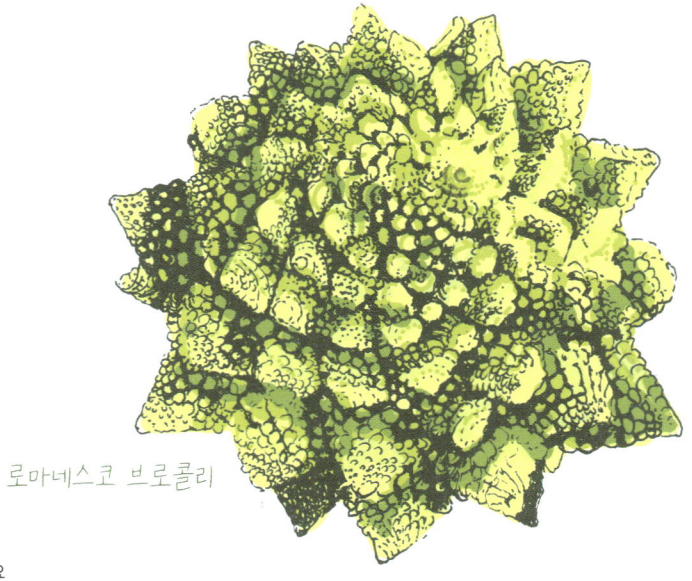

로마네스코 브로콜리

완벽한 조화의 비밀

　피보나치수열은 '황금비' 또는 '신의 비율'이라고도 불립니다. 살바도르 달리나 레오나르도 다빈치 같은 예술가들도 이 비율을 작품 속에 담아냈지요. 화가와 건축가, 사진작가들은 흩어지는 시선 속에도 조화와 균형이 스며들도록 이 황금비를 따라 완벽한 구도를 찾아내고 형태를 그려냈어요. 작곡가 드뷔시 역시 이 수열을 따라 장조와 단조를 오가며 음악의 분위기를 조율하고, 선율의 흐름을 설계했습니다. 그 덕분에 음악은 물 흐르듯 이어지고, 서로 다른 구간 속에도 아름다운 곡조는 똑같이 살아 숨 쉬어요.

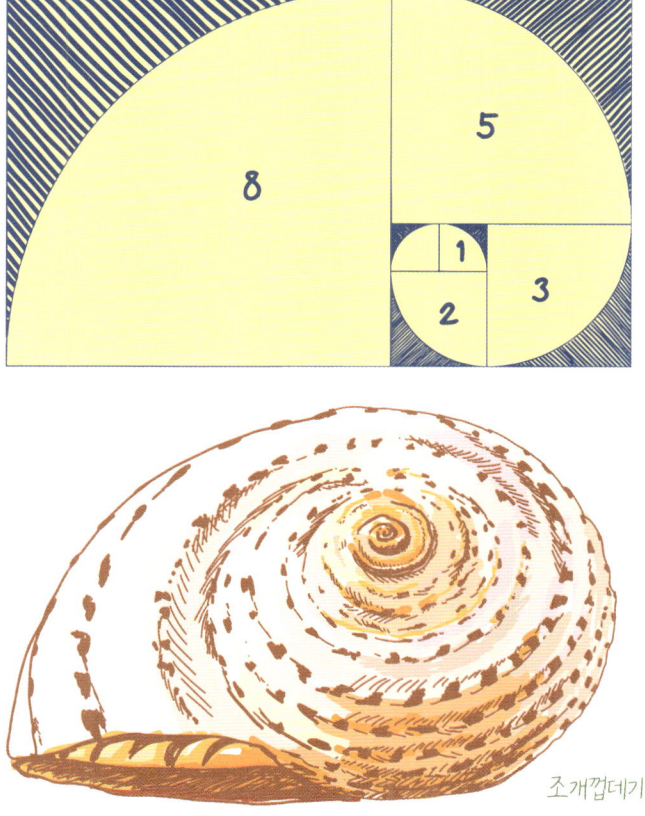

조개껍데기

자연이 그려낸 다섯 가지 무늬 이야기

나선형 무늬

나선형 무늬는 작은 조개껍데기부터 정원에서
만나는 달팽이의 등껍질, 큰뿔야생양의 뿔,
청나래고사리의 어린잎, 그리고 머나먼 은하에
이르기까지 자연 곳곳에 숨어있어요.

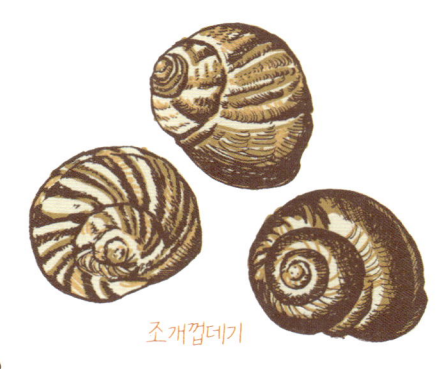

조개껍데기

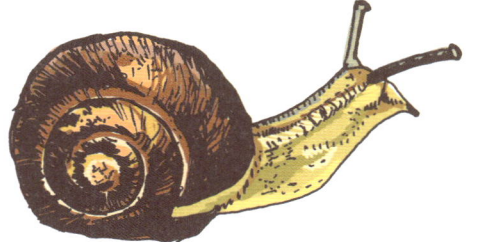

정원달팽이

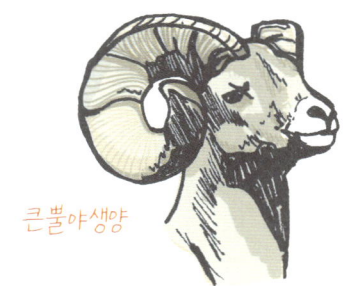

큰뿔야생양

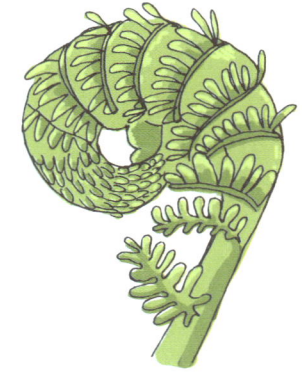

청나래고사리

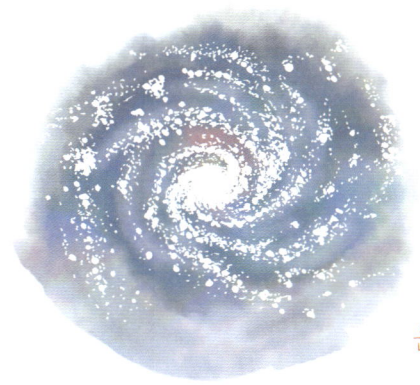

은하

폭발형 무늬

폭발형 무늬는 한가운데에서 시작해 사방으로 퍼져
나가는, 마치 '펑' 하고 터지는 듯한 순간을 닮았어요.

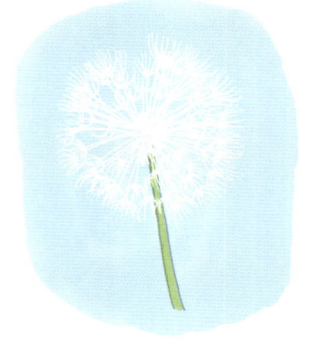

민들레

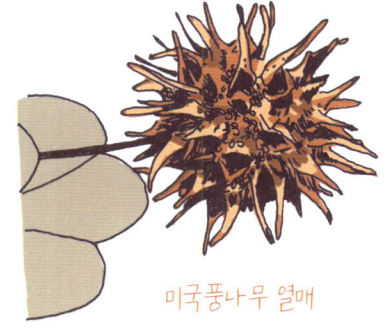

미국풍나무 열매

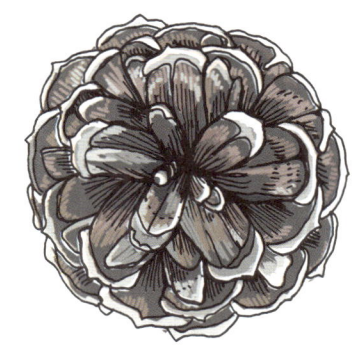

솔방울

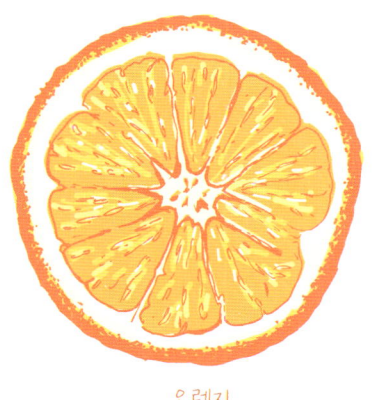

오렌지

눈송이

밀집형 배열

씨앗이 과일 속에 가장 효율적으로 자리 잡을 수 있도록 도와주는 것은 바로 피보나치 수열의 원리예요. 벌집도 그 아름다운 예시 중 하나지요. 자연은 이 수열을 따라, 일벌들이 살아가는 육각형의 밀랍 방을 가장 알맞은 크기와 모양으로 정교하게 만들어냅니다.

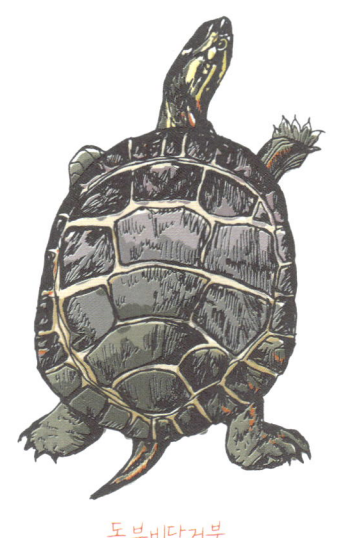

동부비단거북

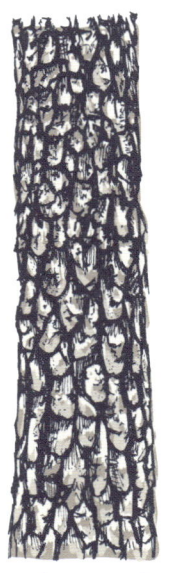

소나무 껍질

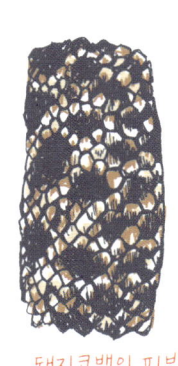

돼지코뱀의 피부

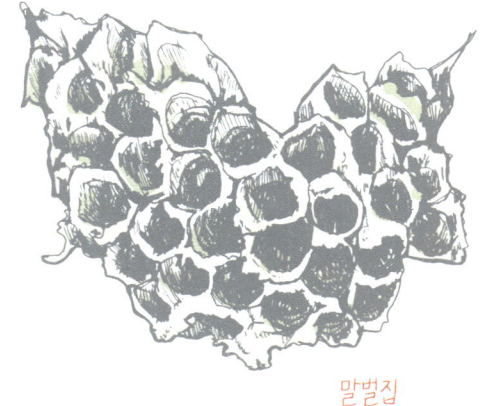

말벌집

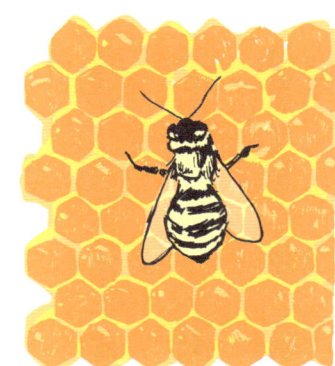

벌집

구불거리는 모양

뱀이 유유히 기어가는 모습이나 뇌산
호에 새겨진 깊은 굴곡에는 자연이 그려
낸 구불구불한 흐름이 새겨져 있어요.

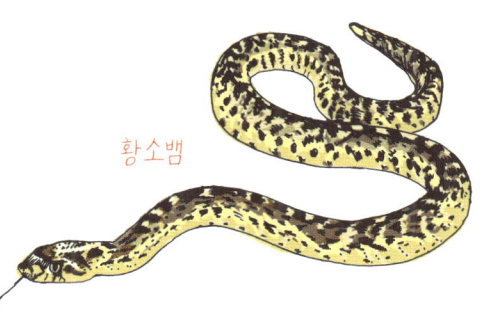

황소뱀

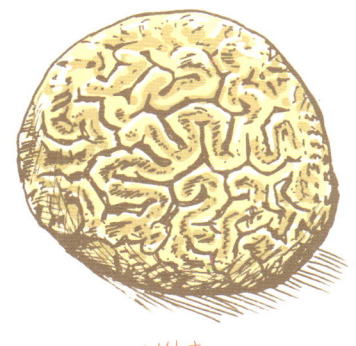

뇌산 호

고요히 흐르는 강물도 처음엔
소용돌이치는 폭포로 시작되지만,
거품을 일으키며 끝까지
거친 물살로만 바다에 이르는 강은 없다.

—미하일 레르몬토프, 『우리 시대의 영웅』

곧게만 흐르는 강은 없어요. 물살에 실린 퇴적물이 자리를 내어주는
땅을 만나 내려앉으며, 강의 길이 구불구불 빚어지기 때문이에요.

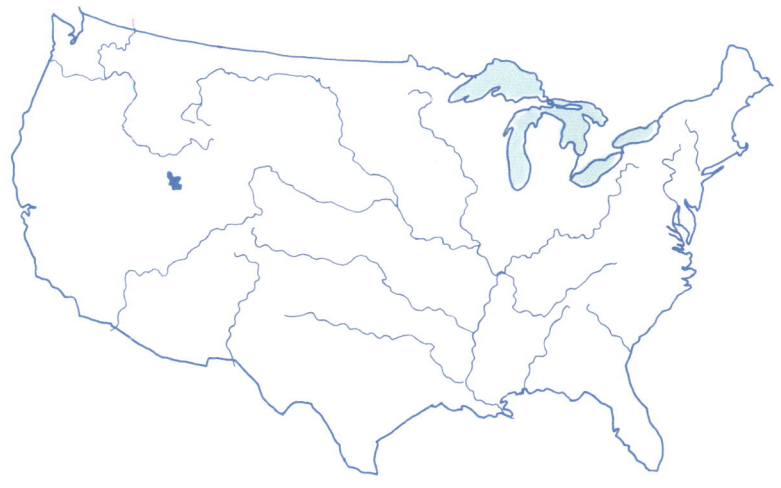

굽이굽이 흐르는 미국의 강들

갈라진 무늬

깃털 한 올과 나뭇잎의 잎맥, 콜리플라워 줄기에도 자연은 갈라지는 무늬를 새겨놓았어요. 하늘을 가르는 번개도 마찬가지입니다. 전하를 띠고 있는 입자들이 공기 중을 헤매다가 서로 갈라지며 가장 저항이 적은 길을 찾아나가요. 그렇게 만들어진 번개는 나뭇가지처럼 여러 갈래로 퍼지며 하늘 위로 자연의 무늬를 그려냅니다.

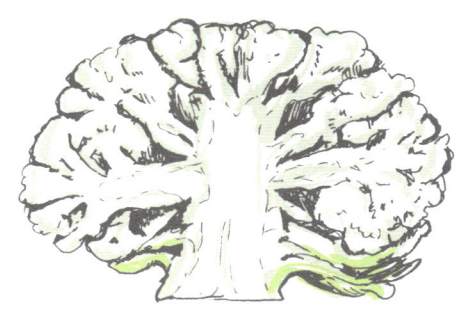

콜리플라워(단면)

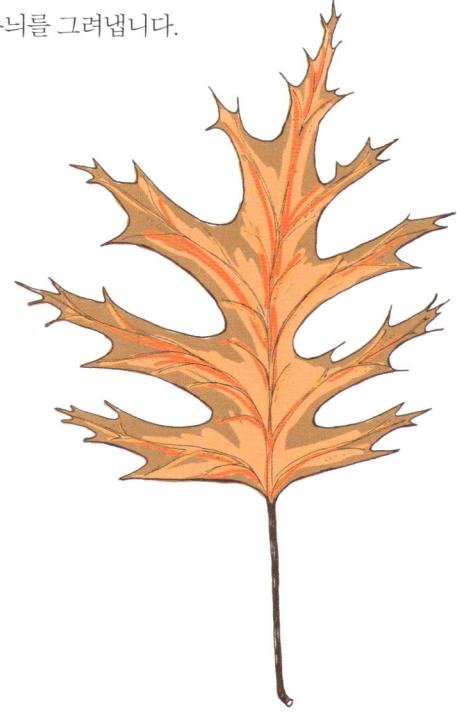

루브라참나무의 잎

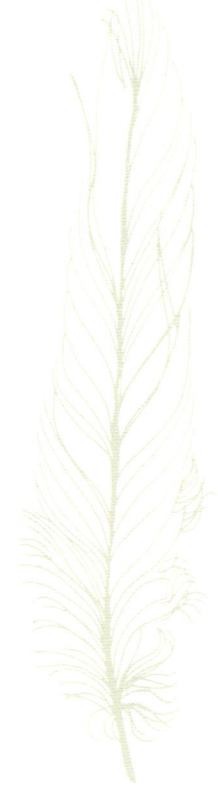

쇠백로의 깃털

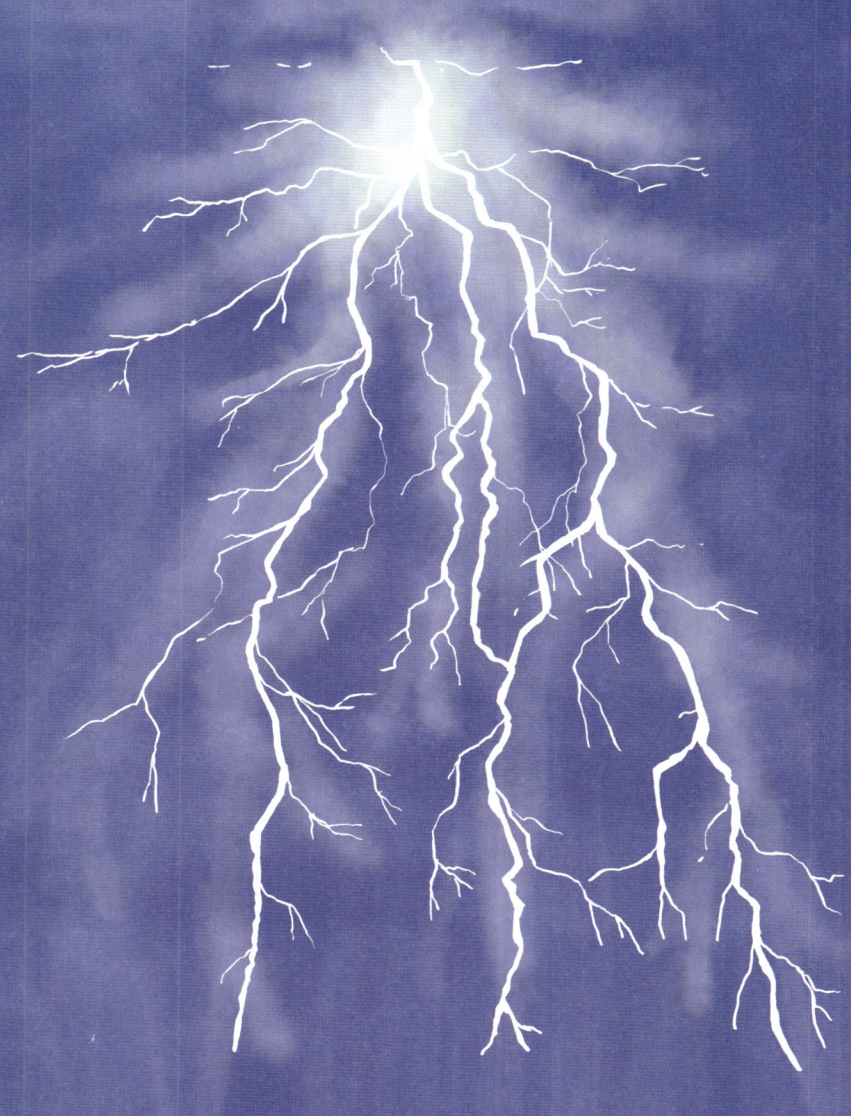

번개

하늘에 그려진 이동의 질서

눈에 보이지 않는 무늬도 있어요. 꽃잎처럼 눈에 띄는 무늬는 아니지만, 철새의 이동 역시 자연이 그려낸 또 하나의 아름다운 패턴입니다. 새들은 때가 되면 하늘을 날아올라 먹이를 찾고, 새로운 생명을 잉태하기 위해 더 따뜻하고 너그러운 땅을 찾아 먼 길을 떠납니다. 캐나다기러기는 이동할 때 V자 형태로 무리를 지어 날며 서로 힘을 나눠요. 맨 앞에서 무리를 이끄는 새가 바람을 가르면 그 뒤를 따르는 새들은 그 흐름 속에서 힘을 아끼며 날 수 있지요. 이렇게 서로의 어깨에 무게를 나눠 싣고 하늘 위 긴 여정을 함께해요.

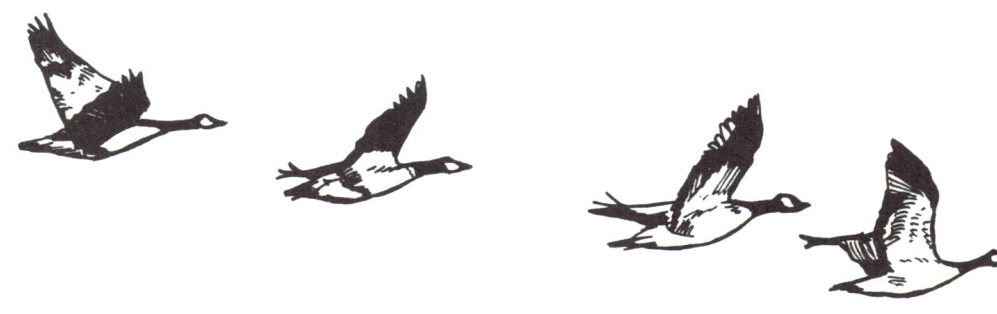

V자의 한쪽은 길고 다른 쪽은 짧은데, 여기에도 이유가 있어요. 때로는 옆에서 불어오는 바람이 방향을 바꿔 누군가에게 더 큰 짐을 지우기도 하는데, 그럴 때면 새들은 자리를 바꿔 서로의 부담을 다시 나눠 가집니다. 하늘 위 무리가 만드는 무늬는 이렇게 쉼 없이 바람을 타고 이어지지요.

캐나다기러기 무리

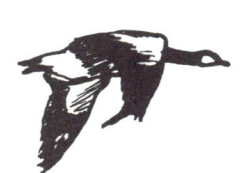

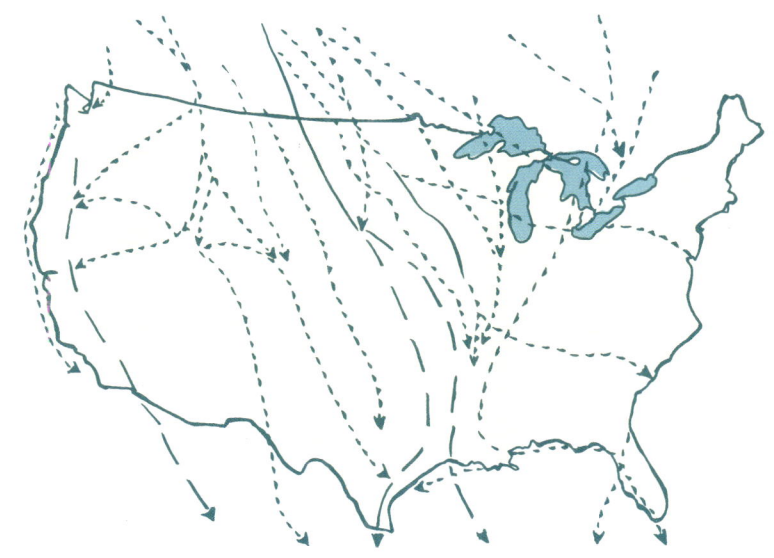

계절을 건너는 캐나다기러기의 하늘길

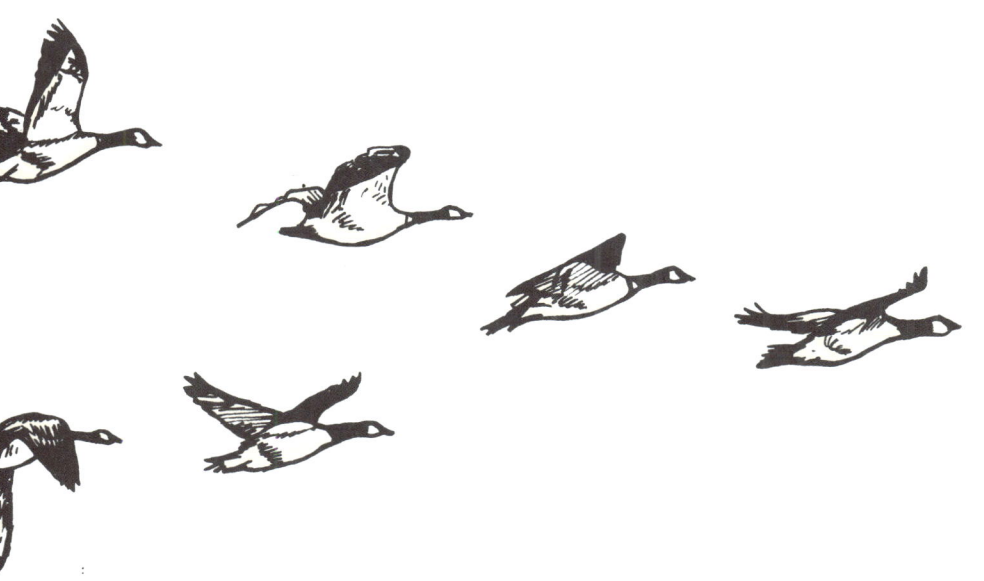

소리의 진동에 대한 고찰

피보나치수열에서 비롯된 무늬는 소리의 진동 속에서도 발견할 수 있어요. 수세기 동안 음악가와 과학자들은 파동 현상을 관찰하며 소리가 어떻게 눈에 보이는 패턴으로 나타나는지 연구해 왔지요. 얇은 금속판 위에 모래를 뿌리고 그 판에 소리의 진동을 전달하면 어떤 일이 벌어질까요? 진동이 모래 알갱이를 움직이게 하여 소리의 높낮이에 따라 각기 다른 무늬가 만들어집니다. 주파수가 높아질수록 그 무늬는 점점 더 복잡하고 섬세해져요.

1967년, 스위스의 의사이자 예술가인 한스 예니Hans Jenny는 『사이매틱스: 파동 현상의 연구』라는 책을 펴내고, 소리의 진동이 액체·가루·반죽 등에 어떤 형상을 만드는지 관찰했습니다. 자신이 고안한 '토너스코프'라는 얇은 금속 조각 장치를 이용해 사람의 목소리나 음악이 만든 무늬를 시각적으로 기록했는데, 모차르트와 바흐의 선율 하나하나가 아름다운 문양으로 피어났지요. '사이매틱스'라는 이름은 예니가 붙였지만, 소리로 형상을 만들어내는 실험은 훨씬 이전부터 있었습니다.

천 년도 더 전부터 아프리카의 부족들은 진동하는 북 위에 모래를 올려 무늬를 보고 미래를 점쳤고, 레오나르도 다빈치와 갈릴레오도 이 현상에 깊은 관심을 가졌지요. 18세기 독일의 물리학자이자 음악가였던 에른스트 클라드니가 바이올린 활로 금속판 가장자리를 문질러 그 진동으로 다양한 모래무늬를 만들어냈는데, 이것을 '클라드니 도형'이라고 불러요. 20세기 메리 윌러가 클라드니

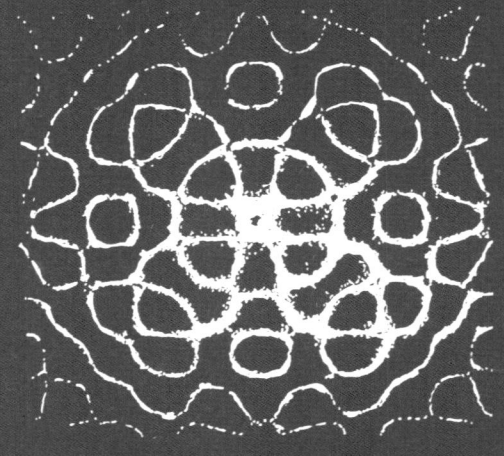

도형에 대한 수학적 해석을 더해 이 아름다운 소리의 무늬를 숫자로 설명해 내기도 했답니다. 소리의 진동이 우리 몸에 물리적으로 어떤 영향을 주는지, 그리고 그것이 정말 치유의 힘을 지닐 수 있는지는 지금도 연구 중이에요.

한스 예니 박사는 우리에게 이렇게 말해요. "전체를 바라보세요. 그러면 새로운 이해가 열릴 것입니다. 이 사이매틱스 실험이 당신의 상상력을 자극해 자연 속에 숨겨진 보편적 원리를 더 깊이 탐색하도록 해보세요."

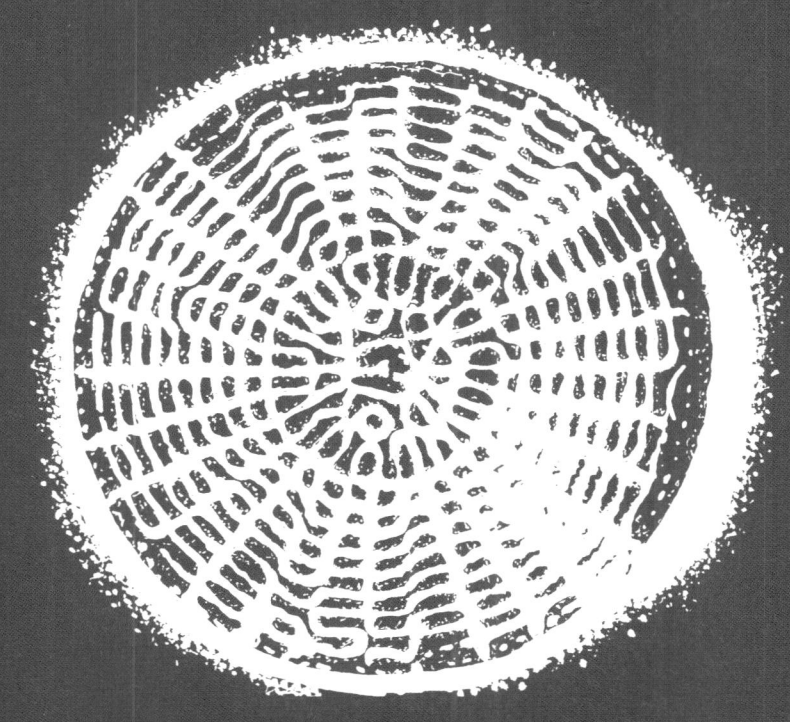

서로 다른 소리의 진동이 강철판 위에 그려낸 모래무늬

당신은 하늘이에요.
그 밖의 모든 건 그저
스쳐가는 날씨일 뿐이죠.

-페마 초드론

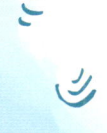

chapter 6
고개를 들어요!

우리는 땅에 발을 딛고 사느라 위를 올려다볼 일이 많지 않아요. 발밑을 살피지 않으면 그만큼 쉽게 걸려 넘어질 수도 있으니까요! 하지만 가끔은 고개를 들어 하늘을 바라보는 시간이 꼭 필요해요. 우리가 이 우주 속에서 어디쯤 서있는지 온몸으로 느낄 수 있으니까요. 살다가 세상이 벅차게 느껴질 땐 잠시 하늘을 올려다보세요. 맑은 빛으로 우리 눈과 마음을 씻어내면 그 속에서 고요함을 얻고 균형감각을 되찾을 수 있을 거예요.

우리 감정은 날씨처럼 늘 변하곤 해요. 때로는 나 자신조차 예측할 수 없는 바람이 불지요. 하지만 구름 너머 언제나 고요히 머무는 하늘처럼, 우리 삶도 흔들림 속에서 모든 것을 품고 변화의 바람을 따라 유연히 흘러갈 수 있답니다. 폭풍이 몰아쳐도, 햇살이 가득해도 모든 것은 흘러가고 지나갑니다. 흔들리는 감정의 날씨 너머를 바라보면, 늘 그 자리에서 우리를 향해 손짓하는 푸른 하늘이 있다는 걸 알 수 있어요.

하늘 위 구름의 자리

권층운

하늘 높이 아주 얇게 퍼진 이 구름은
얼음 결정으로 이루어져 있어요. 밤에는
달빛을 감싸 아름다운 달무리를 만들고,
낮에는 해를 희미하게 감싸
뿌옇게 번지는 햇살을 남겨요.

권운

깃털처럼 가볍게 흩어진 구름이에요. 지금은
날씨가 맑지만, 곧 바람이 방향을 틀지 몰라요.

**지면으로부터
약 6km 높이**

고층운

온난전선이 다가오고 있다는 신호로
머지않아 빗방울이나 눈발이 따라올지 몰라요.

고적운

몽글몽글한 구름 덩이들이 줄 지어 있거나 군데군데
퍼져 층을 이루고 있어요. 간혹 비를 뿌리기도 해요.

약 2km

난층운

아래쪽이 짙은 회색을 띤 이 구름은 소란스러운
천둥이나 번개 없이 조용히 비를 내려요.

층적운

흰색과 회색이 뒤섞인 구름 덩이들이 층을 이루며
퍼져있어요. 곧 비가 내릴 것 같은 기운을 풍기지만
정작 빗방울은 좀처럼 떨어지지 않지요.

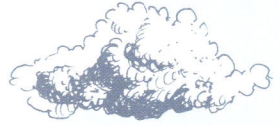

층운

특별한 형태 없이 희뿌옇고 때론 안개처럼
퍼져있는 고요한 구름이에요.

적운

솜털처럼 몽실몽실하고 밑부분이 평평한
이 구름은 팝콘을 닮았어요.
맑고 화창한 날에 주로 나타나요.

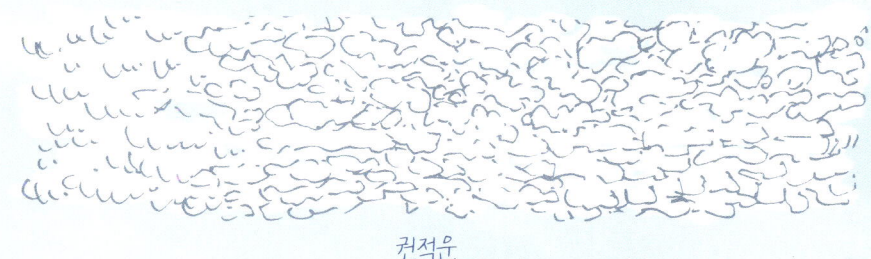

권적운

하얗고 얼룩덜룩한 구름이 얇은 장막처럼 펼쳐졌다가 이내 흩어져요.

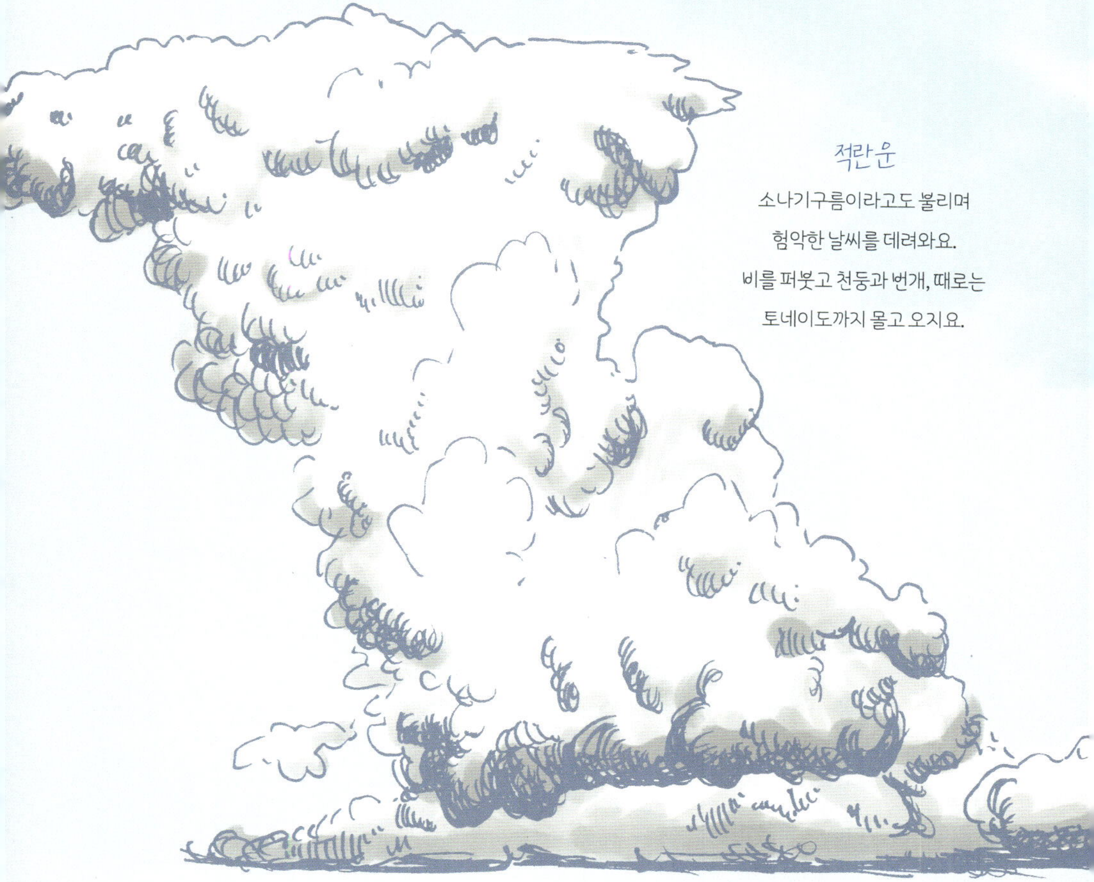

적란운

소나기구름이라고도 불리며
험악한 날씨를 데려와요.
비를 퍼붓고 천둥과 번개, 때로는
토네이도까지 몰고 오지요.

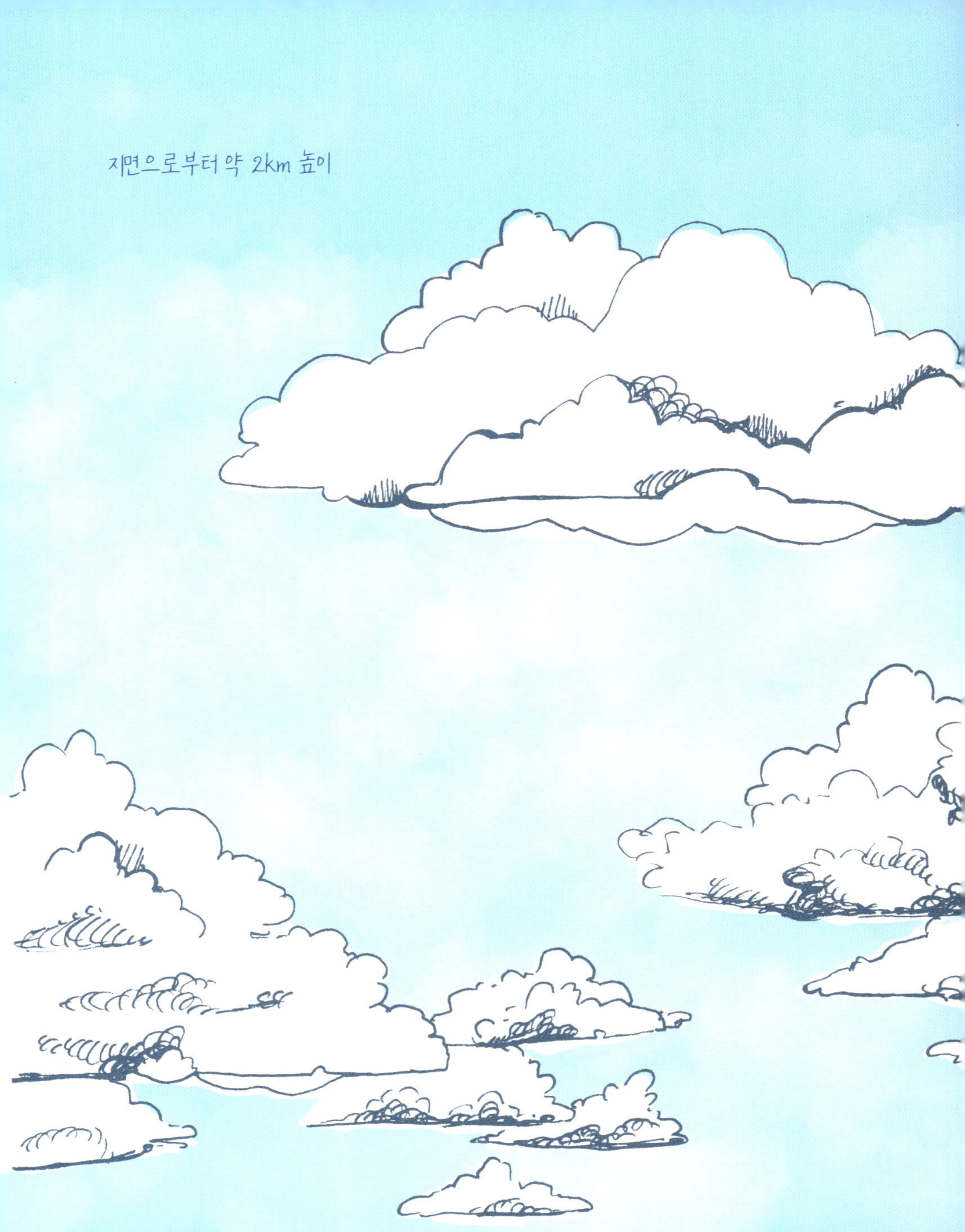

지면으로부터 약 2km 높이

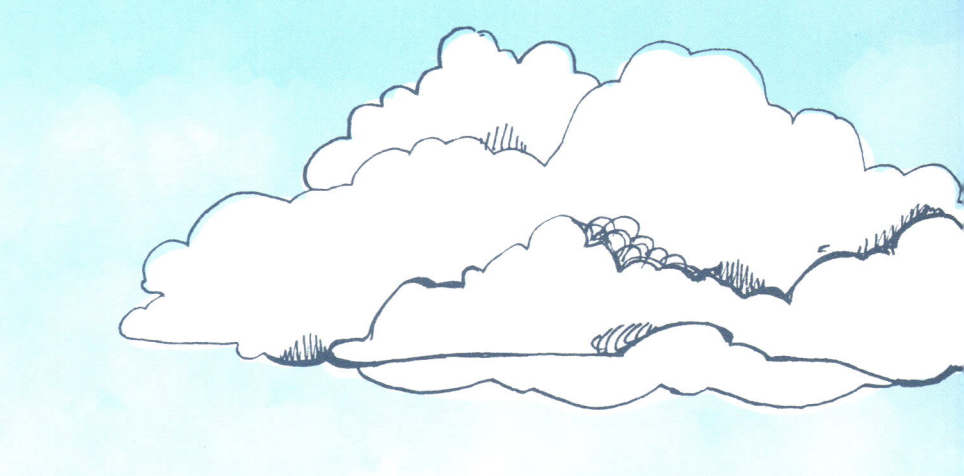

적운

하늘에 솜털처럼 떠있는 뭉게구름은 참 가볍고 푹신해 보이지만,
사실은 상상보다 훨씬 무겁다는 사실을 알고 있나요?
맑은 날 하늘을 떠다니는 적운 하나의 무게가 무려 450톤을 넘기도 해요!
이 구름은 점점 부풀어 오르며 어마어마한 양의 물방울을 품은
적란운으로 자라나고, 마침내 세상을 적시는 빗방울을 쏟아내게 되지요.

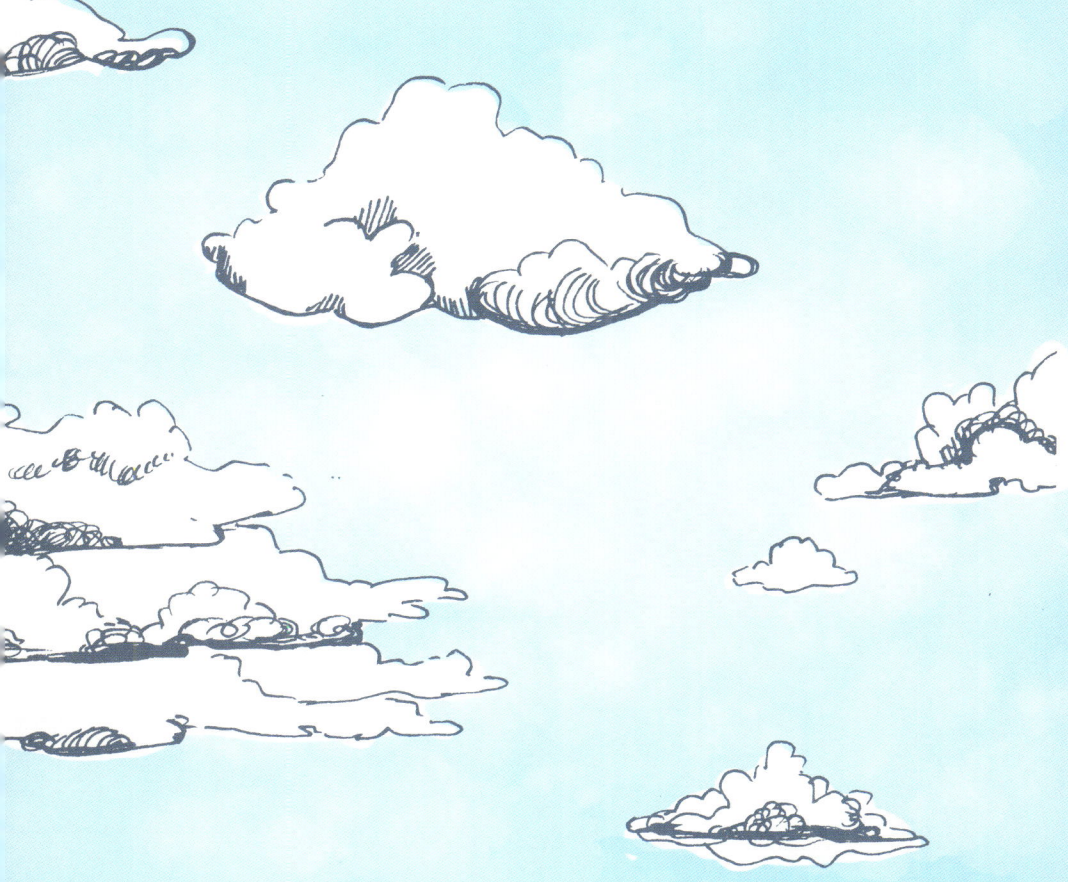

토네이도의 탄생

토네이도는 회전하는 강한 상승기류를 품은 '거대세포 뇌우'의 품에서 태어납니다. 이 거대한 폭풍은 때로 우박을 동반하기도 하지요. 따뜻하고 습한 공기가 땅에서 피어오르고, 그 위에서 차가운 공기와 빗방울, 우박이 떨어지면 따뜻한 공기가 회오리를 그리며 하늘로 끌려 올라갑니다. 그렇게 하늘에 빨려든 회오리 기둥이 점점 길어지다가 마침내 땅과 손을 맞잡는 순간, 토네이도가 그 모습을 드러내요.

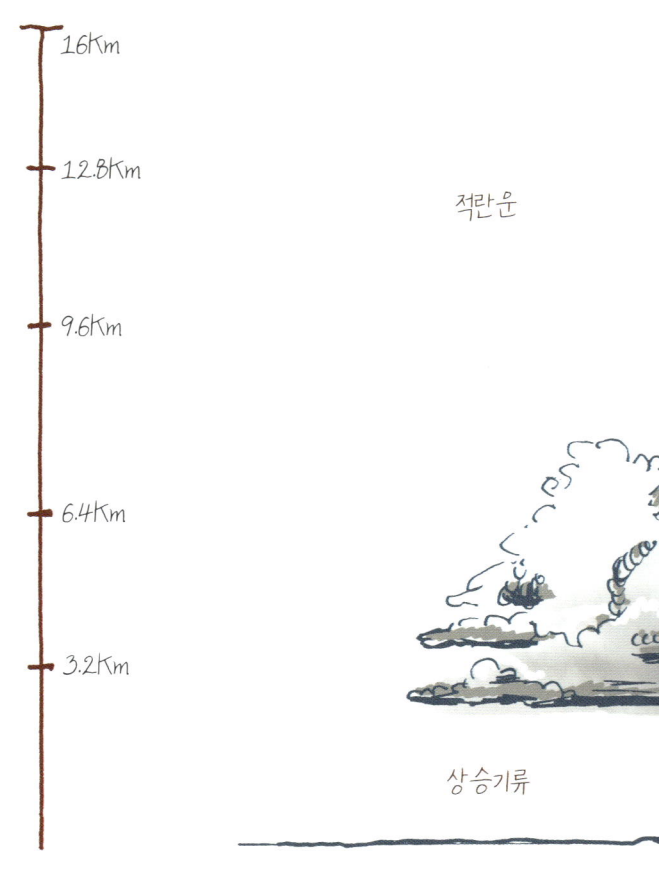

16Km

12.8Km

적란운

9.6Km

6.4Km

3.2Km

상승기류

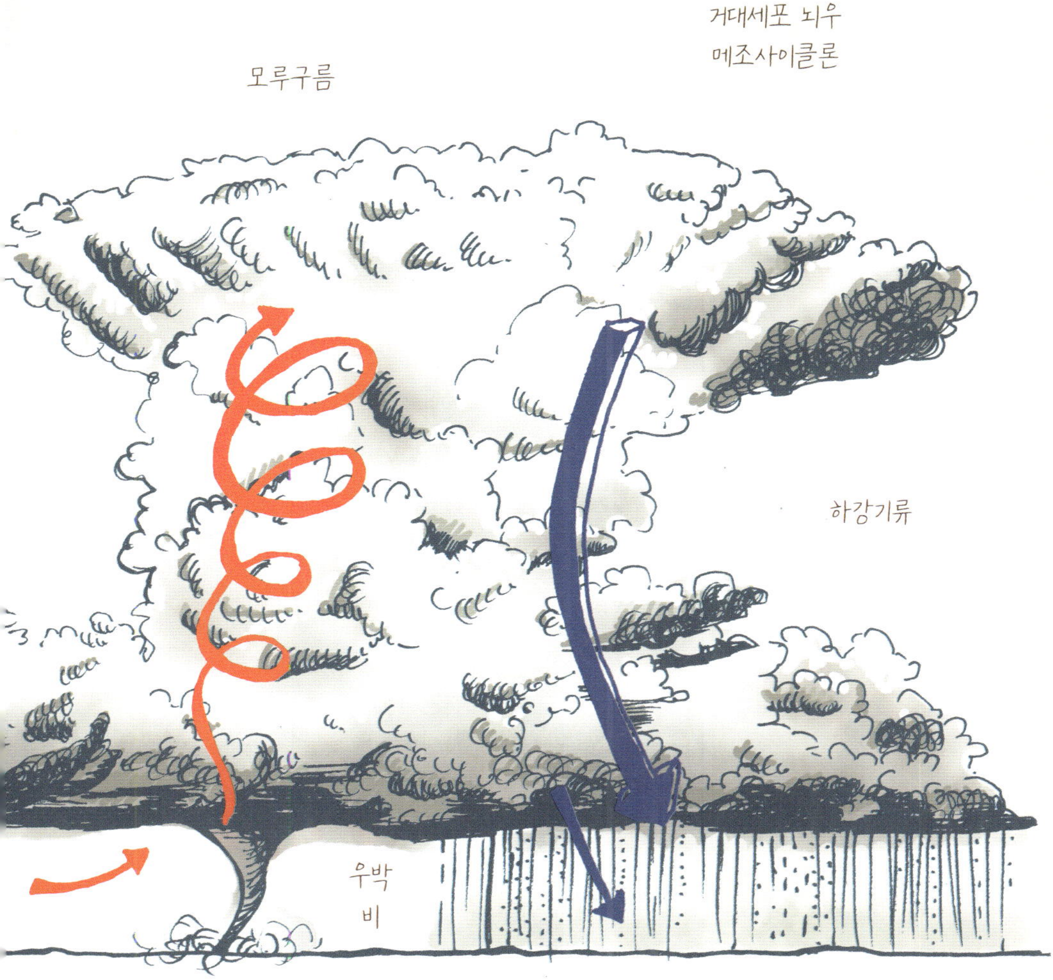

모루구름

거대세포 뇌우
메조사이클론

하강기류

우박
비

무지개가 피어나는 순간

무지개는 햇빛과 빗방울이 어우러져 만들어낸 찬란한 빛의 띠입니다. 비 온 뒤 공기 중의 물방울에 햇살이 부딪혀 굴절되고 반사되며, 그 과정에서 무지개의 다채로운 색이 하늘에 펼쳐지지요. 하지만 무지개는 아무 데서나 보이진 않아요. 햇빛과의 각도가 약 42도인 자리에 서있어야만 그 빛깔을 눈으로 마주할 수 있어요. 그래서 무지개를 따라가려 하면 할수록, 전설 속 황금 항아리가 자꾸 우리를 피해 멀어지는 것처럼 보이는 거랍니다.

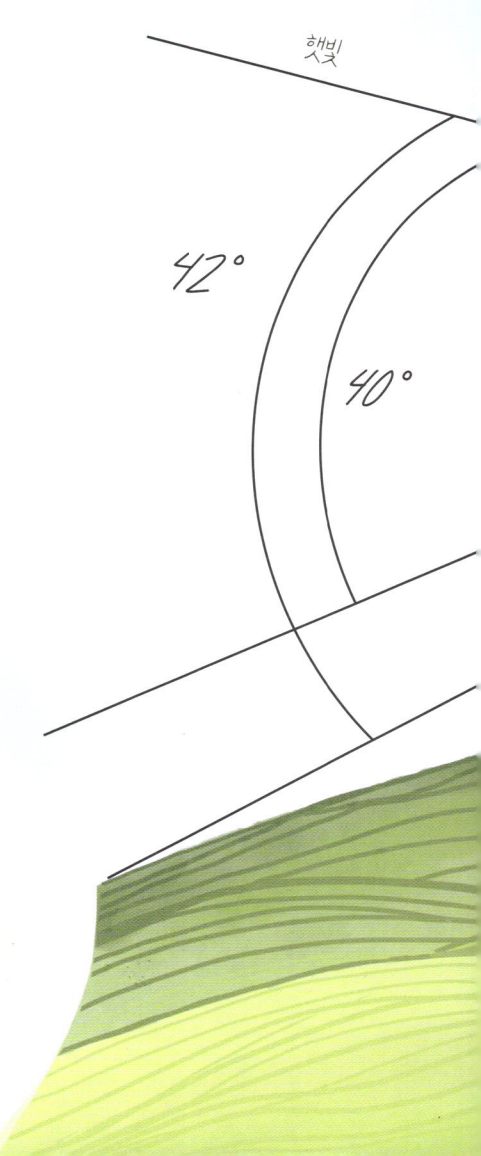

햇빛

42°

40°

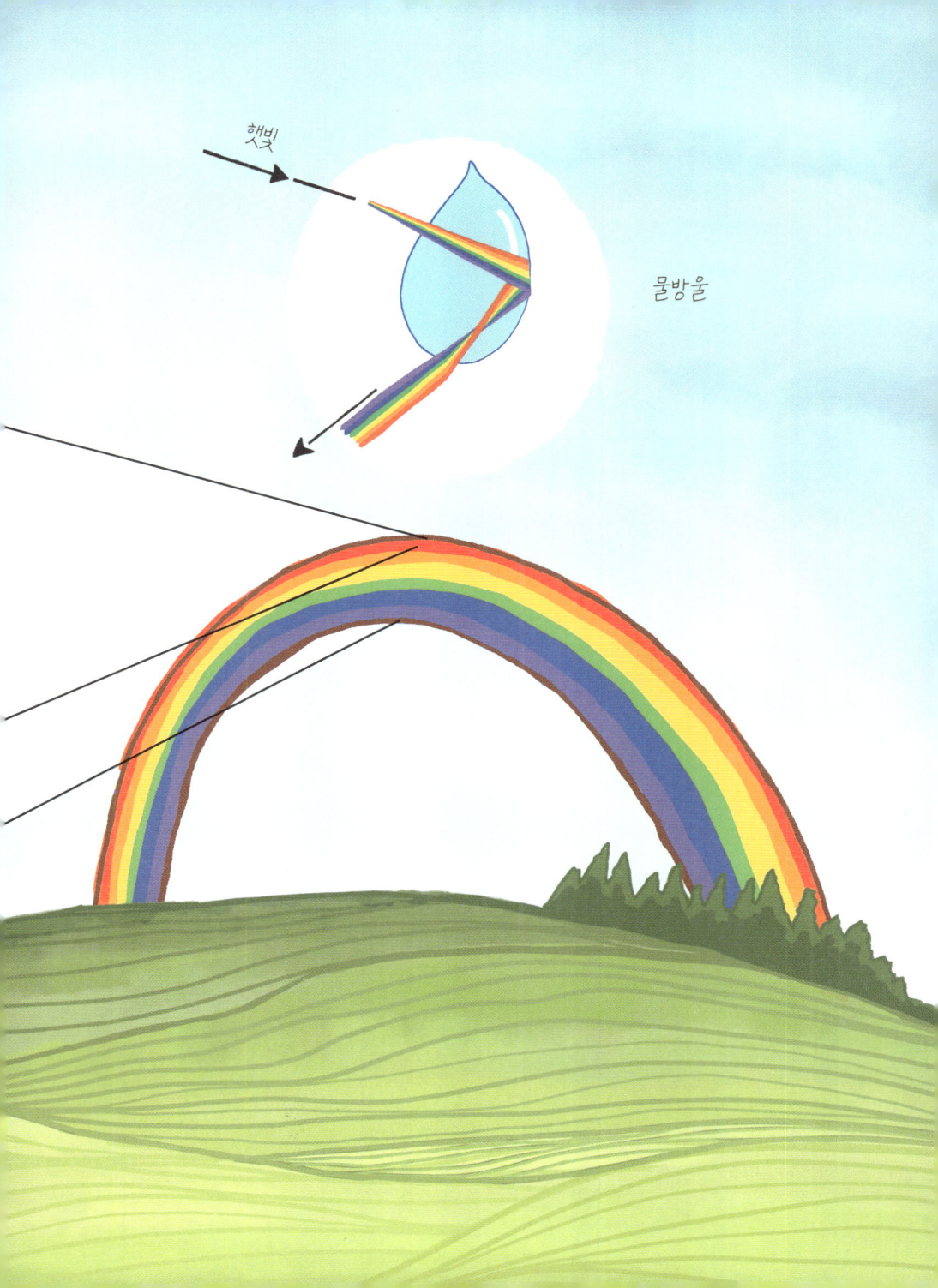

햇빛

물방울

하늘을 수놓은 별자리들

우주 속에서 우리가 어디쯤 있는지를 알고 싶다면, 밤하늘을 올려다보는 것만큼 분명한 방법은 없을 거예요. 어두운 하늘을 바라보는 그 순간, 우주의 중심은 나 자신이 아님을 깨닫게 되지요. 오히려 그 사실이 커다란 위안이 되어주기도 합니다. 특히 삶이 무겁게 느껴지는 순간에는 더더욱요. 우주 안에서 우리는 작고 불완전하지만, 그 자체로도 경이로운 하나의 점 같은 존재예요. 하늘에 수놓인 별들과 포근한 달빛을 바라보다 보면 마음의 긴장이 풀리고 걱정도 어느새 사르르 녹아내릴지 몰라요. 세상엔 그저 존재하는 것들이 있어요. 좋지도, 나쁘지도 않은 채로, 있는 그대로 머무는 것들. 태양과 달, 별 아래에 서서 그저 조용히 바라보는 일, 그것만으로도 우리는 지금 이 순간 이 자리에서 온전히 존재한다는 것을 느낄 수 있어요.

오래전 사람들은 믿음을 담은 이야기로 별자리에 이름을 붙였습니다. 그리스 신화에서는 제우스의 아내 헤라의 질투로 곰으로 변한 님프 칼리스토가 큰곰자리가 되었고, 야키마족은 '카시오페이아'라고 부른 별자리를 엘크 가죽을

북반구의 여름

페가수스자리

조랑말자리

백조자리

돌고래자리

거문고자리

독수리자리

동쪽

땅꾼자리

궁수자리

전갈자리

북쪽

널어 말리는 모습으로 보았지요. 포니족은
북쪽왕관자리를 '족장들의 회의'로 여겼는
데, 둥글게 둘러앉은 별들이 지혜를 나누던
원형 회의의 모습과 닮았기 때문이에요.

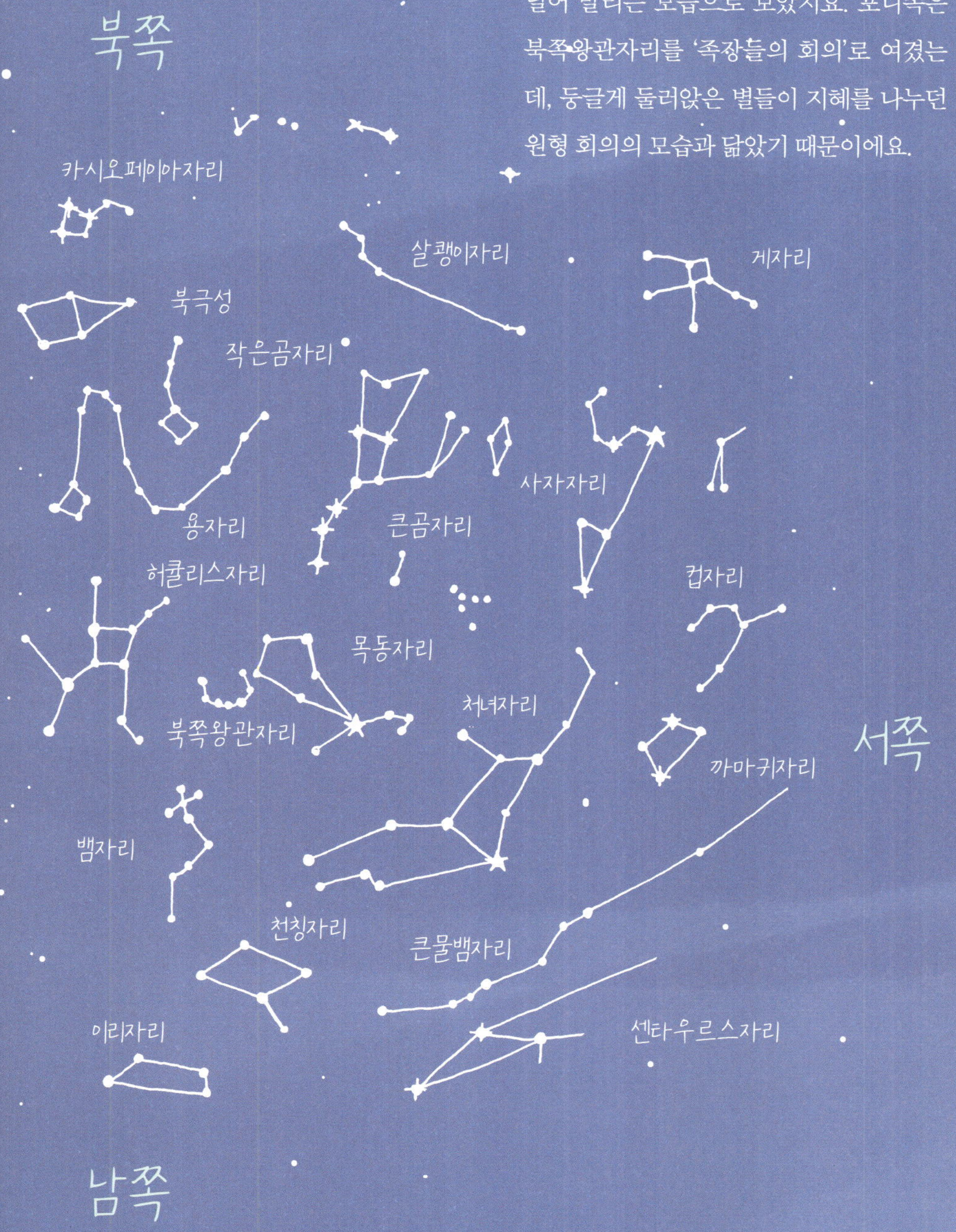

카시오페이아자리

살쾡이자리

게자리

북극성

작은곰자리

사자자리

용자리

큰곰자리

컵자리

허큘리스자리

목동자리

처녀자리

북쪽왕관자리

까마귀자리

서쪽

뱀자리

천칭자리

큰물뱀자리

이리자리

센타우르스자리

남쪽

핼리혜성

가스와 먼지로 뒤덮인 얼음덩어리가 태양의 궤도를 그리며 공전합니다. 우리는 그것을 혜성이라 불러요. 그중에서도 가장 유명한 혜성은 단연 핼리혜성이에요. 왜 그럴까요? 약 75년을 주기로 우리 곁을 찾아와 맨눈으로도 볼 수 있게 모습을 드러내기 때문이지요. 거의 모든 사람이 생애 한 번쯤 이 혜성을 보게 되는 셈입니다. 마지막으로 밤하늘을 수놓았던 건 1986년, 그리고 다음번에는 2061년에 우리 머리 위 밤하늘을 다시 찾아올 예정이에요.

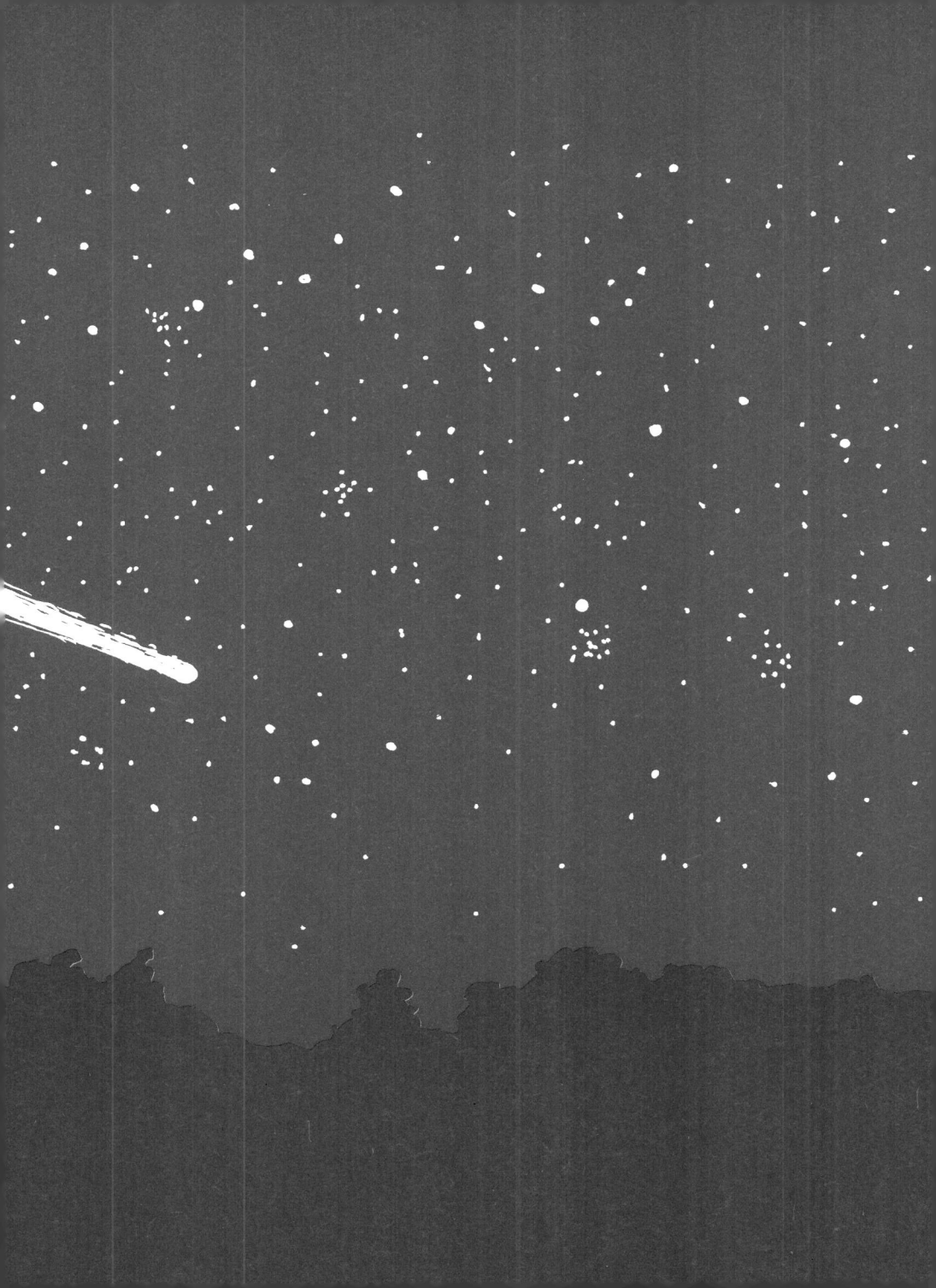

실습: 5·4·3·2·1 기법을 사용해 보아요

자연과 깊이 교감하기 위해 오감을 어떻게 활용할 수 있는지는 이미 앞선 장들에서 함께 살펴보았어요. 이제 어디에 있든, 잠시 멈추어 마음의 날씨를 가라앉히고 있는 그대로의 나 자신으로 머물고 싶다면 오감을 활용한 이 마음 챙김 연습을 해보는 건 어떨까요? 마음이 이리저리 흔들리고 산만해져 집중하기 어려울 때, 이 짧은 연습은 당신이 균형을 되찾고 중심을 잡는 데 큰 도움이 되어줄 거예요.

5   밖으로 나가 천천히 주변을 둘러보세요. 그리고 자연 속에서 눈에 들어오는 다섯 가지를 마음속으로 하나씩 불러보세요.

4   그 다음엔 피부로 느껴지는 네 가지를 찾아보세요. 머리카락을 스치는 바람결, 피부에 닿는 촉촉한 공기, 혹은 얼굴을 감싸는 햇살의 온기처럼요.

3   귀를 기울여 세 가지 소리에 집중해 보세요. 가까이서 들리는 새소리도, 멀리서 울리는 천둥소리도 괜찮아요.

2   숨을 깊이 들이마시며 두 가지 냄새를 느껴보세요. 갓 깎은 싱그러운 풀 냄새, 다가오는 비의 기운일 수도 있어요.

1   마지막으로, 지금 당신의 입안에는 어떤 맛이 감돌고 있나요?

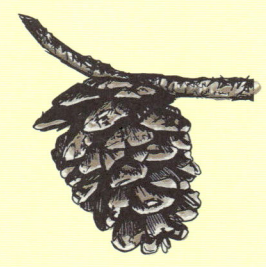

자연에서 마주친 감각의 순간들을 여기에 적어보세요

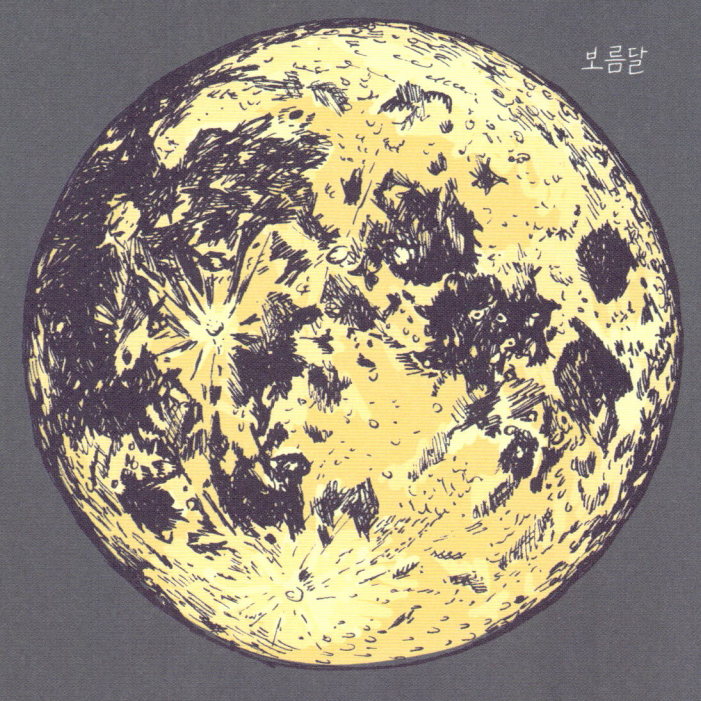

보름달

변화야말로 유일하게 사라지지 않는 진리이다.

−옥타비아 버틀러, 『씨앗을 뿌리는 사람의 우화』

chapter 7

변화는
자연스러운 일이에요

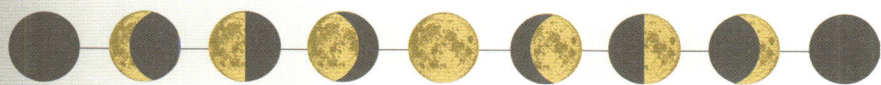

　세상은 변화를 멈추지 않아요. 기원전 475년, 에페수스의 철학자 헤라클레이토스는 자연에 관한 변치 않는 진실을 이렇게 말했습니다. 세상에는 좋거나 나쁜 힘이 따로 있는 것이 아니라 그저 변화만이 존재한다고요. 그는 '상반된 것들의 조화'라는 개념을 통해 서로 반대되는 것처럼 보이는 것들이 사실은 본질적으로 하나임을 이야기했어요. 모든 것은 오는 동시에 떠나고, 삶과 죽음은 생명의 순환 속에서 똑같이 중요한 의미를 지니지요. 불교에서도 이와 같은 생각을 받아들입니다. 어느 한 상태가 영원히 지속되기를 바라는 마음, 그 집착이야말로 모든 고통의 시작이라는 것이지요. 변화가 세상의 유일한 진실이라는 것을 받아들이는 순간, 우리 내면과 우리를 둘러싼 세계에서 끊임없이 일어나는 변화의 흐름과 비로소 조화롭게 어우러져 살아갈 수 있게 될 거예요.

달이 지나가는 길

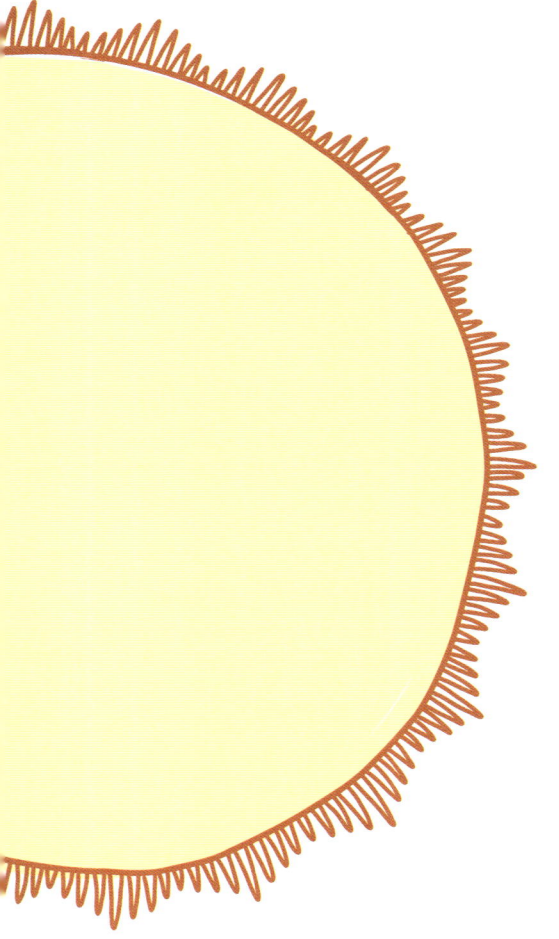

달은 지구 주위를 한 바퀴 도는 데
27.3일이 걸립니다.
그 시간 동안 서서히 모습을 바꾸며
여덟 가지 다른 얼굴을 드러내요.

햇빛 →

삶은 수많은 변화의 얼굴을 지녔고,
그 어느 것도 영원히 머물지 않아요.

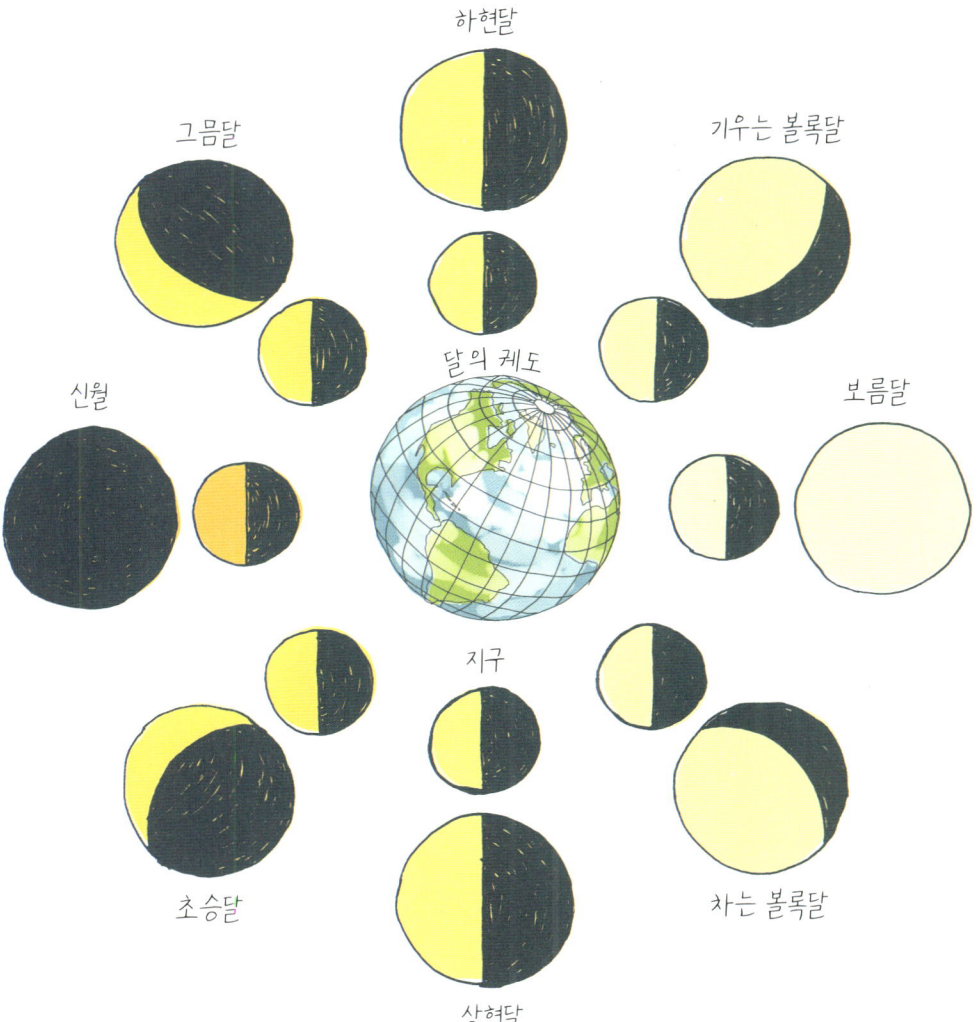

하현달

그믐달

기우는 볼록달

달의 궤도

신월

보름달

지구

초승달

차는 볼록달

상현달

달의 변화,
당신에게 어떤 메시지를 전하나요?

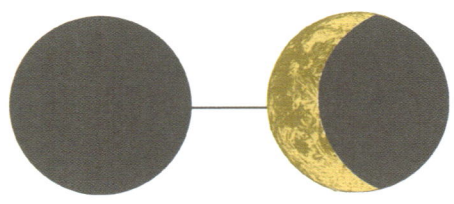

신월
새로운 시작, 산뜻한 마음으로 출발하기, 다짐을 분명히 세우기, 잠시 멈춰 나를 돌아보기

초승달
새로운 활력을 느끼며 다짐 실천하기, 희망찬 계획 세우기, 몸과 마음 돌보기

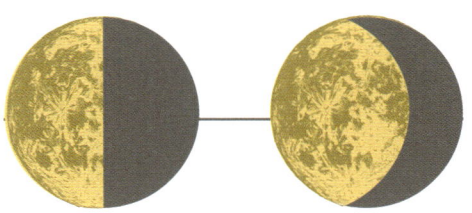

상현달
스스로 믿고 결정 내리기, 마음을 솔직히 돌아보기, 한 번 더 용기 내기

차는 볼록달
선명한 마음으로 행동하기, 마음 챙김과 함께 나아가기, 결심을 차분히 정리하기

점성술에서 보름달은 음과 양의 조화를 뜻하고,
달의 변화는 우리 삶을 부드럽게 안내하는 길잡이로 여겨지곤 해요.

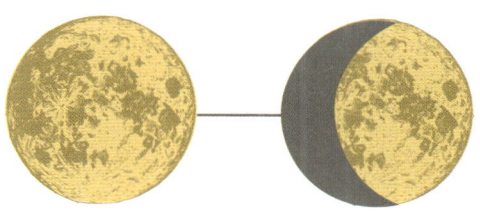

보름달
감정을 자유롭게 표현하기, 마음 가득 에너지 느끼기, 깊은 깨달음 얻기, 굳은 다짐을 완성하기

기우는 볼록달
나를 회복하고 다독이기, 지나온 시간을 돌아보고 정리하기, 감사하는 마음 갖기,
조용히 내면을 들여다보기

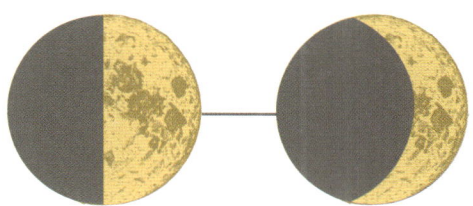

하현달
용서하기, 묵은 감정을 비워내기, 이제 필요 없는 것은 내려놓기

그믐달
모든 걸 잠시 내려놓기, 나를 따뜻한 시선으로 바라보기, 편안히 나를 돌보기

달과 바다 사이

모든 것은 밀려들고 다시 흘러 나갑니다. 바다를 한번 보세요. 달의 중력은 밀물과 썰물을 만들어내는 강력한 힘 중 하나입니다. 천문학에서 말하는 중력 질량, 즉 물체가 얼마나 많은 물질을 품고 있는지를 나타내는 값은 무게와는 다른 개념인데요, 달의 중력 질량이 바닷물을 달 쪽으로 끌어당겨 밀물을 만들어냅니다. 한편, 썰물 때는 지구의 궤도가 달 쪽으로 아주 조금 끌려가는 움직임을 보여요. 밤과 낮이 지구의 양쪽에서 동시에 일어나듯, 밀물과 썰물도 지구의 양편에서 서로 마주 보며 같은 시간에 일어납니다.

태양

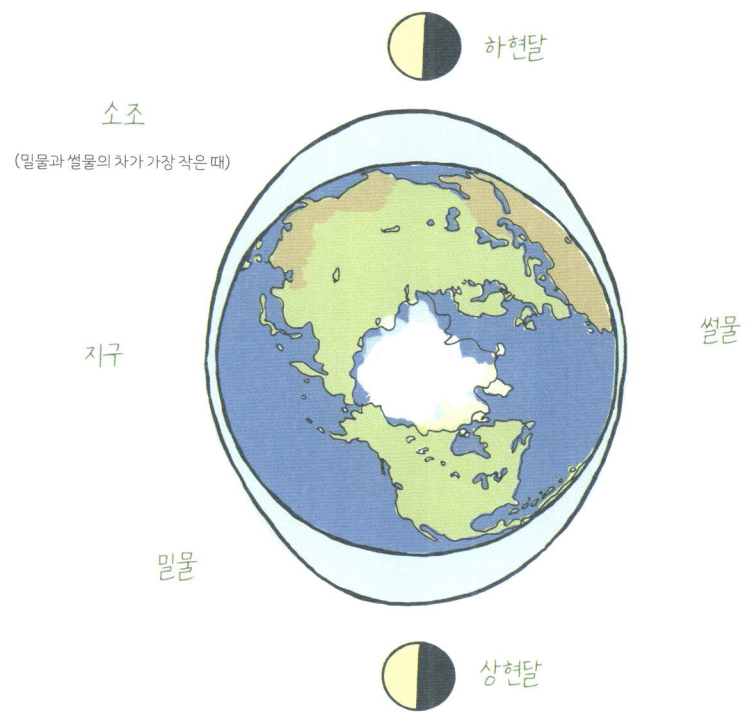

하현달

소조
(밀물과 썰물의 차가 가장 작은 때)

지구

썰물

밀물

상현달

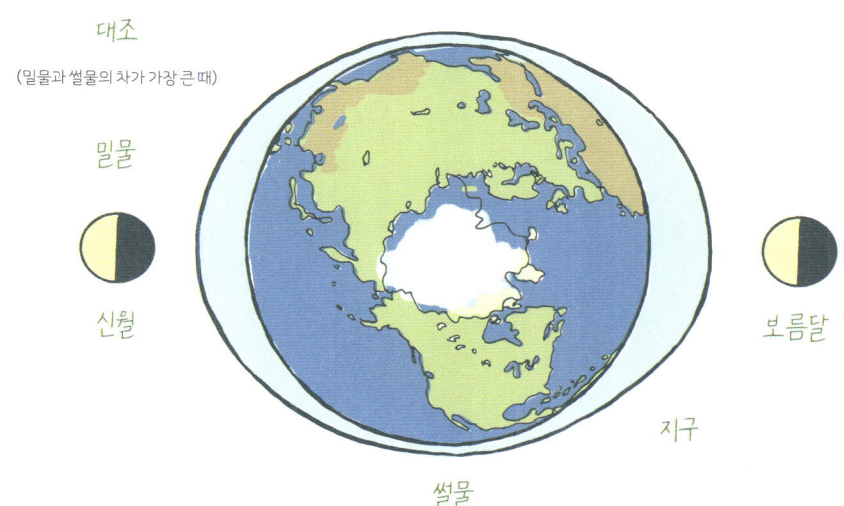

대조
(밀물과 썰물의 차가 가장 큰 때)

밀물

신월

보름달

지구

썰물

계절의 순환

    삶의 순환을 가장 분명하게, 끊임없
이 우리에게 보여주는 것은 바로 계
절의 변화입니다. 이 세상에 영
원한 것은 없다는 사실을 상
기시켜 줘요. 지구 위의 모든
것, 그리고 우주 너머의 것들
까지도 말이에요. 그대로 머
무는 것은 없어요. 우리가 어
떤 계절을 특별히 더 좋아할
수도 있지만, 그렇다고 어느
하나가 더 좋거나 나쁘다고 말
할 수는 없지요. 모든 계절은 저마
다의 방식으로 우리가 그 곁에 있든
없든, 생명이 흐를 수 있도록 필요한
모든 것을 내어주니까요.

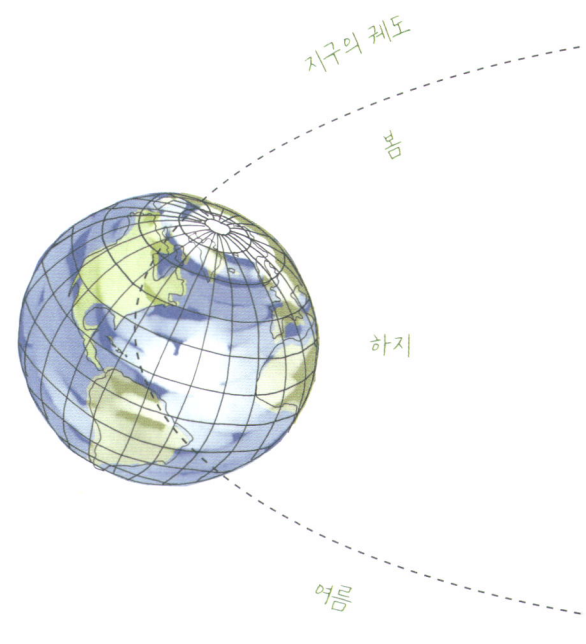

지구의 궤도

봄

하지

여름

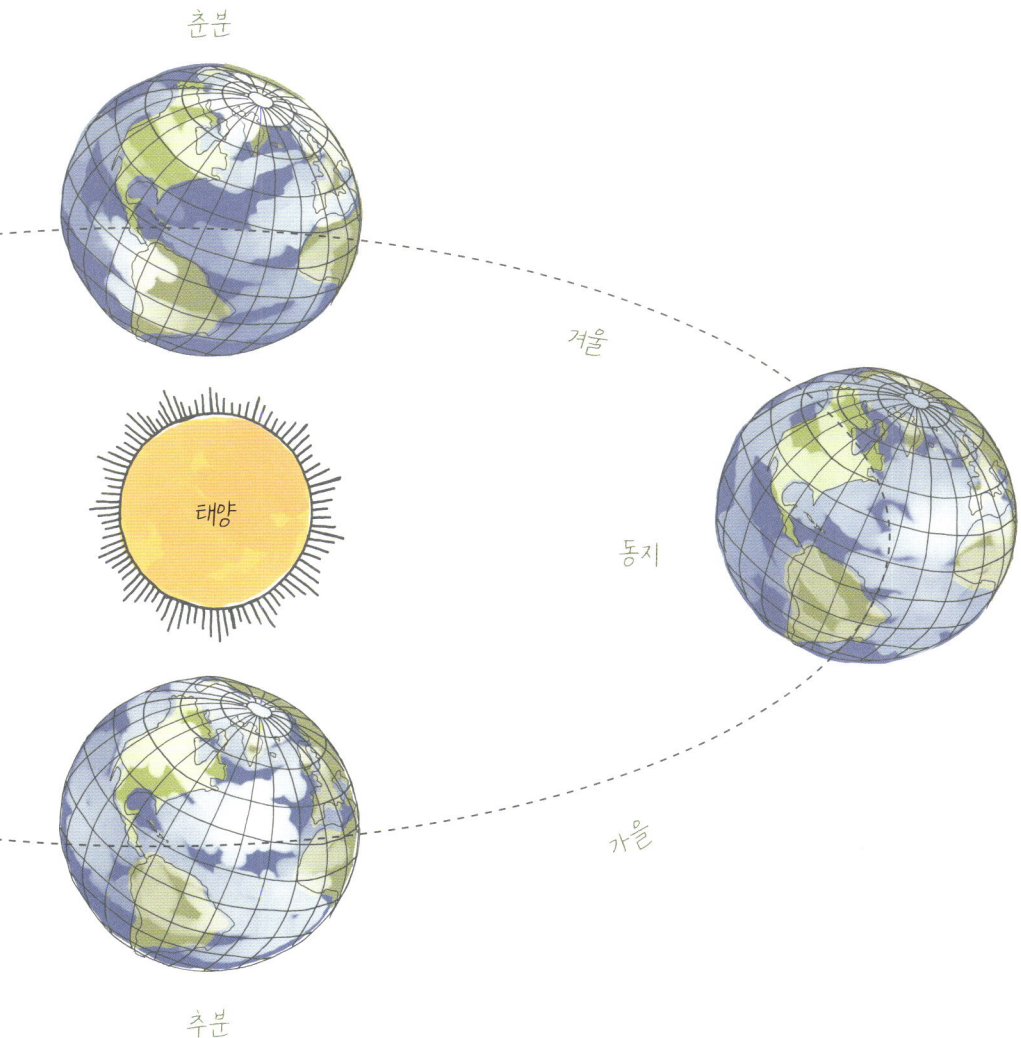

춘분

겨울

태양

동지

가을

추분

낡은 나무둥치가 품은 생태계

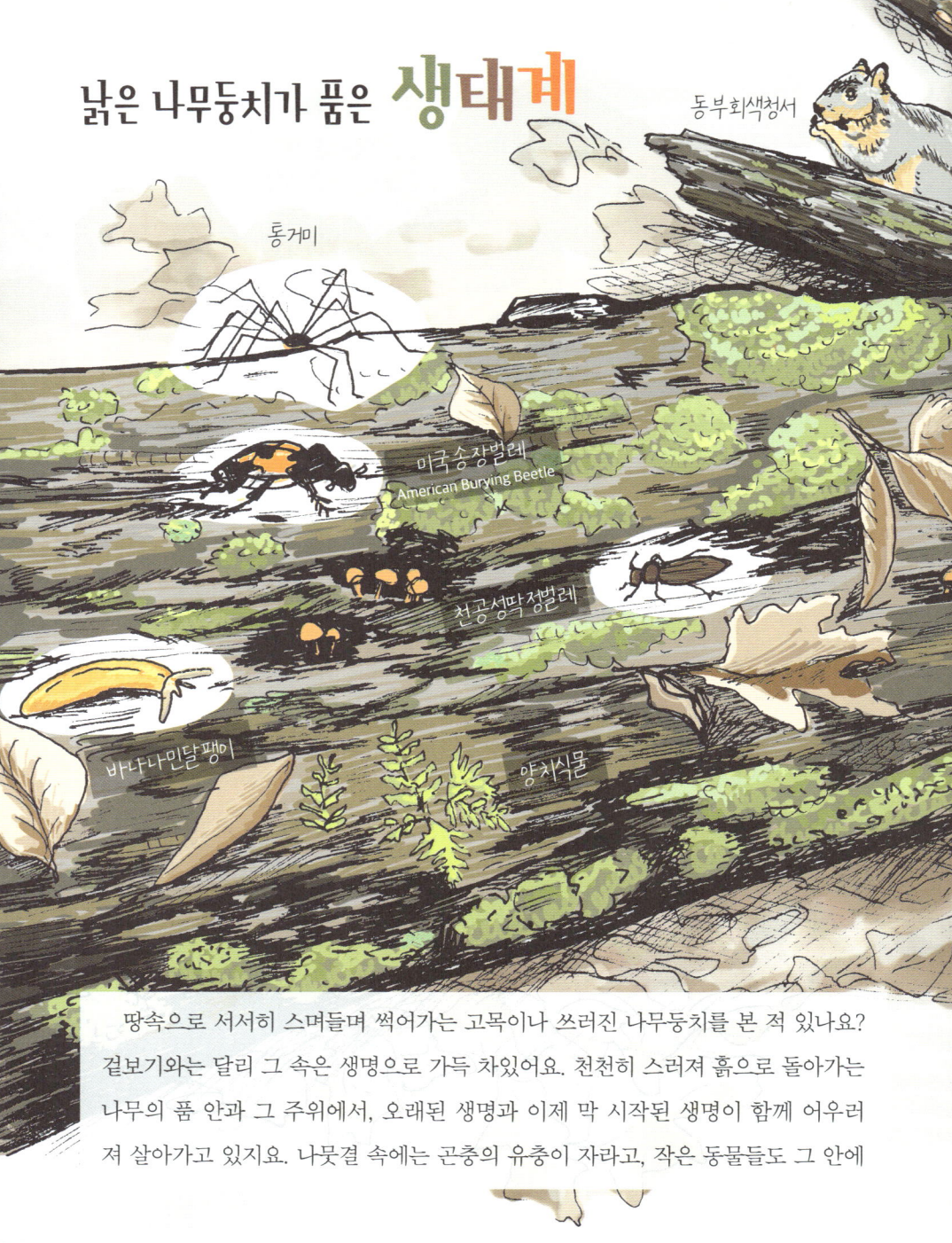

동부회색청서

동거미

미국송장벌레
American Burying Beetle

천공성딱정벌레

바나나민달팽이

양치식물

땅속으로 서서히 스며들며 썩어가는 고목이나 쓰러진 나무둥치를 본 적 있나요?
겉보기와는 달리 그 속은 생명으로 가득 차있어요. 천천히 스러져 흙으로 돌아가는
나무의 품 안과 그 주위에서, 오래된 생명과 이제 막 시작된 생명이 함께 어우러
져 살아가고 있지요. 나뭇결 속에는 곤충의 유충이 자라고, 작은 동물들도 그 안에

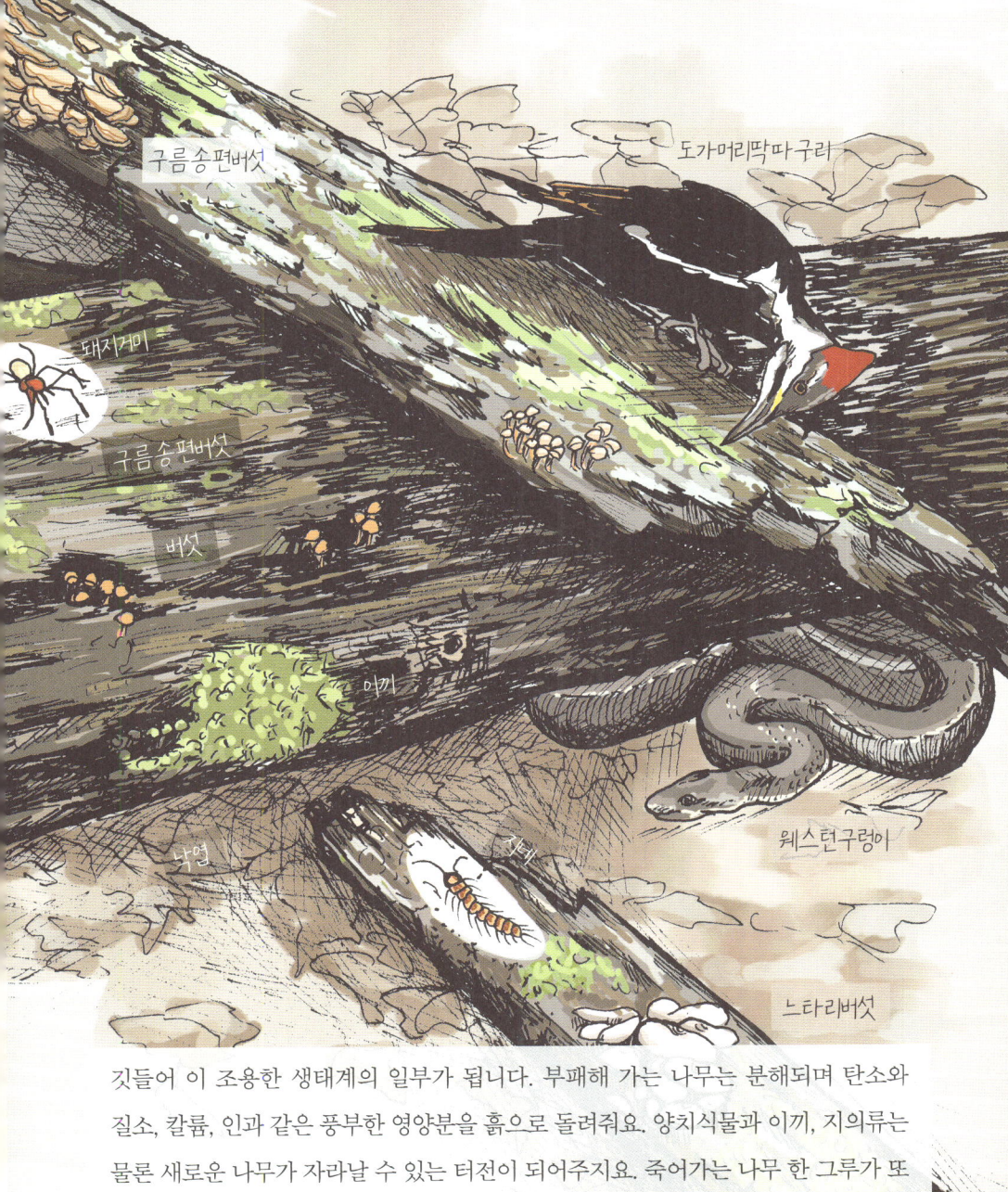

구름송편버섯

도가머리딱따구리

돼지거미

구름송편버섯

버섯

이끼

낙엽

진드기

웨스턴구렁이

느타리버섯

깃들어 이 조용한 생태계의 일부가 됩니다. 부패해 가는 나무는 분해되며 탄소와 질소, 칼륨, 인과 같은 풍부한 영양분을 흙으로 돌려줘요. 양치식물과 이끼, 지의류는 물론 새로운 나무가 자라날 수 있는 터전이 되어주지요. 죽어가는 나무 한 그루가 또 다른 생명을 길러내는 경이로운 모습이에요.

변화에 대한 고찰

변화란 무엇인지 곰곰이 생각해 본 적 있나요? 뱀을 한번 떠올려 보세요. 성체 가터뱀은 일 년에 두세 번, 많게는 네 번까지 허물을 벗습니다. 이 과정이 시작되면 뱀은 극심한 불안을 느끼고, 마치 죽음이 가까워진 듯한 감각을 경험한다고 해요. 하지만 허물을 벗고 나면 새 피부와 함께 새 삶을 얻은 듯 생기 넘치는 모습을 보이지요. 뱀은 몸이 자라며 자신을 보호해 주던 외피가 더 이상 맞지 않게 되면 허물을 벗습니다. 그 과정에서 몸에 붙어 있던 기생충이나 질병, 오래된 상처도 허물과 함께 털어내지요.

우리도 마찬가지예요. 한때는 우리를 지켜주었던 사고방식이나, 마음 깊은 곳의 오래된 상처들이 이제는 성장을 막는 껍질처럼 느껴질 때가 있어요. 삶의 다음 장으로 나아가기 위해 그런 익숙함을 내려놓으려 할 때, 때로는 생이 끝나는 듯한 아픔처럼 느껴질 수도 있어요. 하지만 그 과정을 견뎌내고 낡은 껍질을 벗어던지면, 새로운 '나'로 살아갈 더 큰 자유가 우리를 기다리고 있어요. 그러니 변화 앞에서 주저하지 말고 기꺼이 그것을 받아들여 보세요.

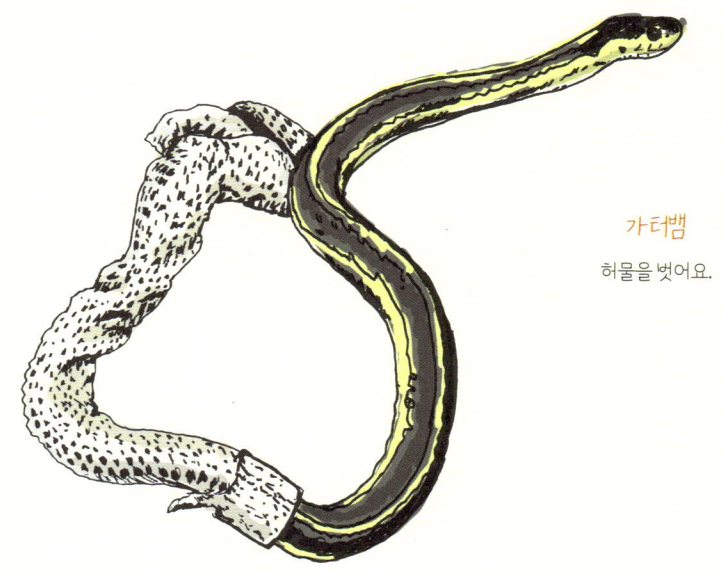

가터뱀
허물을 벗어요.

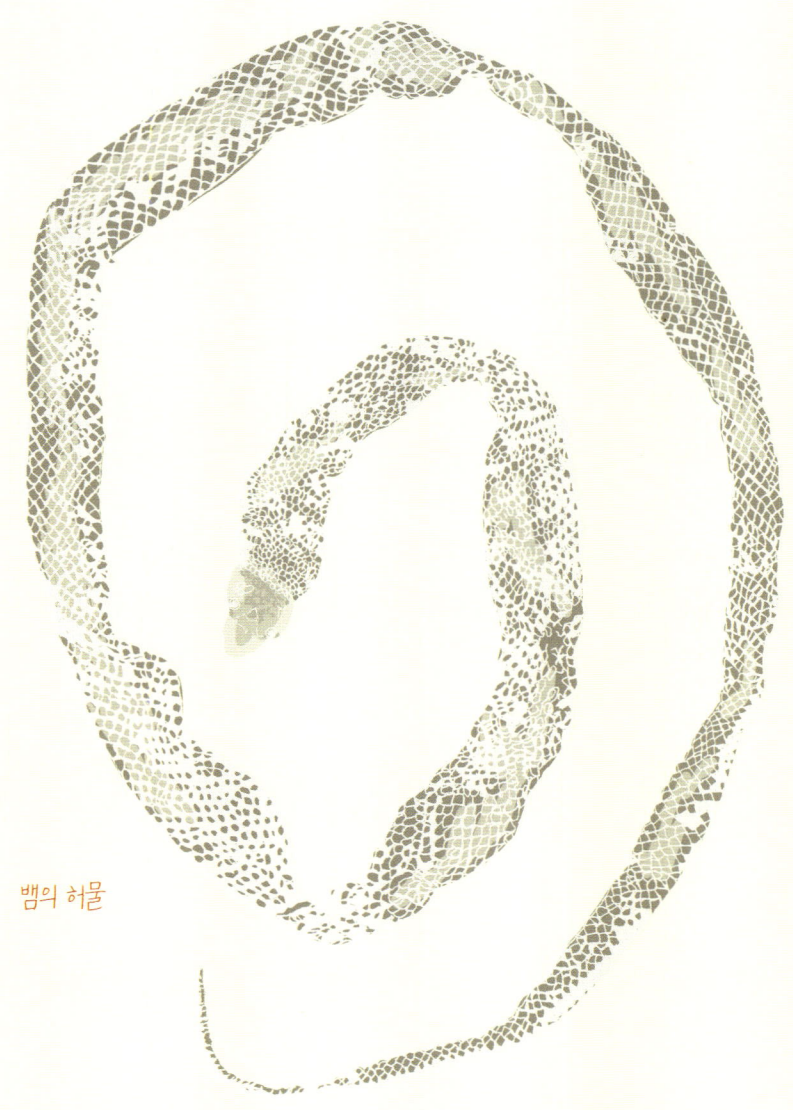

뱀의 허물

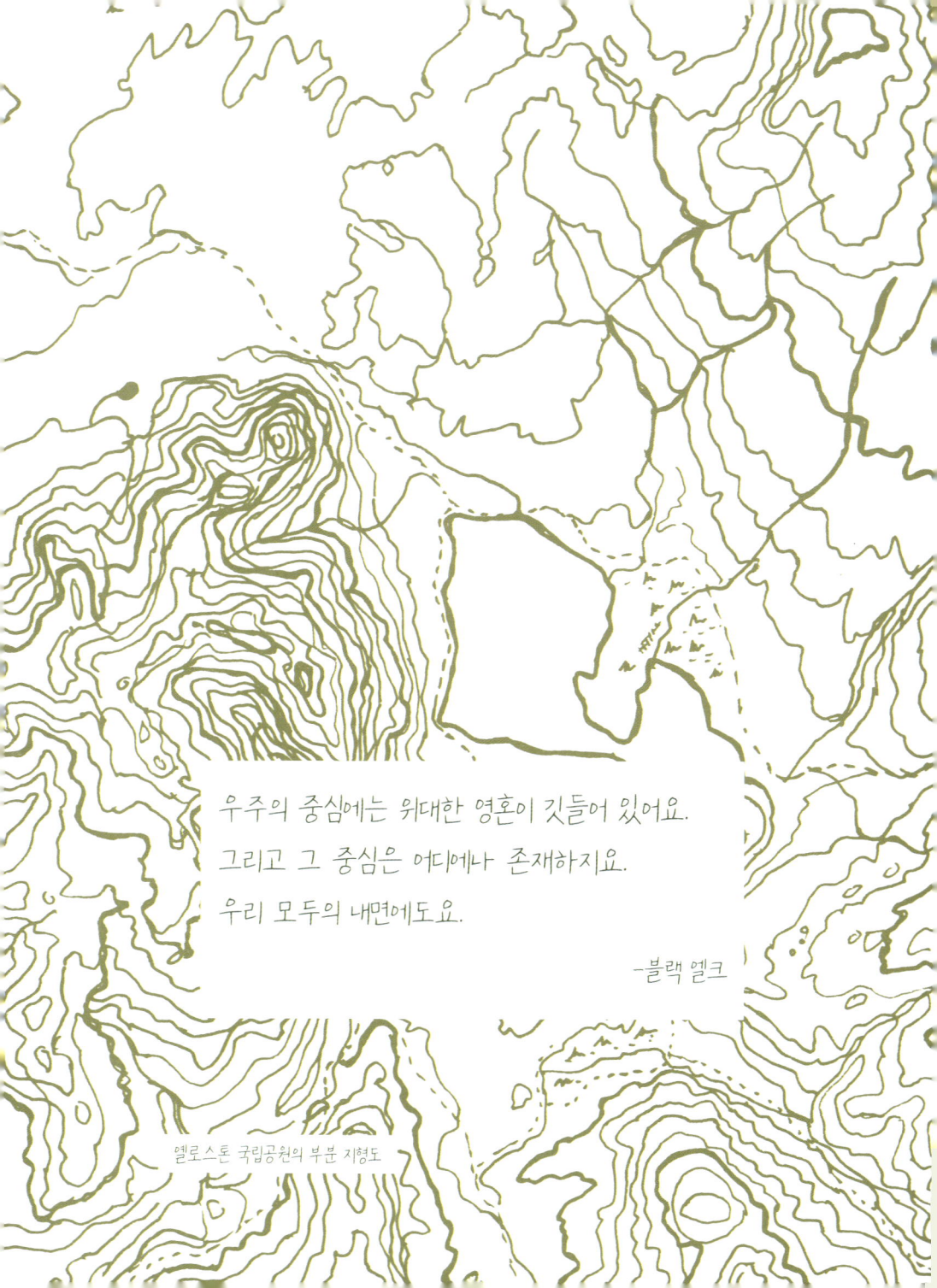

우주의 중심에는 위대한 영혼이 깃들어 있어요.

그리고 그 중심은 어디에나 존재하지요.

우리 모두의 내면에도요.

―블랙 엘크

옐로스톤 국립공원의 부분 지형도

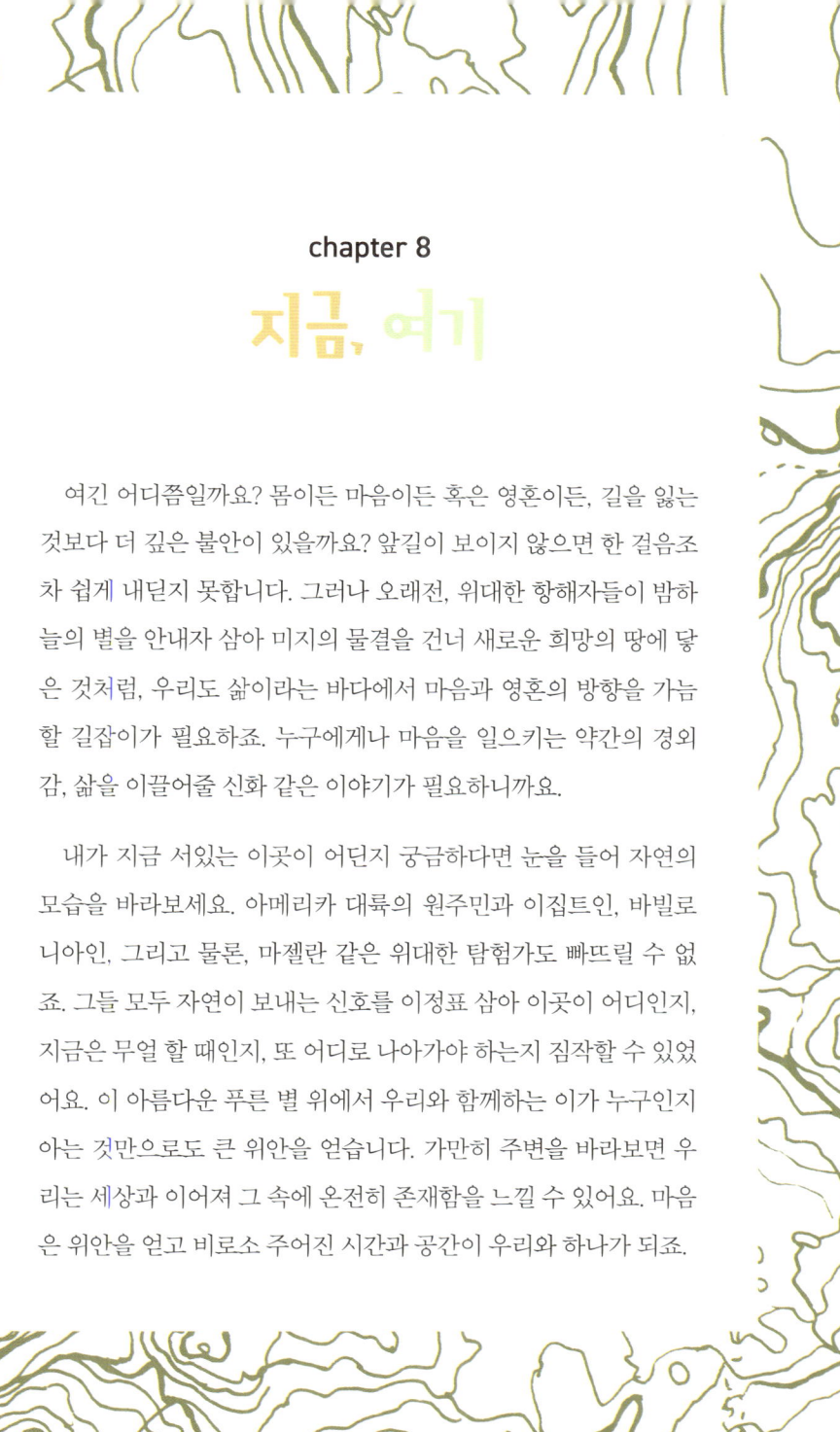

chapter 8

지금, 여기

여긴 어디쯤일까요? 몸이든 마음이든 혹은 영혼이든, 길을 잃는 것보다 더 깊은 불안이 있을까요? 앞길이 보이지 않으면 한 걸음조차 쉽게 내딛지 못합니다. 그러나 오래전, 위대한 항해자들이 밤하늘의 별을 안내자 삼아 미지의 물결을 건너 새로운 희망의 땅에 닿은 것처럼, 우리도 삶이라는 바다에서 마음과 영혼의 방향을 가늠할 길잡이가 필요하죠. 누구에게나 마음을 일으키는 약간의 경외감, 삶을 이끌어줄 신화 같은 이야기가 필요하니까요.

내가 지금 서있는 이곳이 어딘지 궁금하다면 눈을 들어 자연의 모습을 바라보세요. 아메리카 대륙의 원주민과 이집트인, 바빌로니아인, 그리고 물론, 마젤란 같은 위대한 탐험가도 빠뜨릴 수 없죠. 그들 모두 자연이 보내는 신호를 이정표 삼아 이곳이 어디인지, 지금은 무얼 할 때인지, 또 어디로 나아가야 하는지 짐작할 수 있었어요. 이 아름다운 푸른 별 위에서 우리와 함께하는 이가 누구인지 아는 것만으로도 큰 위안을 얻습니다. 가만히 주변을 바라보면 우리는 세상과 이어져 그 속에 온전히 존재함을 느낄 수 있어요. 마음은 위안을 얻고 비로소 주어진 시간과 공간이 우리와 하나가 되죠.

동물의 발자국

주변에 아무도 없어 보일지 몰라도, 당신은 혼자가 아닙니다. 동물 발자국을 알아보는 법은 자연을 살아가는 데 필요한 가장 오래된 지혜이자 기술이죠. 이 작은 흔적들은 당신이 어떤 생명들과 함께 살아가는지, 당신이 있는 곳은 어디인지 알려줘요.

오래전부터 인간은 이 발자국을 따라 먹을 것을 찾고, 포식자로부터 몸을 숨기며, 두 발을 딛고 선 대지와 영혼으로 대화해 왔어요. 발자국의 흐름에 변화가 생기는 순간을 잘 살펴보세요. 사슴은 달리기보다 주로 걷는 것을 택합니다. 에너지를 아끼기 위해서죠. 만약 네 개의 발자국 뒤에 갑작스레 빈 곳이 보인다면 그 사슴은 달리기 시작한 것입니다. 달리는 사슴은 분명 몹시 동요한 상태일 겁니다. 숲속의 포식자에게 놀랐거나, 어쩌면 다가선 당신 때문일지도 모르죠.

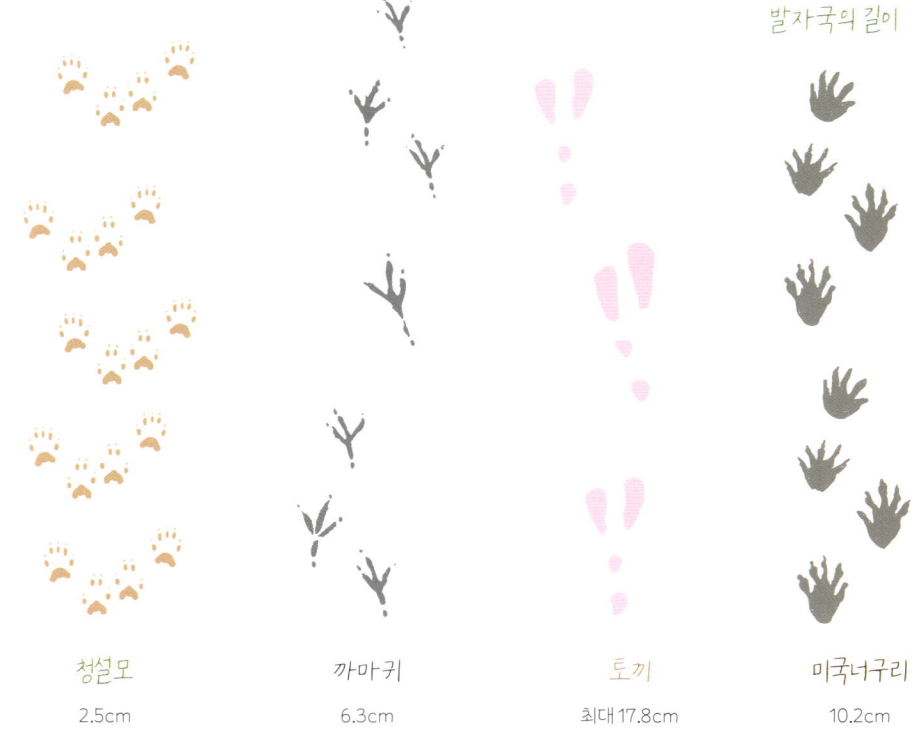

발자국의 길이

청설모	까마귀	토끼	미국너구리
2.5cm	6.3cm	최대 17.8cm	10.2cm

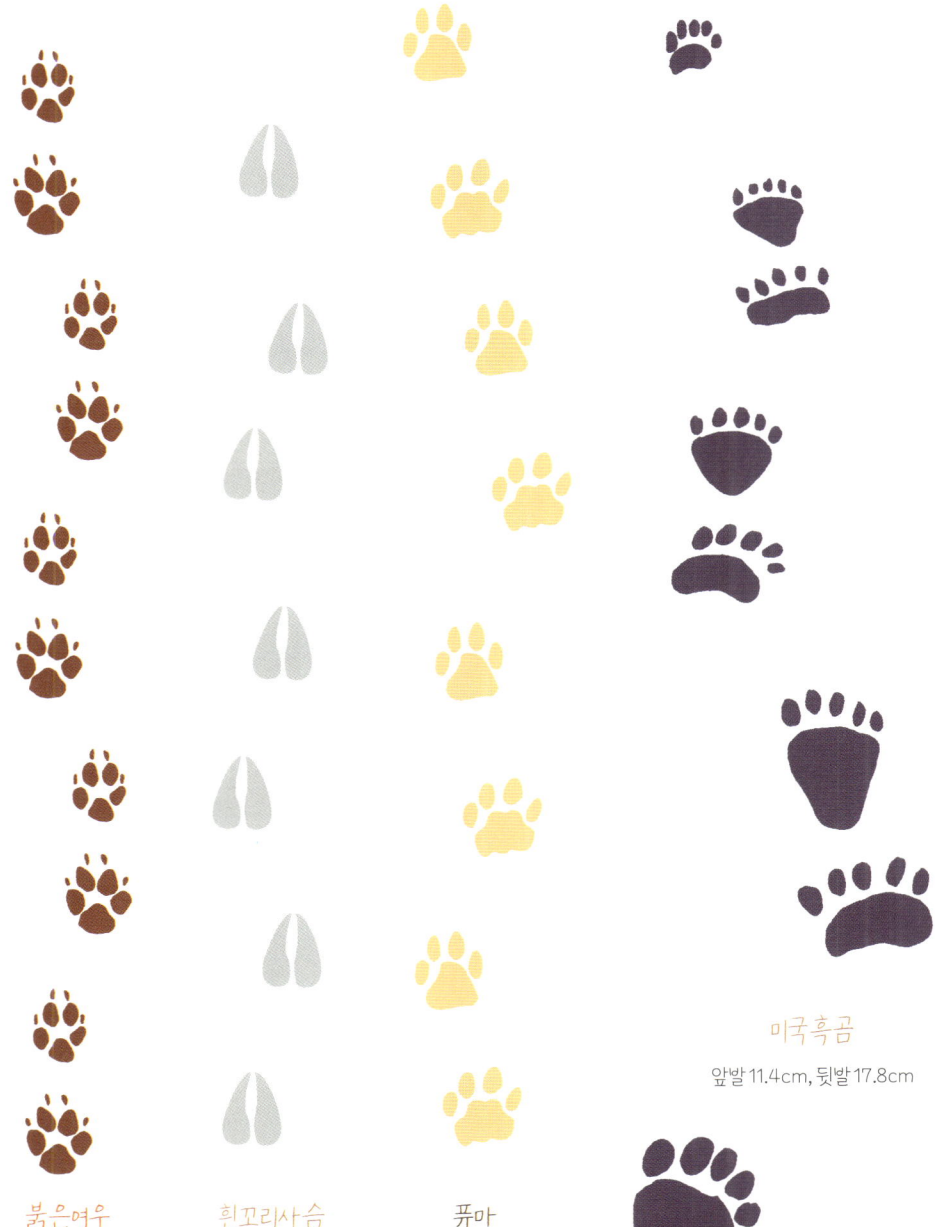

붉은여우
5.1cm

흰꼬리사슴
8.9cm

퓨마
10.2cm

미국흑곰
앞발 11.4cm, 뒷발 17.8cm

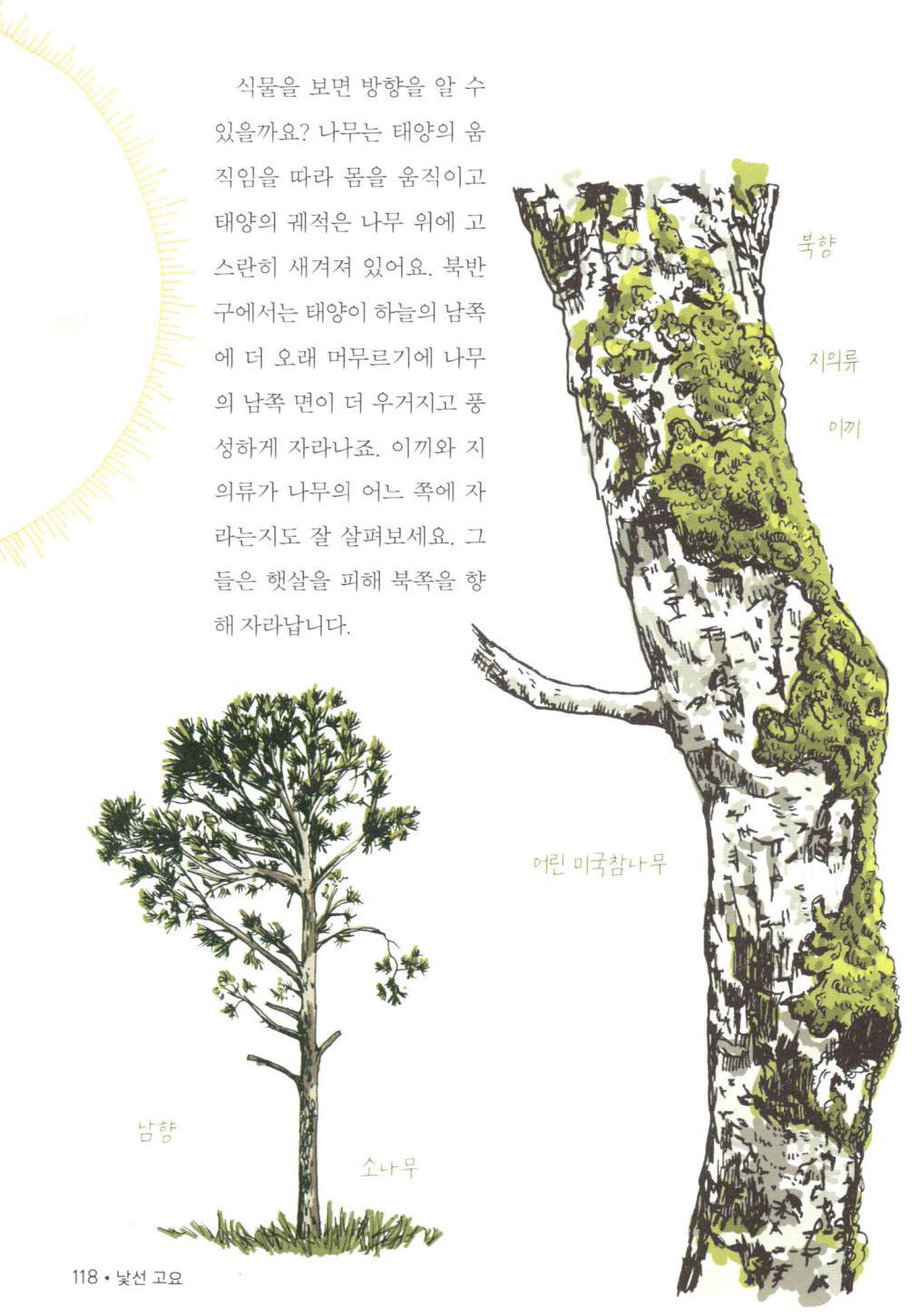

식물을 보면 방향을 알 수 있을까요? 나무는 태양의 움직임을 따라 몸을 움직이고 태양의 궤적은 나무 위에 고스란히 새겨져 있어요. 북반구에서는 태양이 하늘의 남쪽에 더 오래 머무르기에 나무의 남쪽 면이 더 우거지고 풍성하게 자라나죠. 이끼와 지의류가 나무의 어느 쪽에 자라는지도 잘 살펴보세요. 그들은 햇살을 피해 북쪽을 향해 자라납니다.

북향

지의류

이끼

어린 미국참나무

남향

소나무

미국 남서부 지역의 뜨거운 태양
아래서 금호선인장은 조용히 남쪽을
향해 몸을 기울입니다.

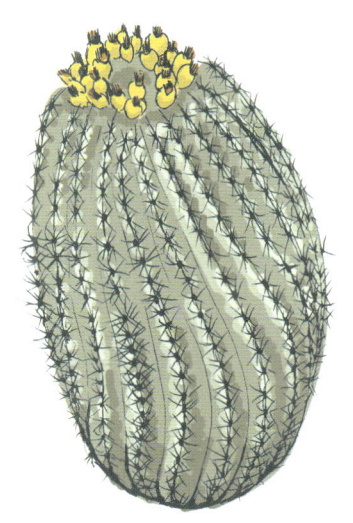

금호선인장

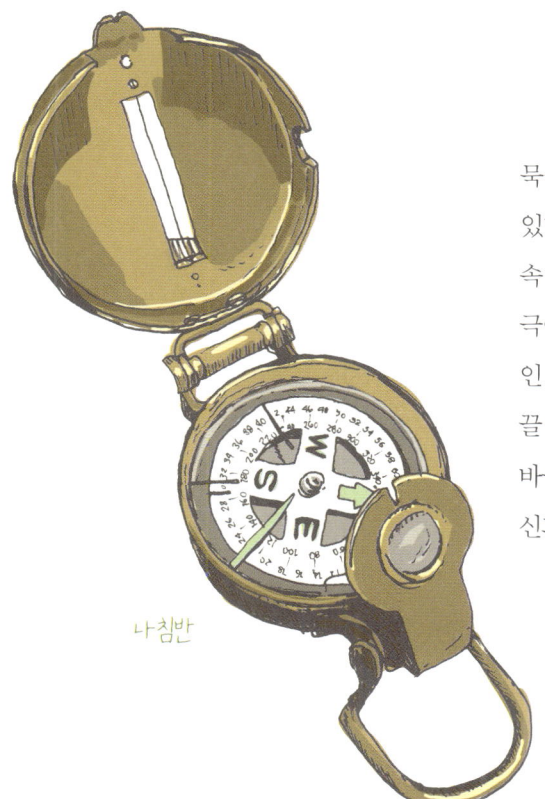

나침반

길을 잃을 것 같을 때면, 언제나
묵묵히 북쪽을 가리키는 나침반이
있다는 사실을 기억하세요. 나침반
속 자석의 북극이 지구 자기장의 남
극에 끌리기 때문이에요. 서로 반대
인 두 존재가 서로를 향해 변치 않는
끌림을 이어가죠. 그래서 나침반의
바늘은 언제나 그 자리에 있어요. 당
신과 나침반이 흔들릴지라도요.

가장 보기 쉬운 나침반은 하늘에 있습니다. 바로 해돋이와 해넘이입니다. 아침이면 해는 동쪽에서 따사로운 얼굴을 내밀고 오후가 되면 서쪽으로 서서히 자취를 감추죠. 만약 태양이 엉뚱한 곳에서 뜨고 진다면 당신은 아마 이 세상이 아닌 다른 차원에 들어선 것일지도 몰라요.

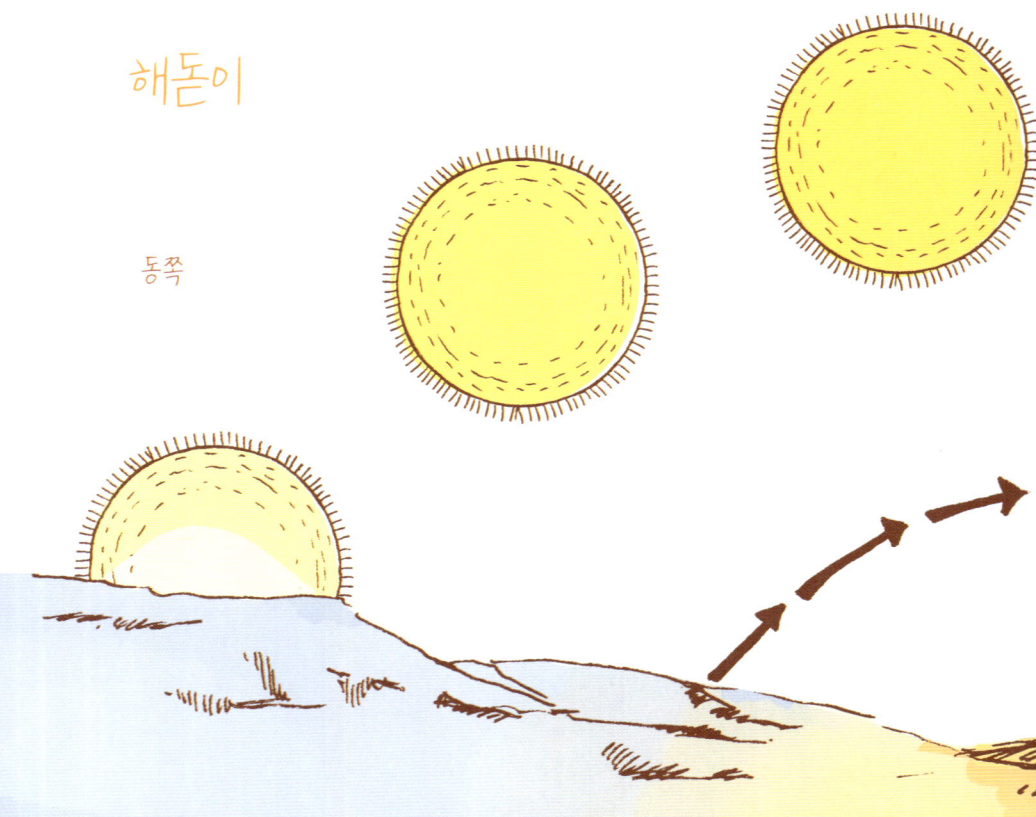

해돋이

동쪽

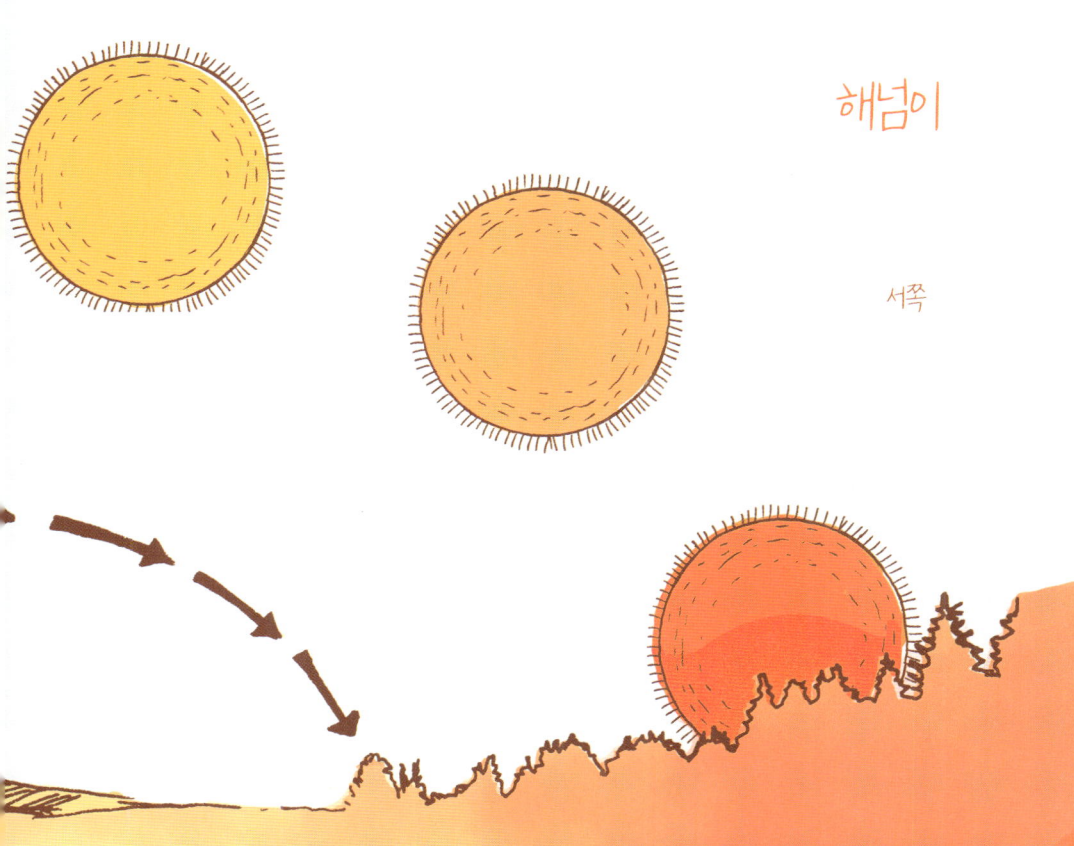

해넘이

서쪽

태양의 길을 따라 도는 행성들

지구-태양계의 세 번째 자리

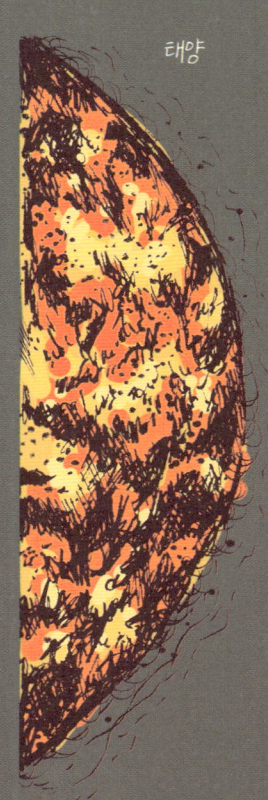

태양

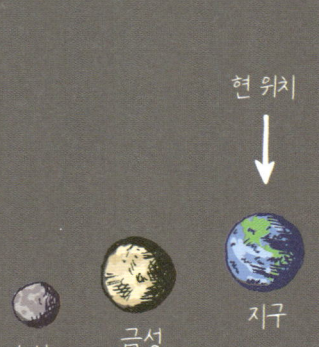

현 위치

수성   금성   지구   화성

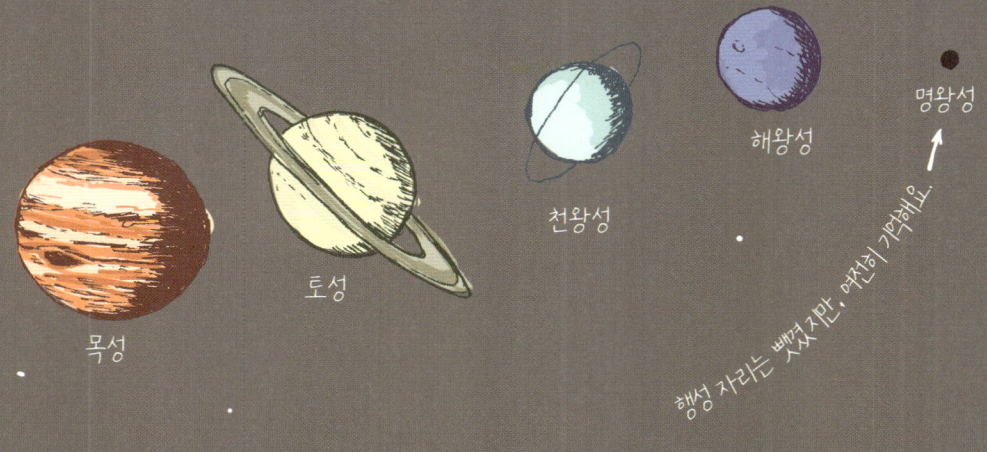

목성

토성

천왕성

해왕성

명왕성

행성 자리는 뺏겼지만, 여전히 기억해요.

우리 태양계는 우리은하에 떠있습니다.
이 은하에는 1천억 개가 넘는 태양계가 공존
하고 있죠. 태양은 지구보다 30만 배나 크고,
지구는 인간보다 3백만 배나 더 거대합니다. 그러니
잠시 멈춰서서 휴대폰을 내려놓고 컴퓨터 화면을
닫아보세요. 그리고 조용히 떠올려 보세요.
이 우주의 중심이 내가 아니라는 사실을.

큰곰자리

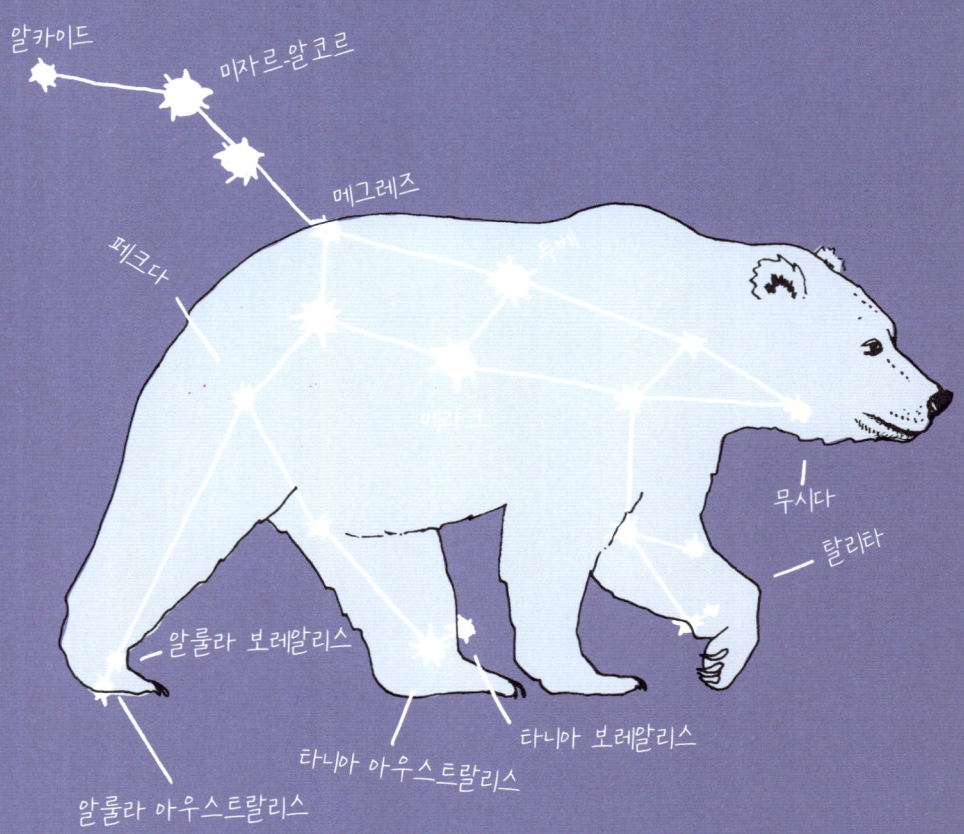

알카이드

미자르·알코르

메그레즈

페크다

두베

메라크

무시다

탈리타

알룰라 보레알리스

타니아 보레알리스

타니아 아우스트랄리스

알룰라 아우스트랄리스

　북반구를 수놓은 별들 가운데 큰곰자리는 세 번째로 큰 별자리입니다. 이로쿼이 부족은 이 거대한 별자리를 '위대한 곰The Great Bear'이라 불렀습니다. 이 거대한 곰은 일 년 동안 계절의 흐름에 따라 하늘을 천천히 걸었죠. 수많은 문화권의 사람들이 이 움직임에 따라 씨를 뿌리고, 작물을 심고 또 거두었습니다. 또한 별빛 아래에서 종교의식을 행하고 제례를 올리며 신들과 만났어요.

북두칠성

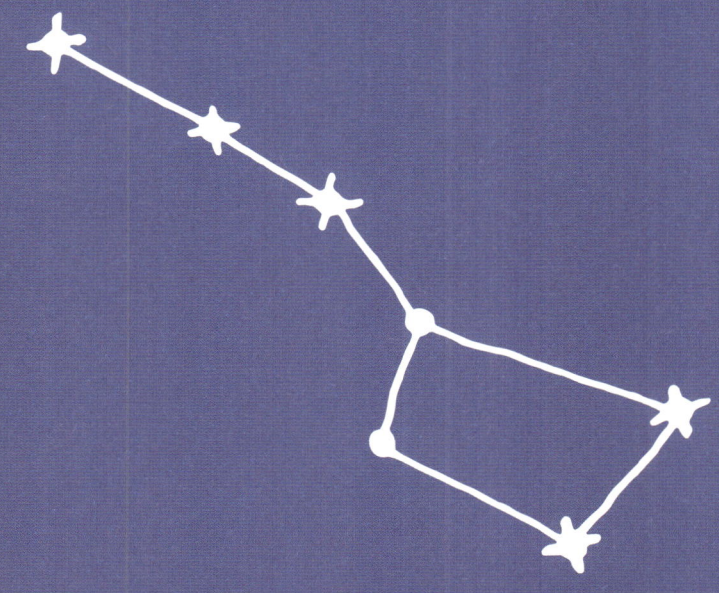

　밤하늘에서 가장 밝게 빛나는 일곱 개의 별이 모여 '큰 국자' 모양이라 불리는 큰곰자리의 별 무리를 이룹니다. 하지만 맨눈으로 볼 수 있는 건 보통 그중 여섯 개뿐이죠. 오래전 아일랜드 사람들은 이 별자리를 '북두칠성'이라 불렀고, 폴리네시아의 위대한 항해자들은 일곱 개의 별을 일컬어 숫자 7이라는 의미의 '나 히쿠Na Hiku'라 불렀어요. 이들은 하늘 위에 수놓아진 일곱 개 별의 움직임을 따라 바다에서도 길을 잃지 않을 수 있었죠. 노예해방에 이르기까지, 미국 남부에서 자유를 찾아 길을 떠났던 흑인 노예들은 이 별자리를 '물 마시는 바가지'라 불렀습니다. 그들은 북극성을 통해 북두칠성을 찾았고, 그 별자리는 곧 자유를 향한 북쪽 길로 그들을 이끌어주었기 때문이죠.

실습: 북극성을 찾아보세요
(봄철 밤하늘을 수놓는 별자리예요)

맑은 밤하늘, 북극성(폴라리스)을 찾는 것은 그리 어렵지 않습니다. 물론 당신이 북반구 어딘가에 있어야 하죠! 먼저 고요한 하늘에서 북두칠성을 찾으세요. 익숙한 국자 모양을 찾아 그 국자의 '컵' 부분 끝에 나란히 있는 두 개의 밝은 별을 따라 시선을 옮기다 보면, 작은곰자리의 손잡이 끝에서 북극성을 만날 수 있어요.

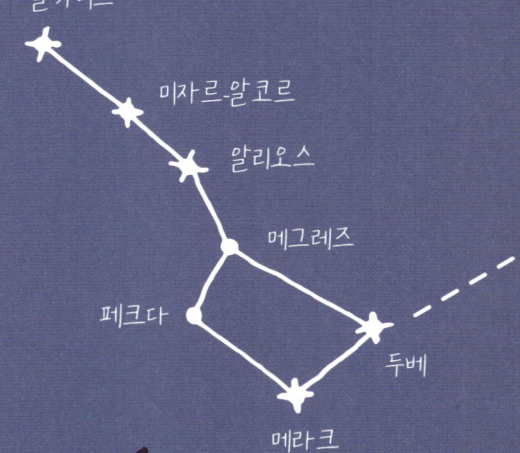

북두칠성

알카이드

미자르·알코르

알리오스

메그레즈

페크다

두베

메라크

소북두칠성

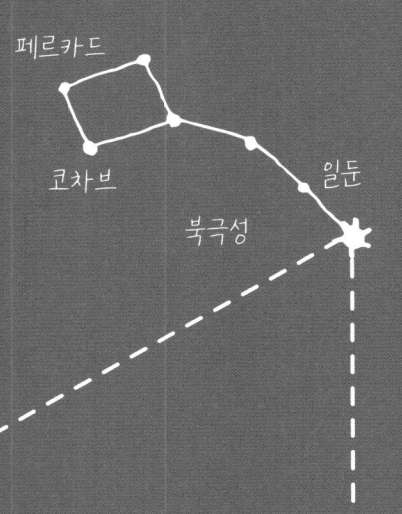

페르카드

코차브

북극성

일둔

북극성을 마주 보고 있다면 당신이 북쪽을 향하고 있다는 의미입니다. 북극성은 언제나 북극과 나란히 있어요. 하늘 위를 아주 미세하게 타원 궤도로 움직이지만, 그 움직임은 너무나 작아 여전히 정북방이라 불릴 만큼 북쪽을 정확히 가리키고 있어요. 안타깝게도 남극과 나란히 있는 별은 존재하지 않는답니다.

이제 당신만의 '든든한 기준점', 당신을 중심에 두고
지금 이 순간에 머물도록 해주는 것이 무엇인지 떠올려 보세요.
당신 영혼의 '북극성'은 무엇인가요? 기도인가요? 명상 또는 숲속을 걷는 일?
당신만의 신화 같은 이야기나 사랑하는 이와의 대화인가요? 혹은 심호흡?
당신이 길을 잃지 않았다고 위로해 주는 것은 무엇인가요? 언제든 돌아올 수 있고,
그곳이 바로 당신의 자리임을 느낄 수 있는 그런 곳 말이에요.

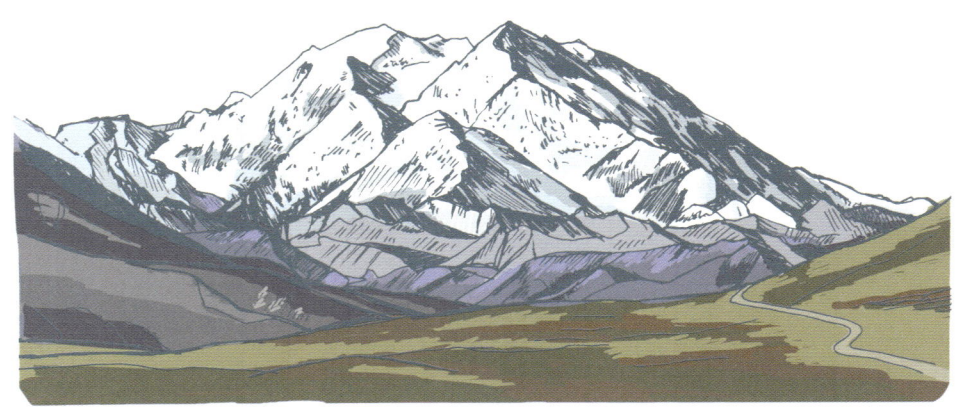

디날리산

북아메리카 대륙에서 가장 높은 산봉우리예요.

알래스카의 디날리 국립공원 안에 우뚝 솟아있어요.

자연의 속도를 따르세요.

자연이 가르쳐주는 가장 큰 지혜는 인내입니다.

-랠프 월도 에머슨, 『에세이: 첫 번째 시리즈』

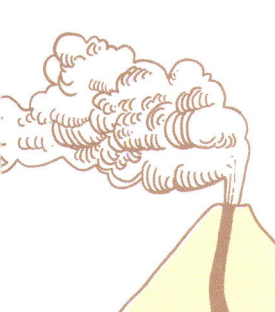

chapter 9
시간의 흔적을
따라

　시간은 때로 빙하가 움직이듯 천천히 흐르기도 하고, 어떤 때는 눈 깜짝할 사이에 지나가기도 합니다. 이 두 얼굴의 시간을 가장 선명하게 느낄 수 있는 곳이 바로 자연이에요. 바깥세상에서 일어나는 변화는 아주 조금씩, 눈에 띄지 않게 이어지기도 하고 때로는 갑작스럽게, 극적으로 펼쳐지기도 하지요. 자연 속 대부분의 존재는 제 모습으로 성장하기까지 긴 인내의 시간을 견뎌야 하지만, 결정적인 순간은 순식간에 찾아오기도 합니다.

　우리가 오르는 산길, 몸을 담그는 강물, 끝없이 펼쳐진 초원, 그리고 우주의 중심에 떠있는 태양은 모두 역사를 들려주는 훌륭한 스승이에요. 모든 생명의 근원인 대지는 인류가 탄생하기 훨씬 전부터 존재했고, 우리 모두가 사라진 뒤에도 여전히 그 자리에 있을 거예요. 시간의 본질을 알고 싶다면 대지의 풍경을 둘러보세요. 그 안에는 어떤 서사시보다도 위대한 우리의 아름다운 별, 지구의 경이로운 역사가 고스란히 담겨있으니까요.

태양과 지구, 달이 엮어내는 조화

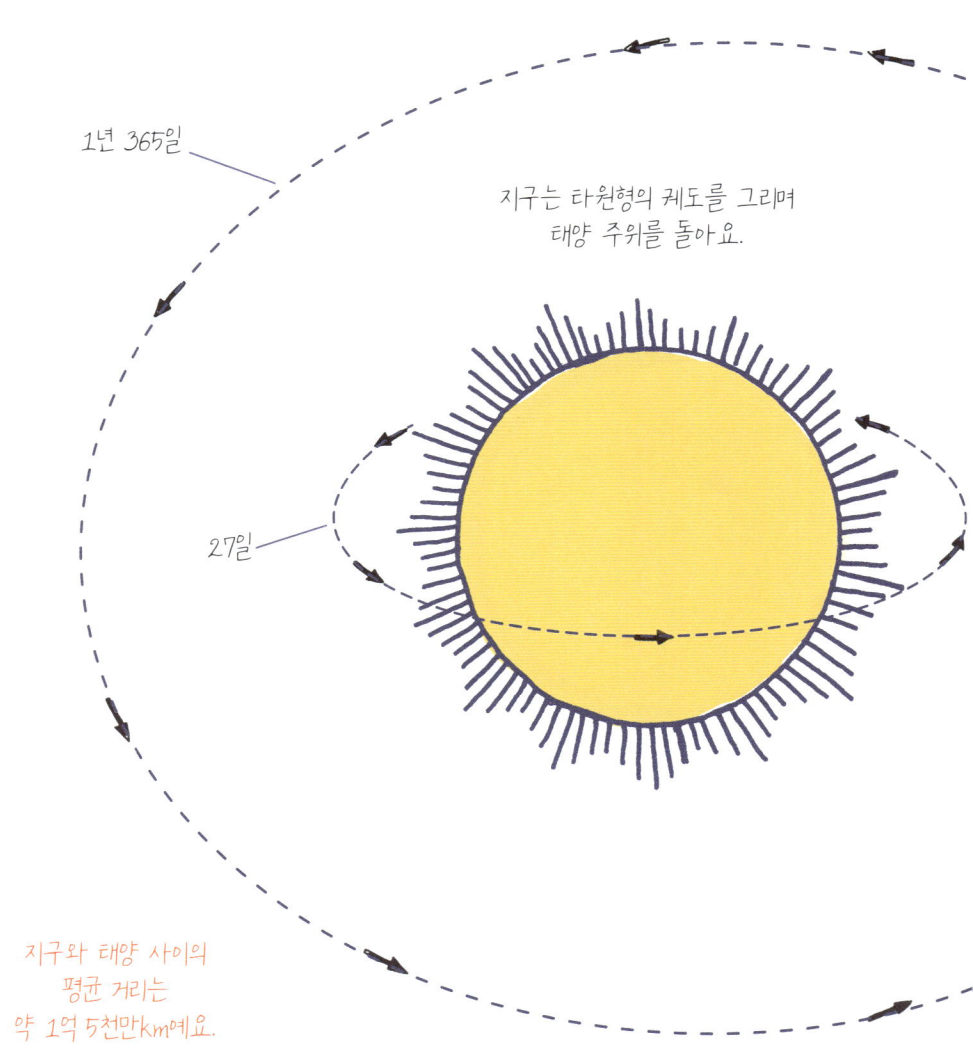

1년 365일

지구는 타원형의 궤도를 그리며
태양 주위를 돌아요.

27일

지구와 태양 사이의
평균 거리는
약 1억 5천만km예요.

우리가 생각하는 '시간'이란 사실 환상에 불과할지도 몰라요. 시간의 흐름을 인간이 느끼는 것은 지구가 태양을 도는 궤도에서, 우리 삶을 둘러싼 중력장의 영향 속에서뿐이니까요. 아인슈타인도 이렇게 말했어요. "과거와 현재, 미래의 구분은 끈질기게 우리를 붙들고 있는 환상일 뿐이다."

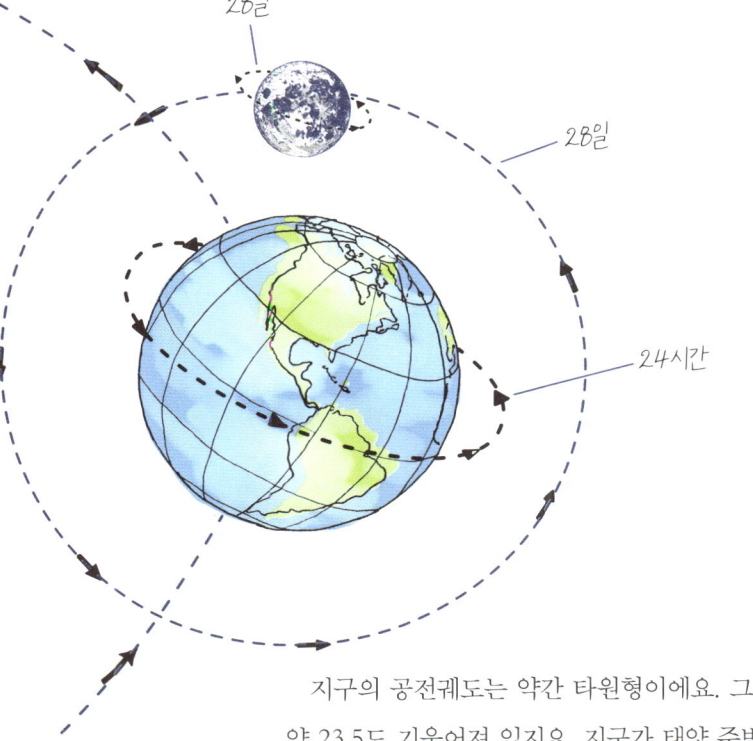

지구의 공전궤도는 약간 타원형이에요. 그리고 지구의 자전축은 약 23.5도 기울어져 있지요. 지구가 태양 주변을 도는 1년 365일의 여정 동안, 어떤 시점에는 태양에 더 가까워지기도 합니다. 하지만 계절이 바뀌는 진짜 이유는 이 타원형 궤도와 지구의 기울어진 자전축이 함께 만들어내는 조화로운 움직임 때문이에요. 태양은 일 년 동안 지구의 위도에 따라 다른 각도로 햇살을 비추고, 우리는 그에 따라 봄과 여름, 가을과 겨울을 맞이하게 됩니다.

지구가 빚어낸 결정들

　광물은 자연이 오랜 시간을 들여 빚어낸 무기질의 고체입니다. 식물이나 동물처럼 생명이 있었던 적이 없는 물질이지요. 다양한 화학 원소가 결합해 만들어진 광물은 수백만 년에 걸쳐 뜨거운 열과 강한 압력 속에서, 또는 광물질이 풍부한 액체가 증발하면서, 혹은 지구 깊은 곳에서 솟아오른 용암이 서서히 식으며 탄생합니다.

　일상 곳곳에서 광물은 중요한 역할을 해요. 석영은 시계·컴퓨터·전자기기에서 주기적 신호를 만드는 발진기로 쓰입니다. 장석은 유리나 도자기 제작 시 녹는 온도를 낮춰 단단히 굳게 하지요. 백운모는 얇게 벗겨져 유리용으로 사용되기도 했고, 가루로 만들어 도자기 표면에 바르면 은은한 광택을 더해줍니다. 또한 절연성이 뛰어나고 열에 강한 소재로 다양한 내열 제품에 활용해요.

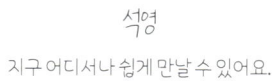

석영

지구 어디서나 쉽게 만날 수 있어요.

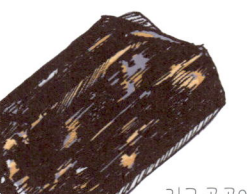

휘석

지구 곳곳에서 모습을 드러내며, 우주에서
떨어진 운석 속에서도 발견된 적 있어요.

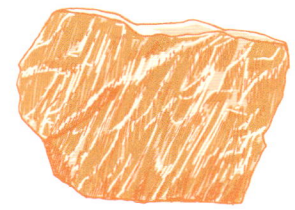

터키석

무려 6천 년 전부터 장신구와
예술품의 재료로
사랑받아 왔어요.

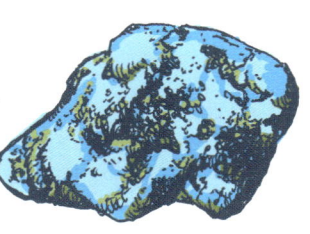

장석

지구상에 가장 많이
존재하는 광물이에요.

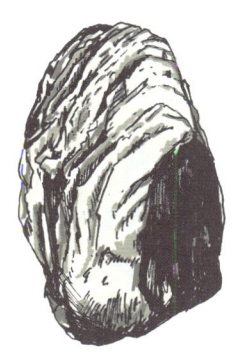

백운모

가장 널리 퍼진 운모예요.

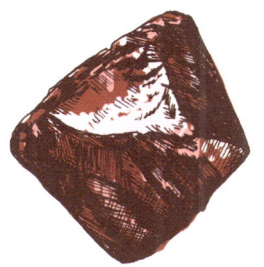

첨정석

변성암에서 태어난 원석으로 붉은색, 보라색, 초록색, 갈색에서 검정까지 다채로운 색을 띱니다.

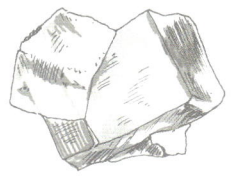

암염

흔히 '바위 소금'으로 알려진 광물이에요.

지층에 새겨진 시간

화석은 생명의 조직에 광물이 스며들어 형성되며, 이를 '광물충진작용'이라 합니다. 땅 속에 묻힌 동식물의 유해에 지하수가 천천히 스며들어 오랜 시간에 걸쳐 석영·방해석·철 화합물 등이 내부 조직을 대체하면서 단단한 형상으로 남게 되는 거예요. 이렇게 남겨진 고대 생명의 자취는 지층 속 암석에서 발견되곤 해요. 상상조차 어려운 멸종 생물의 모습

이 퇴적암에 고스란히 새겨져 지금 우리 눈 앞에 펼쳐지는 것이지요. 우리는 이 화석이 어떤 암석층에서 발견되었는지를 통해 그 생명체가 지구 위에 존재했던 시기와 진화 과정을 짐작해 볼 수 있어요. 그 변화의 흐름 을 따라가다 보면 오늘을 살아가는 생명과 이 세계를 조금 더 깊이 이해하게 됩니다.

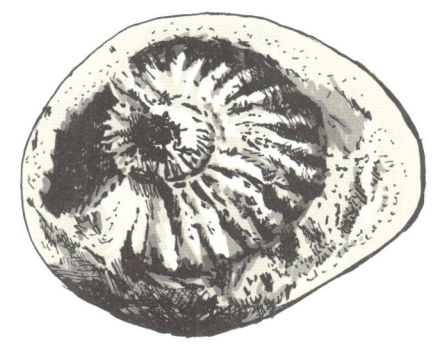

지구가 돌을 빚는 방식

　암석은 시간이 만들어낸 작품이에요. 그것도 아주 오랜 시간, 수백만 년에 걸쳐서요. 우리는 매일 다양한 형태의 암석을 마주하며 살아갑니다. 우리가 사는 건물을 짓는 자재부터 식탁 위의 도자기 그릇, 주방의 조리대, 전자기기, 심지어 연필심 속에서도 암석은 모습을 드러내요.

　퇴적암은 광물과 유기적 퇴적물이 지표에 층층이 쌓이고 굳어져 만들어진 암석이에요. 이렇게 만들어진 구조를 '층리'라고 불러요. 지질학에서 중요한 개념인 '지층누중의 법칙'은 이 층리의 순서를 통해 지구의 나이를 추정하고 역사를 이해하는 데 도움을 줍니다. 기본 원리는 간단해요. 가장 아래에 놓인 지층이 가장 오래된 것이고, 위로 올라갈수록 점차 새로운 시대의 흔적을 품고 있다는 것이지요.

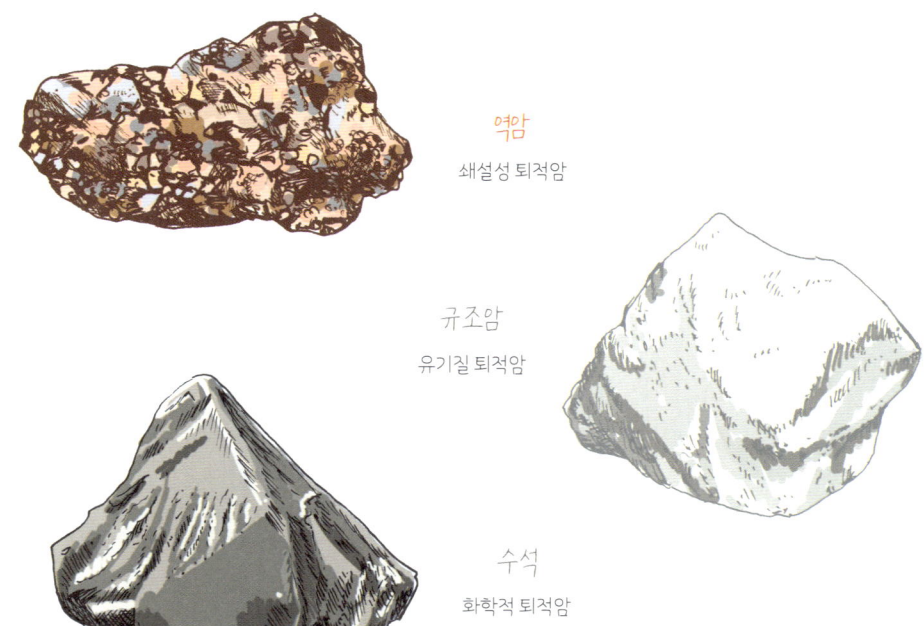

역암
쇄설성 퇴적암

규조암
유기질 퇴적암

수석
화학적 퇴적암

화성암은 마그마나 용암이 식어 굳어진 암석으로, '마그마암'이라고도 불려요. 퇴적암처럼 층층이 쌓이거나 화석을 품고 있지 않고 모서리가 둥글게 닳은 퇴적암 특유의 결도 찾아볼 수 없지요. 대신 화성암은 결정으로 이루어져 표면이 거친 것이 특징입니다. 마그마가 식는 속도에 따라 암석의 형성 기간도 달라져, 몇 주 만에 생기거나 수백만 년에 걸쳐 만들어지기도 해요. 마그마가 지표 가까이에서 빠르게 식으면 '분출암', 지하 깊은 곳에서 천천히 식으면 '관입암'이 된답니다.

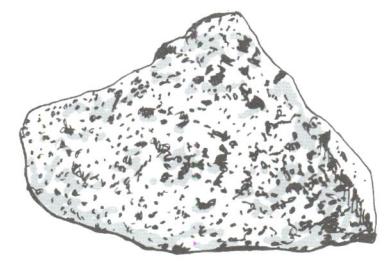

화강암

관입암

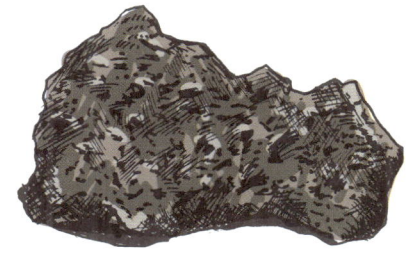

스코리아

분출암

변성암은 한때 화성암 또는 퇴적암이었지만, 지구의 지각 아래에서 강한 열과 압력을 받아 성질이 변한 것이지요. 이렇게 탄생한 암석은 결정 구조로 되어있으며, 눌린 결이나 띠 모양의 독특한 조직이 특징입니다. 이러한 변화는 단숨에 일어나지 않고 수백만 년이 걸리기도 하지만, 암석이 놓인 환경과 조건에 따라 달라질 수 있어요.

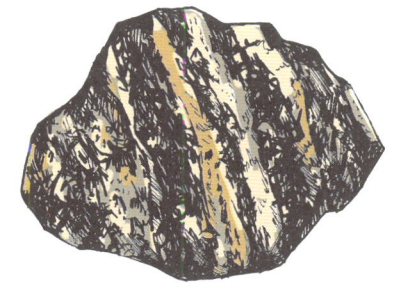

편암

엽리질 변성암

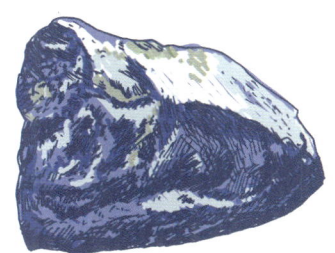

청금석

비엽리질 변성암

시간 속 강의 길
미시시피강이 굽이치는 곳

시간은 강물처럼 흘러갑니다. 더 나은 길을 찾아 스스로 흐름을 바꾸기도 해요. 거대한 미시시피강도 지난 1만여 년 동안 수차례 물길의 방향을 바꿨습니다. 여기에는 중력의 영향이 가장 컸지요. 미시시피강이 흘러온 길에 퇴적물이 쌓여 지형이 높고 평평해지면, 강물은 더 이상 그 길을 따르지 않고 가장 쉬운 길을 스스로 찾아내 멕시코만까지 흘러갑니다. 1940년대, 지질학자 해럴드 피스크Harold Fisk는 오랜 세월 동안 유연하게 방향을 바꾸며 구불구불 흘러온 미시시피강의 하류 모습을 지도 열다섯 장으로 그려냈어요. 미주리주의 케이프 지라도에서 루이지애나주의 도널드슨빌에 이르기까지, 지도 위에는 그 강의 역사와 움직임이 한 폭의 예술처럼 펼쳐져 있답니다.

루이지애나 배턴 루지에서 가이스마까지
해럴드 피스크의 지도(1944년, 제22-15판)를 바탕으로 했으며
각 색상은 역사 속에서 미시시피강이 지나온 물길을 나타냅니다.

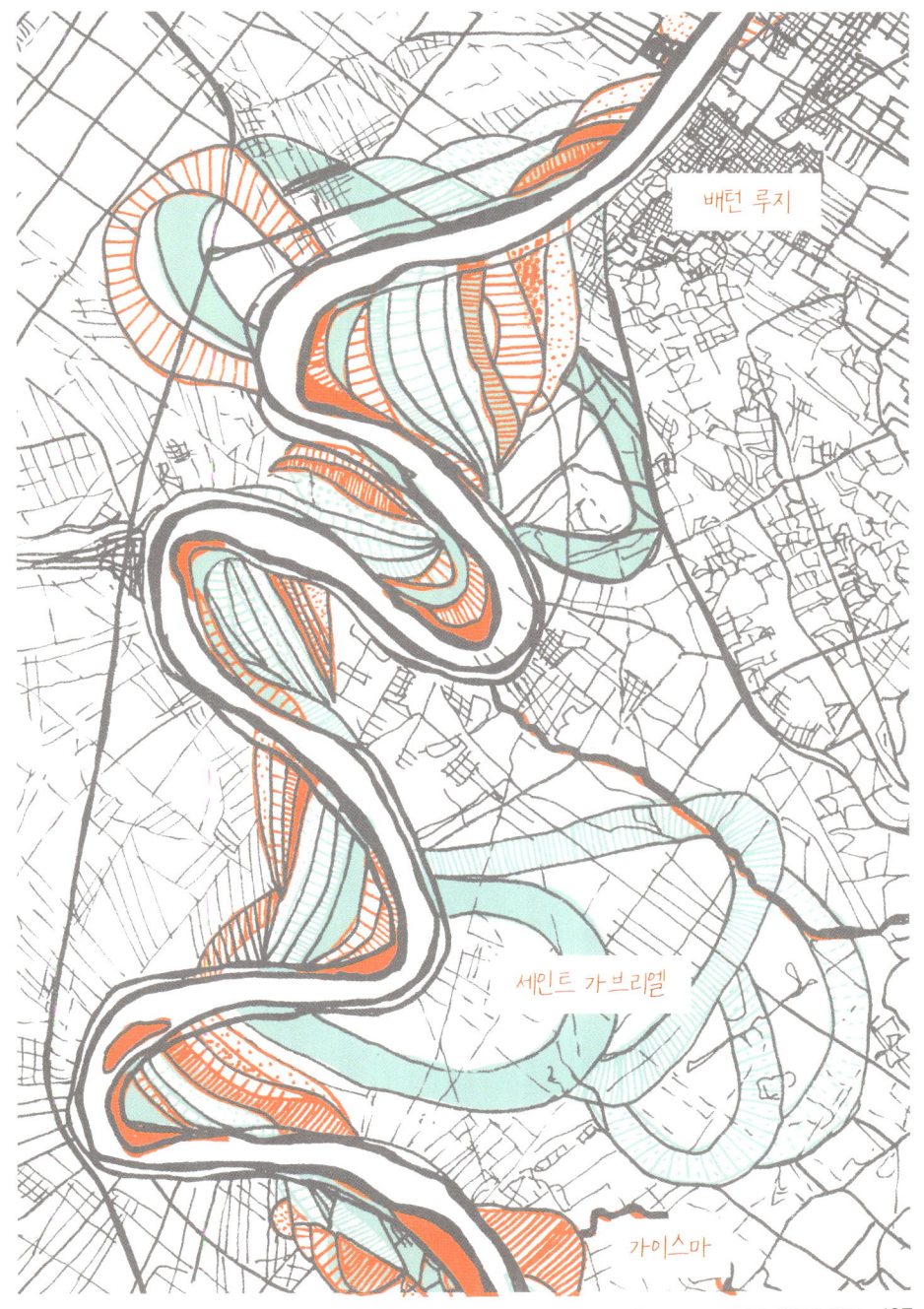

배턴 루지

세인트 가브리엘

가이스마

바람과 물은 이 시대의 위대한 조경가입니다. 갑자기 불어난 계곡물도, 유유히 흐르는 강물도, 졸졸 흐르는 시냇물도 오랜 세월에 걸쳐 바위를 조금씩 깎아냅니다. 물속에 녹아든 광물질은 연마제가 되어 흙과 바위의 결을 하나하나 벗겨내지요. 사막의 거센 바람 또한 그에 못지않습니다. 바람에 실려 날아가는 작은 돌 부스러기들이 바위와 언덕, 모래언덕과 협곡을 스쳐가며 표면을 다듬고, 윤곽을 그리고, 마침내 새로운 풍경을 빚어냅니다.

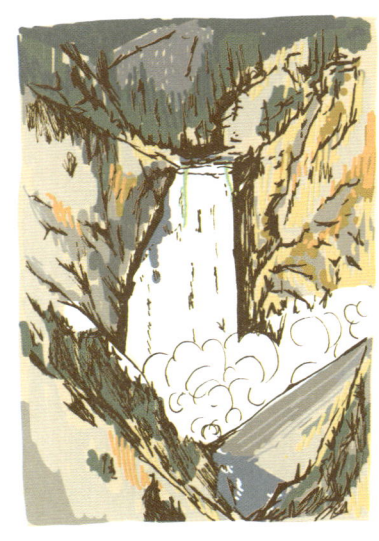

로어폭포
옐로스톤 국립공원
와이오밍

그레이트샌드듄 국립공원
콜로라도

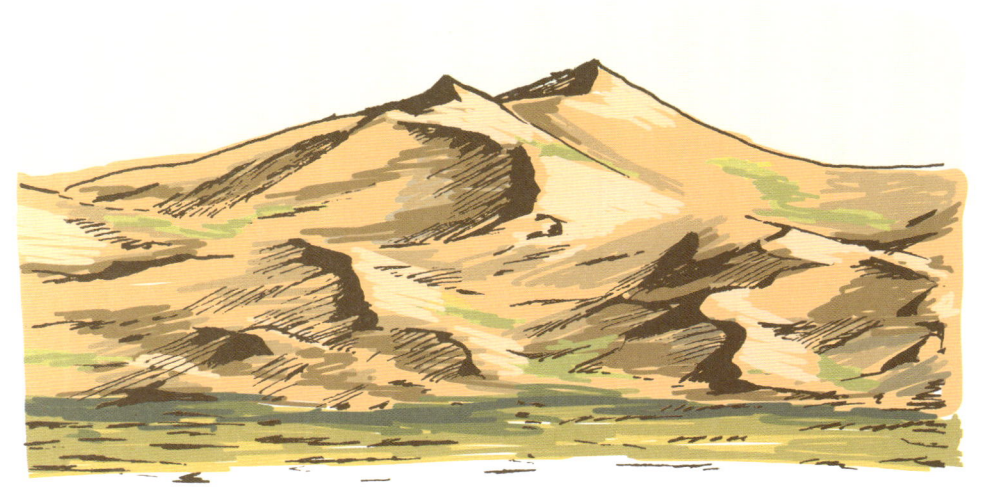

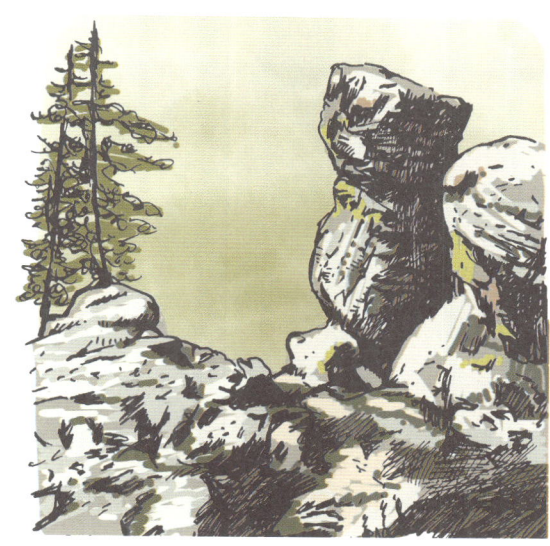

페디스털록스 경관지역
아칸소

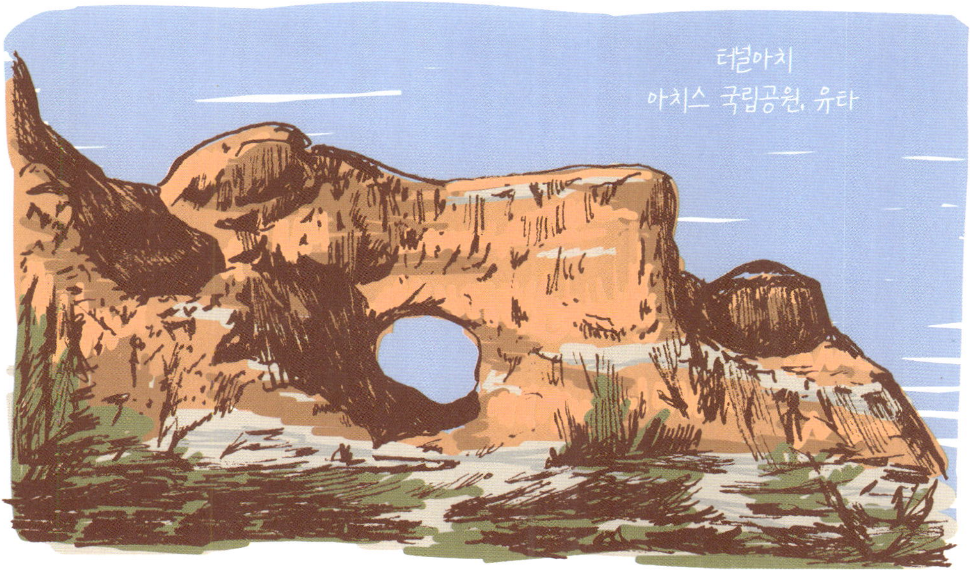

터널아치
아치스 국립공원, 유타

대륙판의 만남

　두 개의 지각판이 맞부딪히면 지형에 어떤 변화가 일어날까요? 산이 태어납니다. 무게와 밀도가 비슷한 두 판이 만나면 어느 한쪽도 물러서지 않고 서로 밀어 올리며 포개지고 겹쳐 마침내 산맥이 되어 솟아오릅니다. 이 충돌이 오래 이어질수록 산은 더욱 높이, 하늘 가까이 치솟아요.

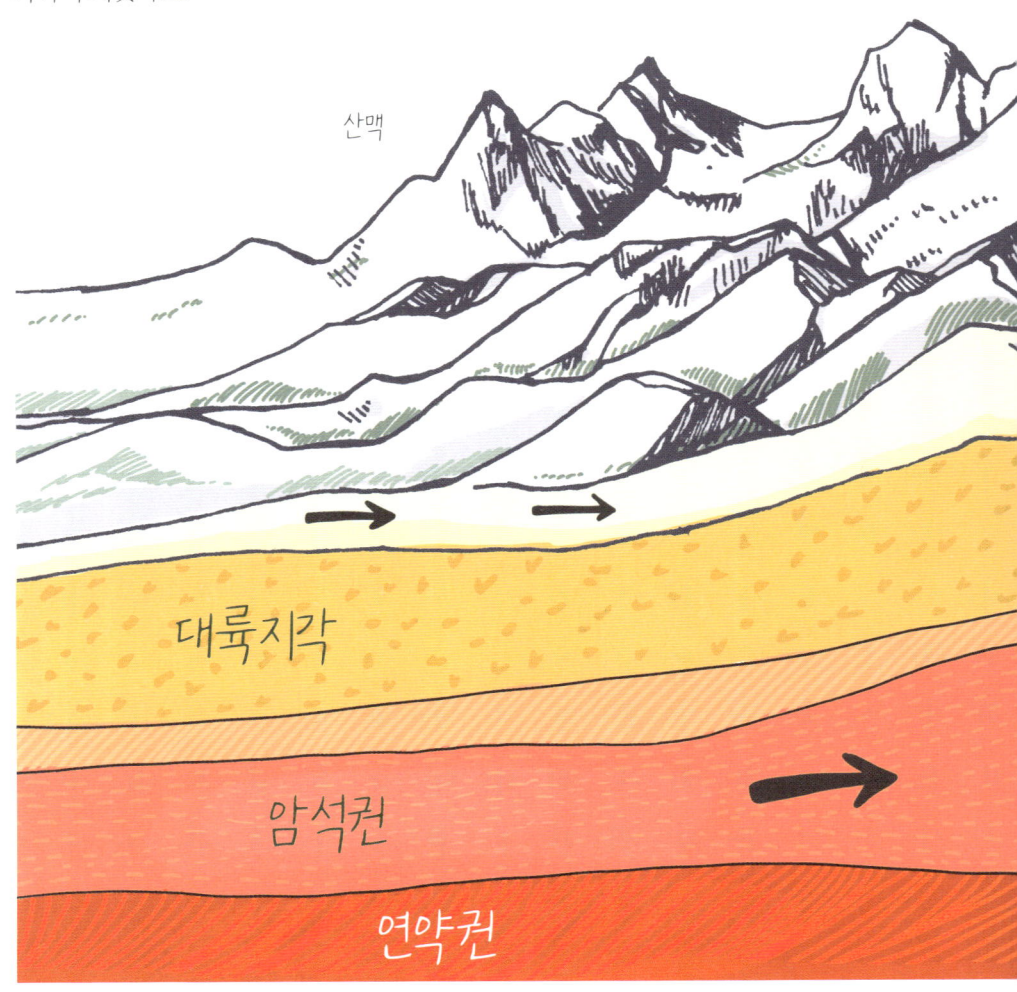

산맥

대륙지각

암석권

연약권

산도 젊은 산과 나이 든 산으로 나뉩니다. 로키산맥이나 히말라야산
맥처럼 젊은 산들은 불과 수천만 년 전에 태어났지요. 이들은 경사가
가파르고 봉우리는 뾰족하여 마치 하늘을 향해 위풍당당 솟아있는 듯
합니다. 알래스카의 디날리산이나 와이오밍의 그랜드티턴이 대표적이
에요. 반면 스모키산맥처럼 나이가 많은 산은 수억 년 동안 비와 바람을
견디고, 한때는 바다와도 마주하며 조금씩 깎이고 다듬어졌습니다.
이제는 오랜 세월을 견딘 이의 너그러움처럼 둥글고 부드러운
봉우리를 드러내며 조용히 그 자리를 지키고 있어요.

고원

대륙지각

암석권

고대해양지각

연약권

실습: 일본 전통의 시, 하이쿠를 써보아요

하이쿠는 자연과 시간에서 영감을 받아 짧은 순간이나 감정을 담아내는 시의 한 형태예요. 5-7-5 음절 구조로 된 세 줄의 시로 17세기 일본 시인들이 처음 쓰기 시작했어요. 한숨에 읽히는 짧은 문장들이지만, 그 울림은 깊고 여운은 길답니다.

오늘 밖에서 본 어떤 장면을 떠올려 보세요. 무엇이든 좋아요. 그 순간을 하이쿠로 표현해 보세요. 운율에 꼭 맞지 않아도 괜찮아요.

예를 들면 이렇게요.

첫째 줄은 5음절로

테네시의 봄

둘째 줄은 7음절로

보랏빛 짙푸른 꽃

셋째 줄은 5음절로

내게 손짓해

이제 당신 차례예요. 이보다 더 멋진 걸 쓸 수 있겠죠?

여기에 당신의 이야기를 담은 하이쿠를 써보세요

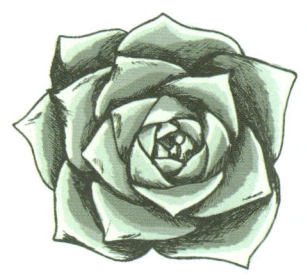

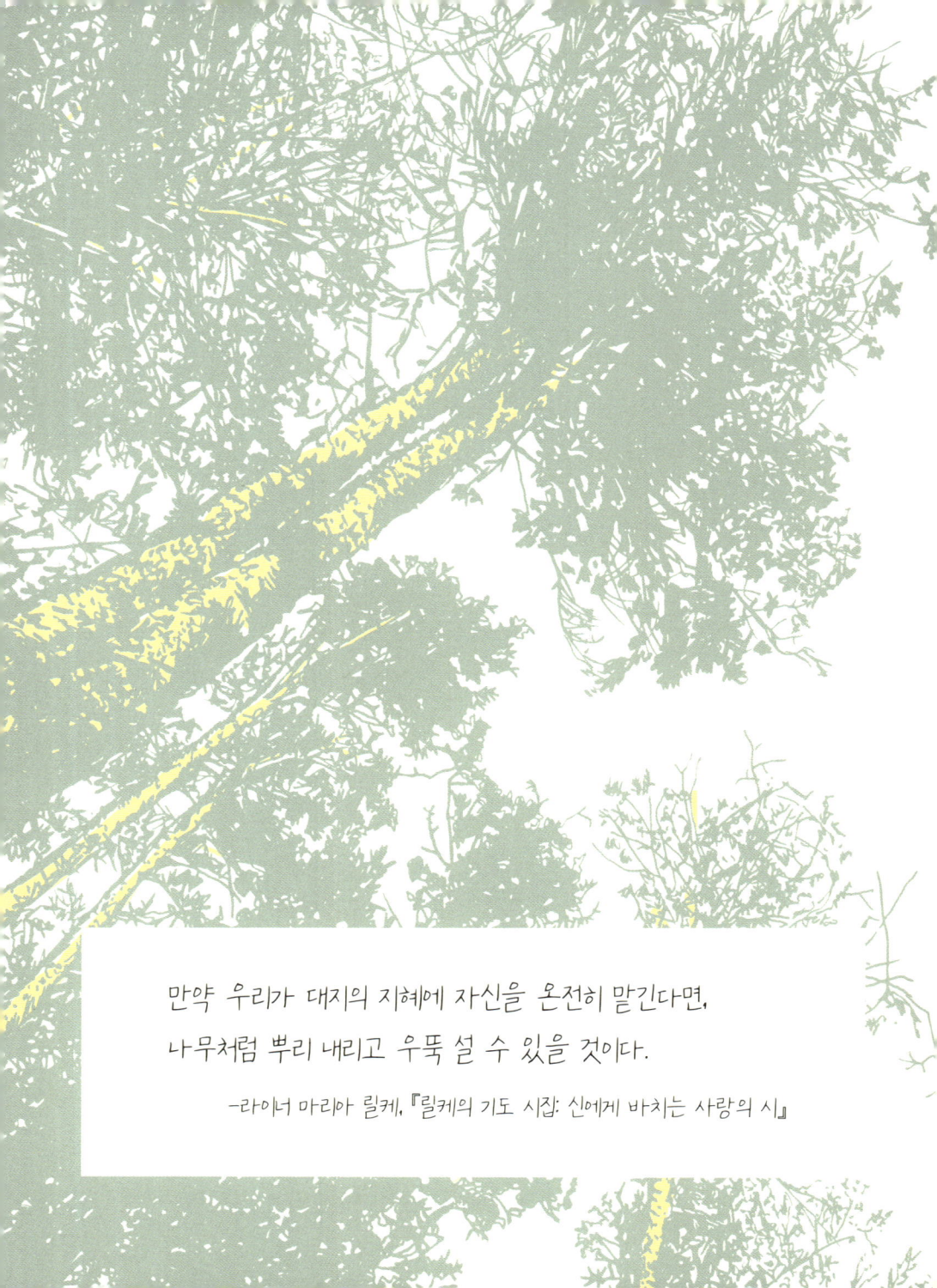

만약 우리가 대지의 지혜에 자신을 온전히 맡긴다면,
나무처럼 뿌리 내리고 우뚝 설 수 있을 것이다.

—라이너 마리아 릴케, 『릴케의 기도 시집: 신에게 바치는 사랑의 시』

chapter 10

경이로움이 주는 선물

연구자들은 자연과 인간의 관계를 이렇게 설명합니다. 자연의 존재를 전혀 느낄 수 없는 환경은 인간의 삶에 불협화음을 일으켜 건강을 해치고 삶의 질을 떨어트린다고요.

하지만 일터에서 창밖으로 나무를 바라보거나, 실내에 작은 화분을 좀 더 들여놓는 것만으로도 우리의 마음은 한층 편안해지고, 하루가 더 풍요로워집니다. 스트레스로 지칠 때 잠시 자연 속을 거니는 것만으로도 마음은 차분해지고 다시 집중할 힘을 얻게 되지요. 물론 지금 우리는 작은 화면 속 세계에 너무 깊이 빠져있어 벗어나기가 쉽지 않습니다. 그럼에도 가능한 한 자주 밖으로 나가려고 애써야 해요. 호숫가에 앉아 있는 시간, 숲속을 거니는 시간, 공원의 나무 그늘에서 쉬는 시간은 우리를 세상과 다시 이어주는 소중한 순간입니다. '녹색 갈증'이라고도 부르는 바이오필리아Biophilia 연구는 스트레스와 상처로부터 우리를 치유하고 마음을 회복시키는 장소가 자연임을 분명히 보여줍니다. '바이오필리아'라는 단어는 사랑을 뜻하는 그리스어 '필리아Philia'에서 유래해 '생명을 사랑하는 마음'이라는 의미를 담고 있지요. 지친 몸과 마음, 영혼을 다시 일으켜 세우기 위해 우리 자신에게 자연 속의 시간을 허락하는 것이 어떨까요.

바쁜 일상 중에도 우리는 언제나 '작은 쉼표'를 찍을 수 있어요. 정원 사이를 천천히 거닐며 오감에 귀 기울이거나 반려견과 함께 공원을 느린 발걸음으로 걷는 일도 우리에게 깊은 의미를 선사하지요. 이 순간에 머물러 보세요. 삶과 자연은 끊임없이 변합니다. 계절은 오고 가며, 힘든 일은 찾아왔다 지나가며, 좋은 시간도 머물다 떠납니다. 이 모든 변화 속에서 지구는 우리의 몸과 마음을 감싸안고 치유하며 보살펴 줍니다. 그러니 자연 속에서 보내는 시간을 당신의 일상 속 한 부분으로 만들어보세요.

권운
지면으로부터 약 6km 높이에 떠있어요

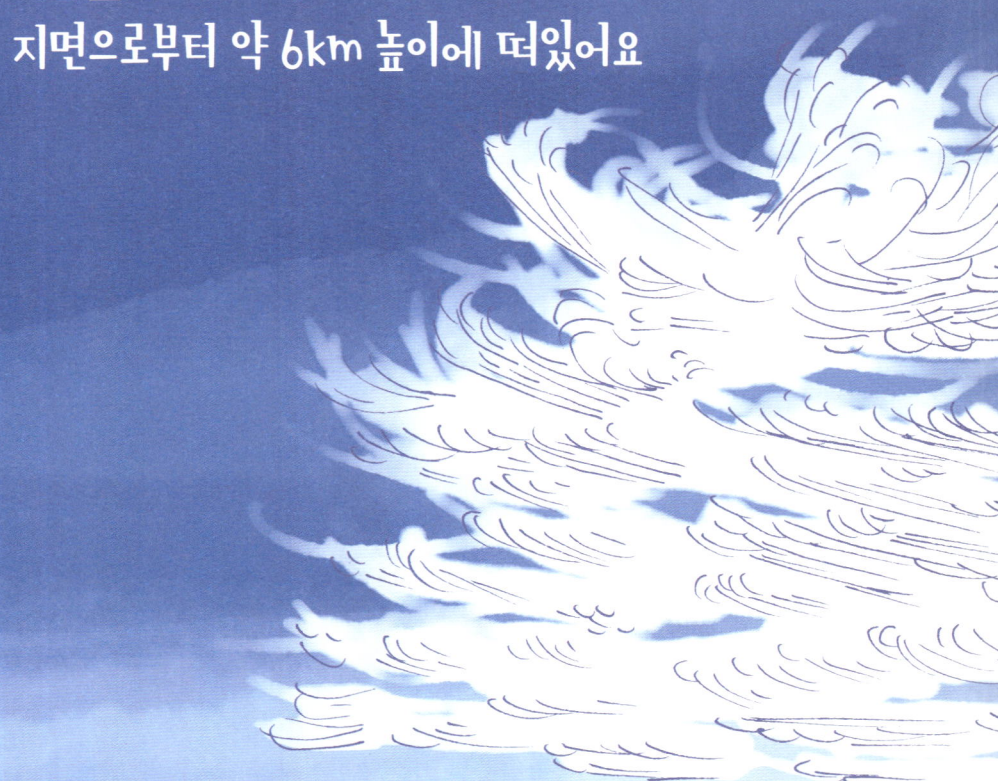

　어딘가에 갇힌 듯 답답하고 몸이 무겁게 느껴질 때, 자연은 우리에게 언제든 쉴 수 있는 안식처가 되어줍니다. 우리는 그저 생각만 하는 존재가 아닙니다. 우리의 몸 역시 그 자체로 신성한 공간이지요. 하지만 우리는 몸과 감각을 들여다보는 일을 너무 자주 잊곤 해요. 지금도 우리 안에서 끊임없이 살아 움직이는 생명의 기운을 느끼지 못한 채 말이에요. 감각이 깨어나는 순간, 우리는 비로소 '생각 속 어딘가'가 아닌 '지금 여기, 내 몸 안'에 온전히 존재하게 됩니다. 특별한 시간, 의미 있는 공간 속에서 감각에 집중하면 우리는 주변의 살아 숨 쉬는 모든 존재를 오감으로 깊이 느낄 수 있게 되지요. 새들의 노랫소리에 귀 기울이고 여린 풀잎과 나뭇가지 사이를 스치는 바람을 느껴보세요. 공기 중에 맴도는 비 내

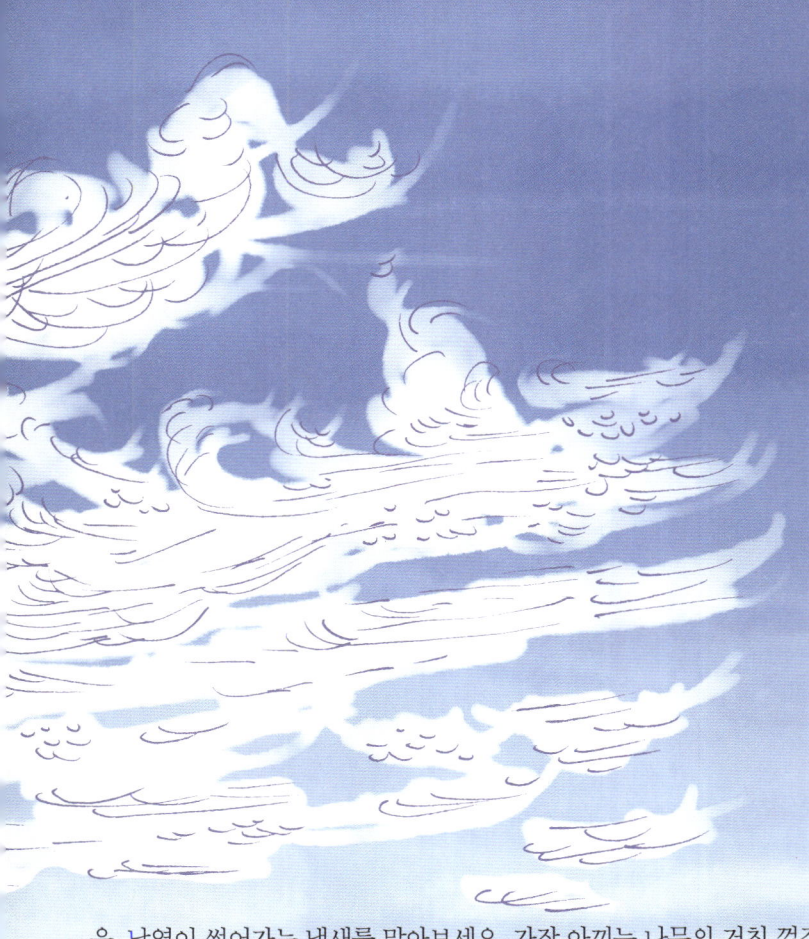

음, 낙엽이 썩어가는 냄새를 맡아보세요. 가장 아끼는 나무의 거친 껍질을 손끝으로 천천히 어루만져 보세요. 뒷마당에 무성하게 자란 인동덩굴의 꽃을 살짝 맛보고, 숲속에서 맛있는 버섯을 찾아보는 것도 좋겠지요. 감각을 일깨우는 이 모든 작은 행위가 우리 몸과 마음, 영혼을 살찌우는 치유가 됩니다. 바로 마음 챙김이에요. 문을 열고 뒷마당으로 나서는 일, 숲길을 느린 걸음으로 걷는 이 단순한 움직임만으로도 우리는 생명으로 가득한 아름다운 지구와 깊이 교감할 수 있어요. 심장은 조용히 박동을 늦추고, 스트레스는 서서히 잦아듭니다. 뇌는 편안하면서도 또렷하게 주위를 인식하기 시작해요. 그리고 감각은 깨어나 우리에게 '살아있음'의 기쁨을 선명하게 전해줍니다.

자연은 우리가 진정한 자기 자신과 마주할 수 있는 공간입니다. 일상의 틈에서 자연을 다시 찾아갈 때, 우리는 삶을 더 깊고 충만하게 경험하게 됩니다. 그런 순간들은 언제나 우리를 지금에 머물게 하고, 삶의 환희를 다시금 음미하라고 속삭이지요.

삶의 위대한 가르침은 늘 우리 곁에 있습니다. 자연은 내어주고, 순응하고, 놓아 보내고, 진화하며 살아가라고 조용히 일러줍니다. 그리고 무엇보다도 나이가 얼마가 되었든 세상의 경이로움에 감탄을 숨기지 말라고요.

지금도 이 땅 위에 생명을 이어가고 있는 고대의 동식물들을 관찰해 보세요. 이들은 오래된 방식을 기꺼이 내려놓고, 변화에 적응하며 진화하여 수천 년, 아니 수백만 년을 넘어 여전히 이 세상 어딘가에 살아 숨 쉬고 있어요.

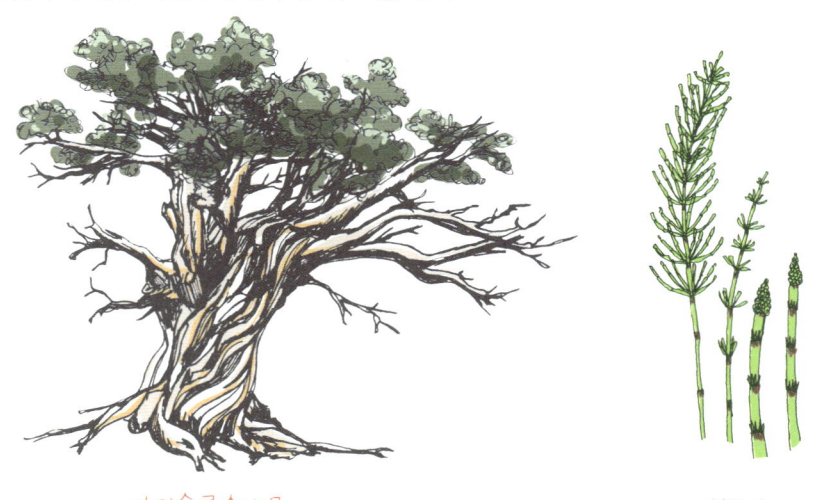

브리슬콘소나무
Bristlecone Pine
캘리포니아 남동부 화이트산맥에서 5천 년을 살
아온 현존하는 가장 오래된 나무

쇠뜨기
약 3억 년 전부터 이어져 온 고대 식물종

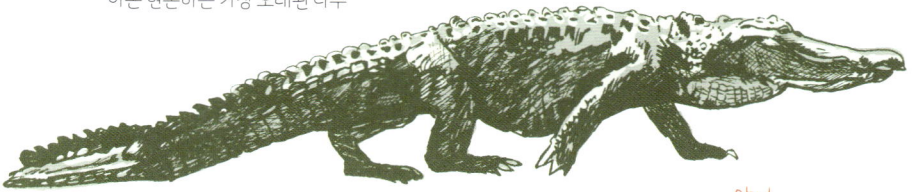

악어
1억 5천만 년의 시간을 살아온 고대 생명

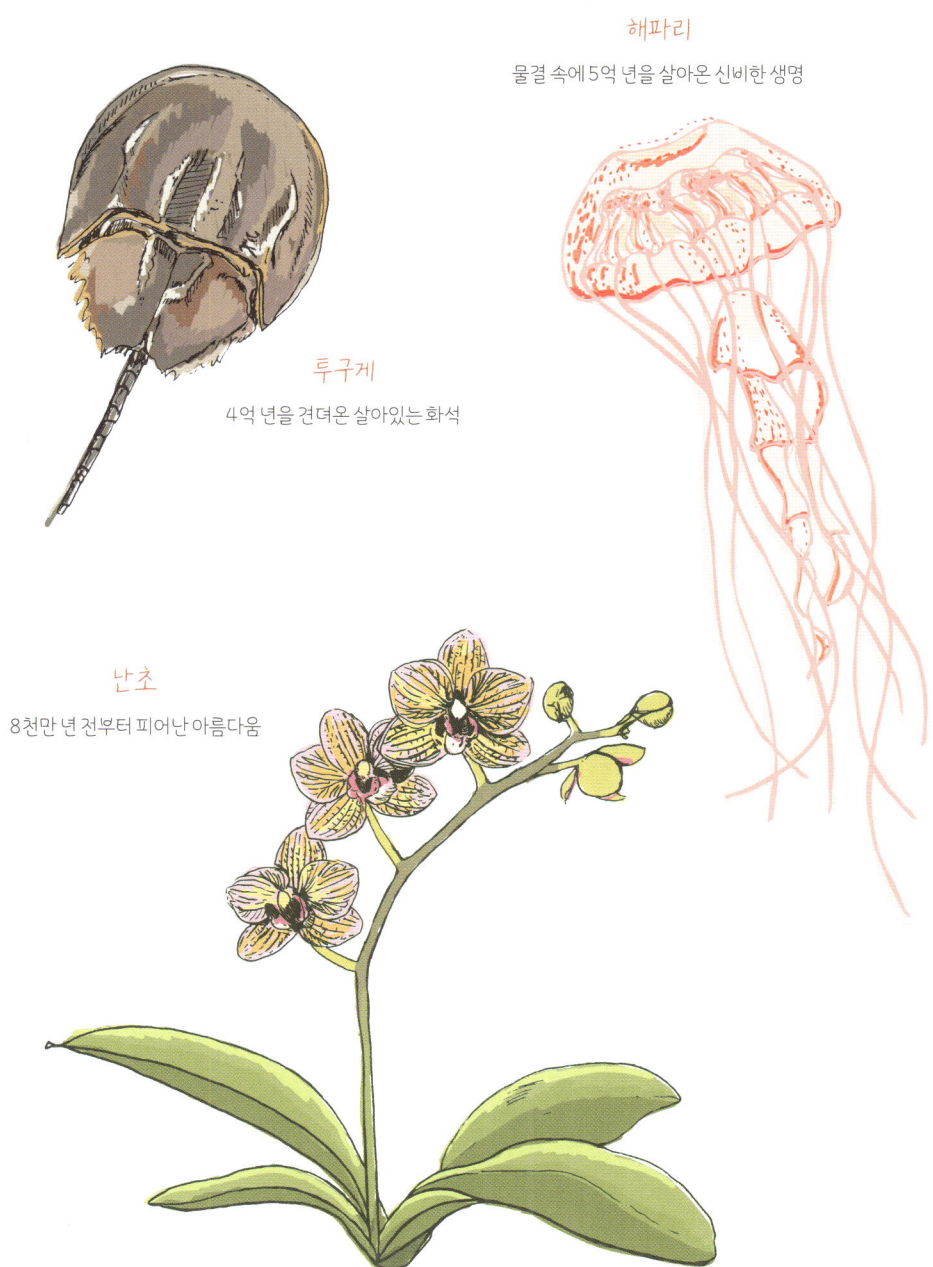

해파리

물결 속에 5억 년을 살아온 신비한 생명

투구게

4억 년을 견뎌온 살아있는 화석

난초

8천만 년 전부터 피어난 아름다움

머무는 곳마다 자연의 숨결에 잠시 귀 기울여 보세요. 낯선 도시를 여행할 때도 걸음을 멈추고 그곳의 바람과 하늘, 땅의 기운을 느껴보세요. 빽빽한 일정 속에 누리는 그 짧은 휴식은 당신을 그곳의 삶 속으로 부드럽게 이끌어줄 거예요.

자연의 위대한 풍경 앞에서 설명하기 힘든 끌림을 느낀 적 있을 거예요. 그랜드캐니언, 옐로스톤, 혹은 레드우드를 다녀온 이들이라면 알지요. 그곳을 떠난 뒤에도 오래도록 마음에 남아 보이지 않는 힘이 우리를 다시 불러들인다는 것을요. 그 오래된 부름에 응답해 보세요. 산으로, 바다로, 강으로, 사막으로 그리고 숲으로, 이 놀라운 세상의 품으로 걸어 들어가 보세요. 절대 후회하지 않을 겁니다.

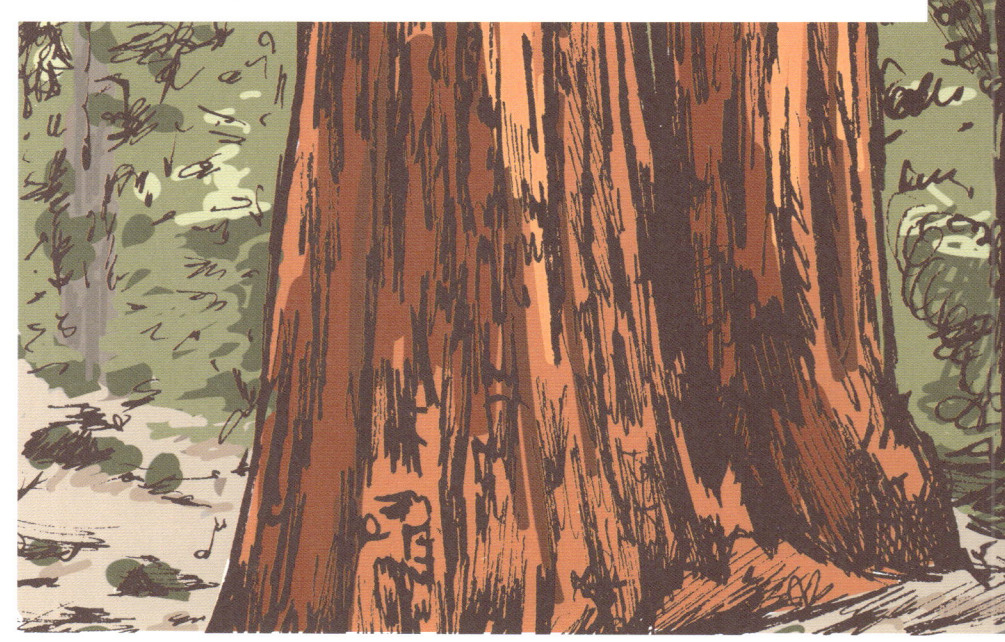

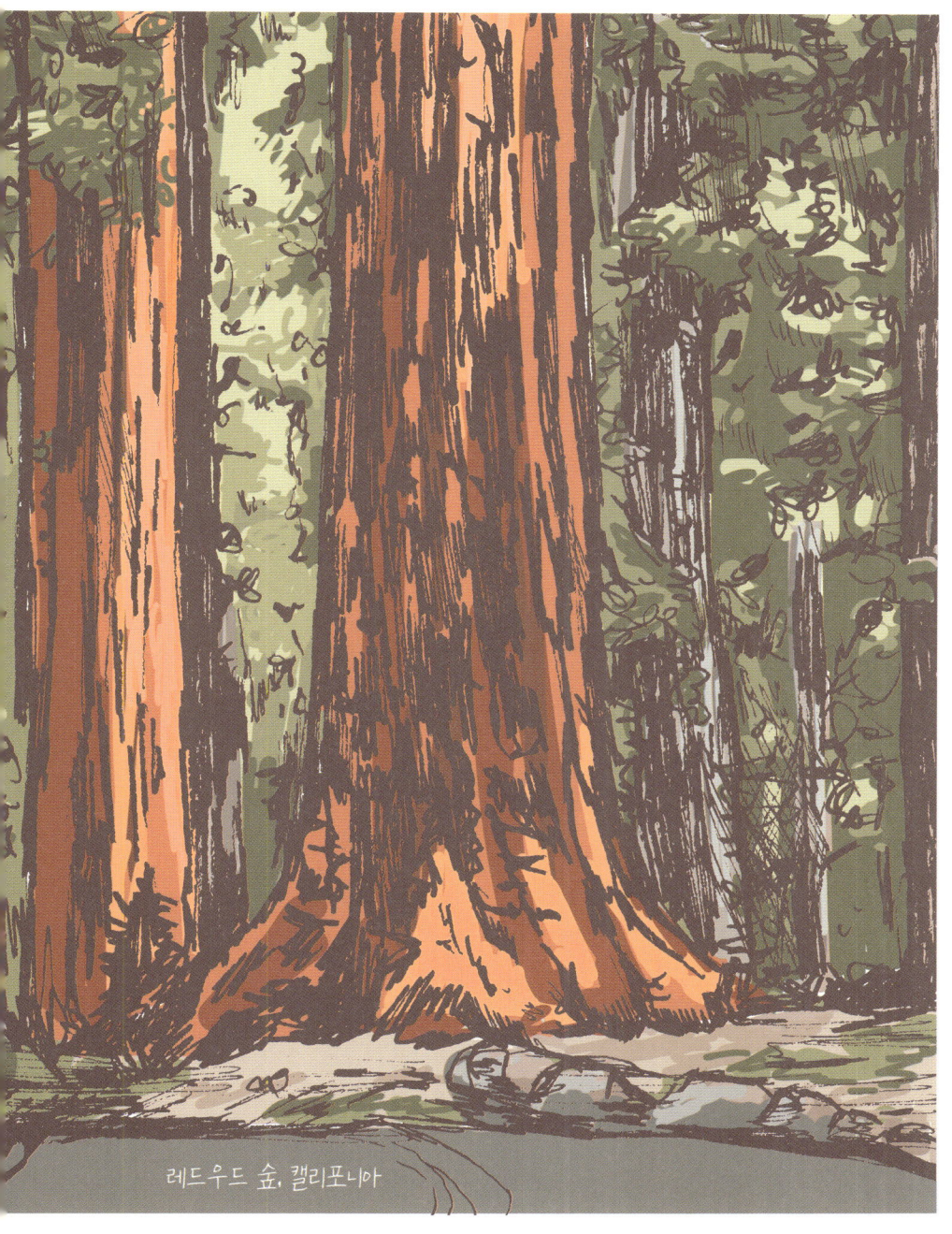

레드우드 숲, 캘리포니아

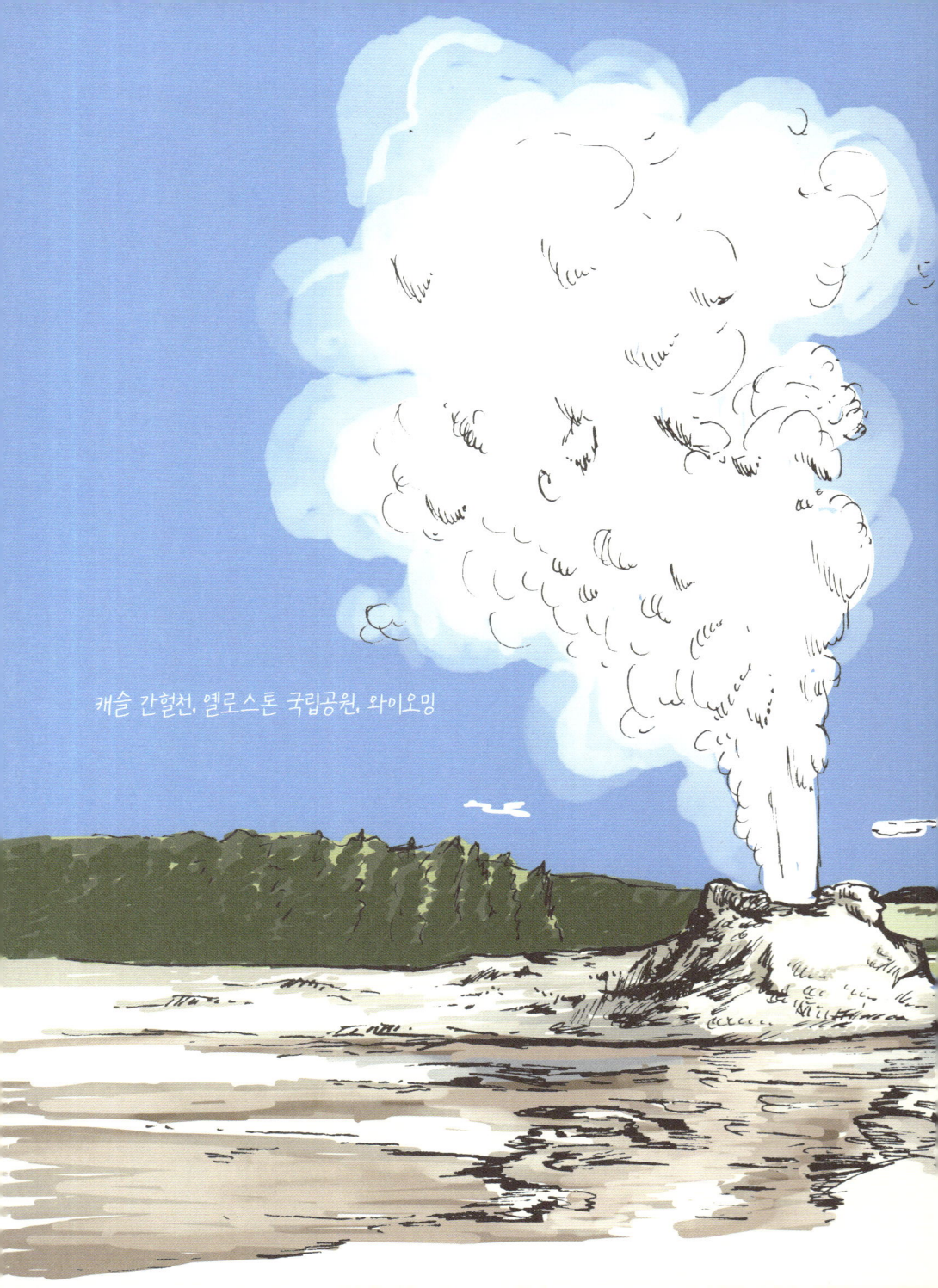

캐슬 간헐천, 옐로스톤 국립공원, 와이오밍

위대한 풍경화가들은 오래전부터 알고 있었습니다. 자연이 우리 안에서 조용히 일으키는 그 끌림을요. 로버트 S. 덩컨슨, 토마스 모란, 우타가와 히로시게 같은 이들은 문명의 진보가 우리를 자연에서 점점 멀어지게 만든다는 사실을 본능처럼 느끼고 있었지요. 그래서 우리는 그들이 그려낸 풍경의 숨결을 미술관에, 혹은 집 안 벽 한편에 걸어두고 바라봅니다. 지구가 품은 장엄함을 그 화폭 속에서 다시금 마주하지요. 의식하든 그렇지 않든, 그 그림들은 우리가 여전히 이 땅의 풍경과 맞닿아 깊이 이어져 있다는 것을 일깨워 줘요.

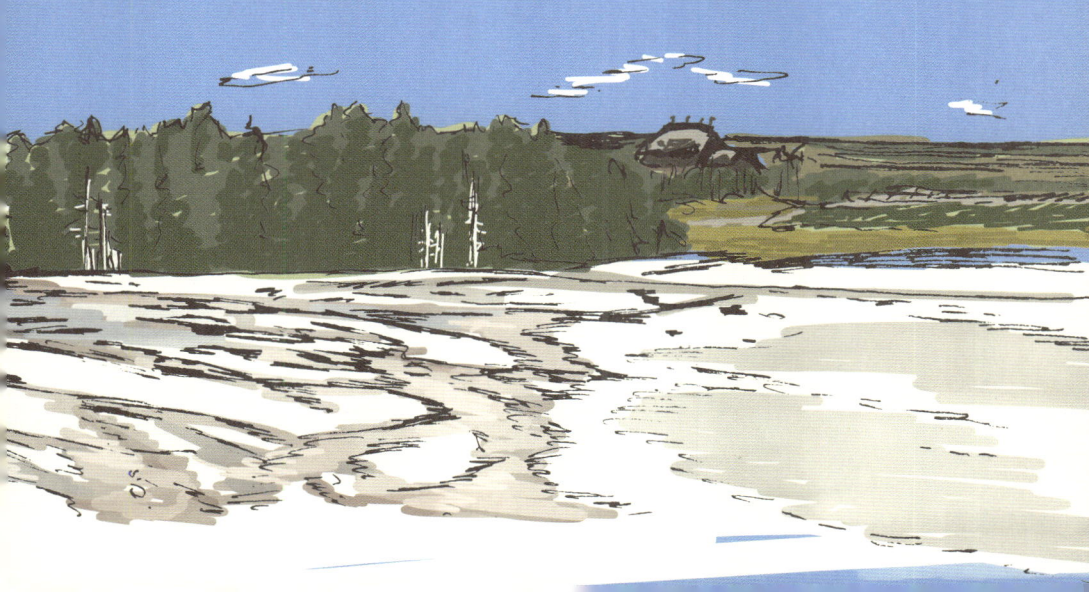

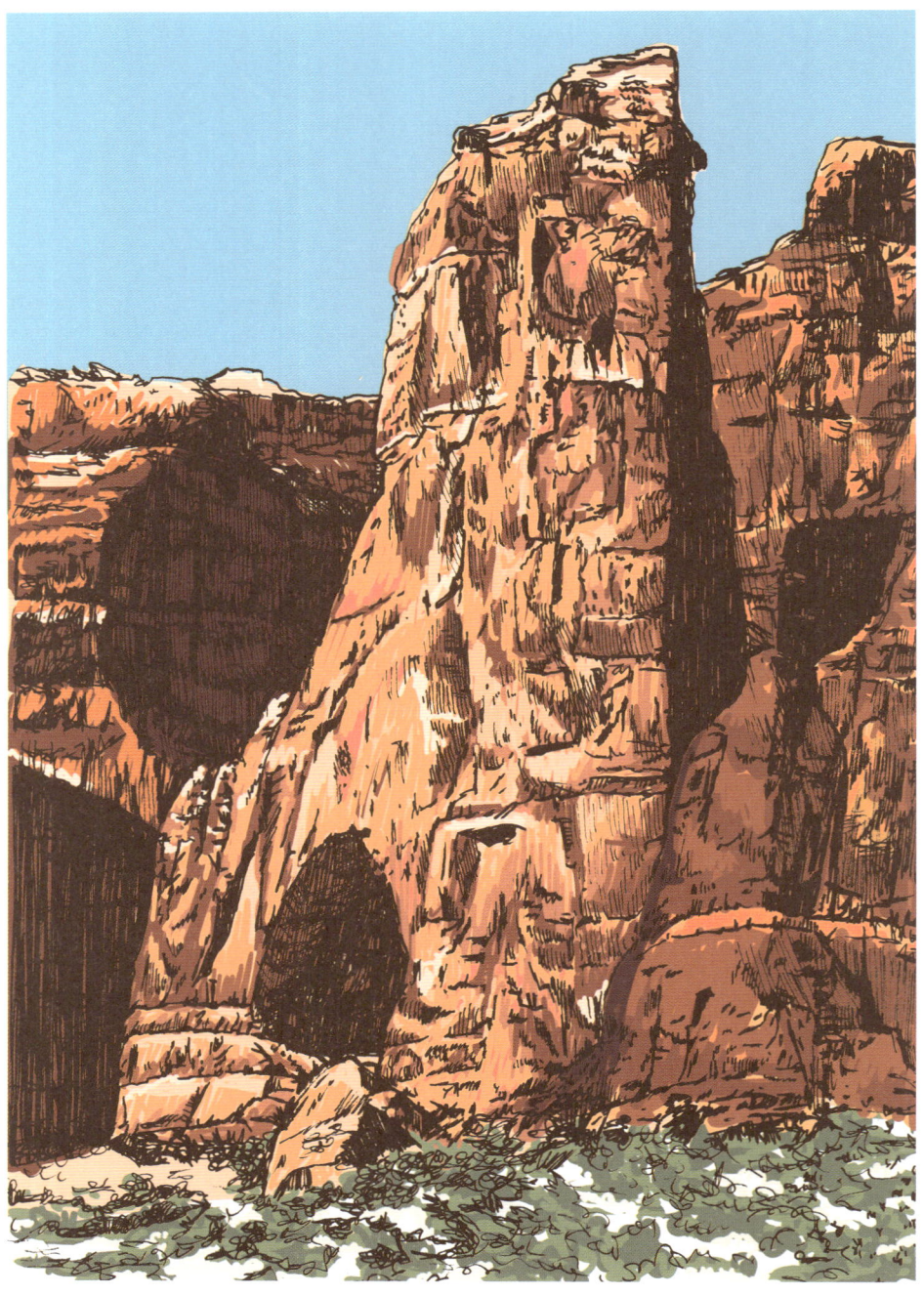

예배당이 신성한 장소인 이유는 단지 성직자나 주술사가 그렇게 말했기 때문만은 아닙니다. 당신이 그곳의 영혼과 호흡을 맞추고, 그곳에 있을 때 느끼는 감정 때문이지요. 신성한 장소는 어디에나 있어요. 자연은 우리가 기쁨을 발견하는 거대한 대성당과 같지요. 깊은 협곡과 울창한 숲, 길게 뻗은 해안선, 소박한 뒷마당 역시 많은 이들이 마음의 평화를 찾는 성스러운 장소입니다. 그 공간에 발을 디디는 순간, 우리는 지구라는 생명의 거대한 구조물 속에서 자신만의 고요하고 아름다운 자리를 발견하게 됩니다. 당신의 신성한 공간은 멀리 있지 않아요. 공원의 벤치에 앉는 순간, 혹은 산책길에 마주하는 나무를 손끝으로 살짝 두드리는 순간, 당신의 마음이 고요히 내려앉고 감각이 깨어나는 곳이라면 어디든 충분합니다. 어쩌면 당신의 뒤뜰 한쪽이 당신의 살아있음을 일깨워 주는 소중한 공간일 수도 있지요.

자연의 품 안에서 당신만의 '성지'를 찾아보세요. 마음속으로 '여기다!'라고 느낀 그 순간, 그 자리는 이미 신성한 곳이 됩니다. 왜냐하면 당신이 그렇게 선언했으니까요. 어디에 있든 감각에 귀 기울이고 숨결에 집중해 보세요. 그리고 그 자리에 머물며 삶의 기쁨을 온전히 누려보세요.

캐서드랄 아치, 샌환카운티, 유타

실습: 자연 속을 걷는 명상

　자연 속 당신만의 성지를 향해 걷는 길 위에서 '걷기 명상'을 실천해 보세요. 걷는다는 행위는 오래전부터 마음의 짐을 내려놓게 해주는 의식이었지요. 처음 걸음을 내디딜 때는 앞일을 계획하고, 풀리지 않은 일을 해결하려 머릿속이 분주하게 움직일지 모릅니다. 그러다 어느 순간 발걸음이 리듬을 타고, 목덜미에 땀이 한 줄기 맺히기 시작하면 서서히 지금, 여기로 돌아오게 될 거예요. 들이마시고 내쉬는 숨에 집중하고, 발이 땅을 딛는 감각을 느껴보세요. 그리고 천천히 몸과 마음의 속도를 늦춰보세요.

　먼저 당신의 머릿속이 어떤지 한번 들여다보세요. 아직도 바삐 움직이고 있나요? 가슴에 손을 얹어보세요. 걸음을 따라 심장 박동도 고요한 리듬을 찾았나요? 몸의 감각은 어떤지 살펴보세요. 어딘가 불편하거나 긴장이 머물러있는 곳이 있나요? 그곳에 주의를 집중하고 부드럽게 이완시켜 주세요. 당신의 머릿속과 심장, 그리고 몸에서 일어나고 있는 일을 그대로 받아들이세요. 어떤 날은 생각이 더 산만할 수 있어요. 그럴 땐 그 감정에 이름표를 붙여보세요. 이름을 정하는 것만으로도 나쁜 감정을 흘려보낼 수 있게 되니까요. 불안한가요? 화가 나나요? 아니면 기쁜가요? 지금 느끼는 감정을 억누르지 말고 그대로 두세요. 놓아줄 수 있다면 놓아주고, 기쁨이라면 마음껏 누리세요. 머리는 언제나 당신을 생각에 잡아두려 합니다. 경험하는 대신 생각 속에만 머물고 있다는 걸 알아차리는 순간이 오면, 조용히 숨결에 집중해 보세요. 그리고 지금 여기, 당신이 온전히 존재하고 있다는 것을 느껴보세요.

　호흡법을 한 번 시도해 보세요. 입을 다문 채 코로 천천히 숨을 들이쉬며 여섯을 셉니다. 그런 다음 입으로 숨을 내쉬며 다시 여섯을 셉니다. 이 과정을 몇 분간 반복해 보세요. 마음이 차분해지는 것을 느낄 수 있을 거예요. 심장 박동이 가라앉고, 혈압이 낮아지며, 몸은 더 많은 산소를 흡수하고 이산화탄소를 유지합니다. 이 모든 작용이 고요함을 더욱 깊게 만들어주지요. 잠시 후, 평소처럼 다시 코로 호흡하기 시작하여 여기저기 불편하거나 긴장된 부위로 숨을 불어넣는다고 상상해 보세요. 아까 몸의 감각을 살펴볼 때 느꼈던 곳이요. 그곳으로 부드럽게 숨을 보내고, 내쉴 때는 긴장도 같이 흘려보내는 거예요. 그 자리를 편하게 쉬게 하고, 숨을 내쉴 때마다 조금씩 더 부드럽게 만들어보세요.

머릿속을 잠시 벗어나 몸에 집중해 보세요. 호흡을 가다듬은 뒤에는 감각이 더 진정되고 선명해질 거예요. 타닥타닥 당신의 발걸음 소리에 귀를 기울이고, 꾹꾹 발이 밟는 땅의 질감을 느껴보세요. 신발의 감촉, 발을 감싼 부츠, 그리고 그 안에서 정교하게 움직이는 뼈의 구조까지 남김없이 모두 느껴보세요. 눈을 들어 오늘이 허락한 빛을 바라보세요. 구름 사이로, 나뭇잎 사이로 스며드는 빛의 결을 느껴보세요. 작은 생명들이 바삐 움직이는 모습, 나무 사이를 빠르게 스치는 새들의 날갯짓, 풀잎 사이를 어루만지는 바람의 결도 놓치지 마세요. 걷는 길에 나무를 발견하면 조심스레 손을 얹어보세요. 부드럽게 숨을 쉬며 공기 중에 섞인 미묘한 향을 느껴보세요. 가능하다면 그 향을 혀끝으로도 느껴보고요. 물론 마음은 다시 오늘 하루를 계획하고 앞날을 헤아리려 들겠지요. 그럴 때는 다시 호흡을 가다듬어 보세요. 들숨과 날숨에 집중하는 사이 마음은 다시 고요해지고, 가슴은 지금 이 즐거운 산책을 더 깊이 받아들일 준비를 할 거예요.

산책의 중간쯤, 당신만의 자리에 다다르면 잠시 걸음을 멈추고 앉아보세요. 바닥도 좋고, 쓰러진 나무둥치가 있다면 거기도 괜찮아요. 손을 가슴 위에 살며시 얹고 당신 안에서 뛰고 있는 생명의 리듬을 느껴보세요. 감각이 당신의 주변을 자유롭게 돌아다니도록 풀어주세요. 살아있는 이 순간이 얼마나 소중한지, 스스로 돌보고 자신을 사랑할 수 있음이 얼마나 고마운 일인지 떠올려 보세요. 당신의 몸과 마음은 분명 무언가를 얻었을 거예요. 그 행복한 느낌을 지닌 채 다시 출발점으로 발걸음을 옮겨보세요. 바쁜 일상으로 돌아갈 때도 이 느낌을 잊지 마세요. 자연은 언제나 당신을 품어줄 피난처이며 회복의 공간이라는 것을 기억하세요.

에필로그

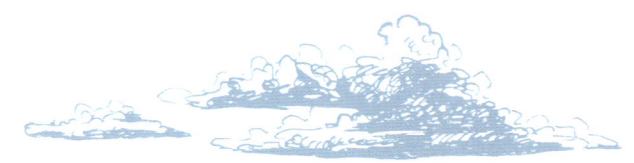

  자연과 다시 가까워지고 인간이 '만든' 세계를 벗어나 보면 아마 뜻밖의 놀라움을 만날지도 모릅니다. 특히 야생의 모습을 그대로 간직한 자연에서 보내는 시간이 우리에게 얼마나 유익한지는 수많은 연구가 증명해 왔어요. 그럼에도 우리는 문명이라는 이름 아래 자연 없이도 살아갈 수 있다는 착각에 빠져있습니다. 물론 그 책임이 전적으로 우리에게 있는 것은 아닙니다. 이 단절은 아주 오랜 세월, 무려 여든 세대에 걸쳐 서서히 진행된 일이니까요. 시인도, 과학자도, 의사도, 심리학자도, 그리고 철학자도 입을 모아 이야기해 왔습니다. 우리의 건강과 행복은 자연을 아끼고 그 속에서 시간을 보내는 일과 깊이 연결되어 있다고요. 하지만 여전히 우리는 자연과 서로 분리된 존재라는 오래된 환상에 머물러 있습니다.

  과학은 이 책에서 다루는 어떤 개념보다도 빠르게 앞서가고 있습니다. 배워야 할 것은 여전히 많지만, 그 모든 지식은 우리의 몸과 마음이 자연과 함께해야 한다는 것을 가리킵니다. '다쳤다고 엄살떨지 말고 흙이나 좀 문질러'라는 조언은 옛 코치들이 알았던 것보다 훨씬 더 예언적인 의미를 지닐지도 모릅니다. 우리의 마음은 자연이 필요해요. 인간은 복잡하고 끊임없이 성장하며 변화하고, 예측할 수 없어 흥미로운 자연에 본능적으로 끌립니다. 자연 속에서 지루함을 느낀다면 아마도 그 풍경에 제대로 마음을 기울이지 않은 것입니다. 자연을 우리 삶 속에 의식적으로 들이지 않으면, 경이로움을 느낄 기회는 좀처럼 오지 않을 거예요. 그러니 자연에서 보내는 시간을 신중하게 계획하고 정성스레 준비해 보세요. 자연에 감탄하고 놀라는 순간들은 우리를 더 행복하게 만들고 스트레스를 서서히

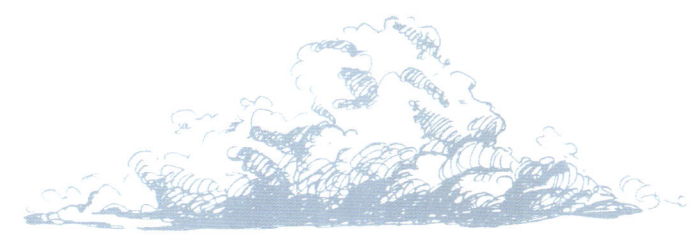

걷어냅니다. 그 긍정적인 영향은 말로 다 담을 수 없을 만큼 깊고 클 거예요.

현대 사회는 온통 번쩍이는 화면과 울리는 알림음, 복잡한 출퇴근길, 귀를 울리는 소음, 끝없이 밀려오는 청구서, 그리고 서로를 향한 적대감으로 가득합니다. 결국 지구를 포기하게 될지도 모른다는 무의식적인 불안이 교감신경계를 장악해 우리는 늘 '맞서 싸우거나 도망쳐야 하는' 긴장 상태 속에 살아가고 있어요.

반대로 우리 몸과 마음을 이완시키고 스트레스를 극복할 수 있도록 돕는 부교감신경계는 숲이나 공원을 잠시 산책하는 것만으로도 활성화되기 시작합니다. 단 10분만 밖으로 나가 신선한 공기를 들이마시고 하늘을 올려다보는 것만으로도 집중력이 눈에 띄게 좋아집니다. 현재를 살아가는 우리에게 자연 속에서 쉬어가는 시간은 그 어느 때보다도 중요해요.

우리는 꽤 오랜 시간 동안 자연이 제자리를 떠날 수밖에 없도록 내몰아 왔습니다. 이제는 자연과 더불어 살아가는 법을 마음 깊이 되새겨야 할 때입니다. 서로가 깊이 연결되어 있음을 깨닫고, 문밖에 펼쳐진 자연의 장엄함에 다시 감탄해야 해요. 숲속 한가운데 있으면 우리가 지구의 주인이자 감독관이라는 근거 없는 믿음이 서서히 무너집니다. 자연의 다른 모든 존재와 마찬가지로 우리도 그저 일부에 불과함을 알게 될 때, 자연은 길들이거나 지배할 대상이 아니라 지켜야 할 소중한 존재임을 깨닫게 될 거예요.

옮긴이 | 김가원

이화여자대학교 중어중문학과를 졸업한 뒤 15년 가까이 직장 생활을 이어왔지만, 책과 언어를 매개로 소통하고자 하는 마음을 늘 간직해 왔다. 오래 품어온 번역가의 꿈을 좇아 바른번역 글밥아카데미 출판번역과정을 수료하고, 현재 바른번역 소속 번역가로 활동하고 있다. 이번 작품을 시작으로, 좋은 책들이 지닌 따뜻한 숨결을 독자들과 나누며 오랫동안 함께 걸어가고자 한다.

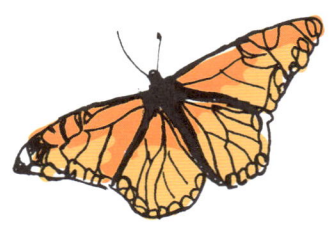

낯선 고요

초판 1쇄 발행   2025년 10월 20일

지은이   보 헌터
그린이   캐스린 헌터
옮긴이   김가원
펴낸이   신호정
편집 이미정, 김수민 | 마케팅 백혜연, 홍세영 | 디자인 이지숙
펴낸곳 ㈜책장속북스 | 주소 서울시 송파구 양재대로 71길 16-28 원당빌딩 4층
전화 02)2088-2887 | 팩스 02)6008-9050
이메일 chaeg_jang@naver.com | 인스타그램 @chaegjang_books
ISBN 979-11-992805-4-0 (03840)

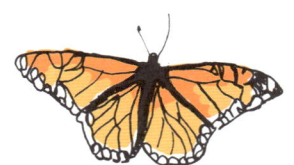